江苏省社会科学研究基金项目
"中国花卉题材文学与花卉审美文化研究"成果

中国古代文学桃花题材与意象研究

⊙ 渠红岩 著

中国社会科学出版社

图书在版编目（CIP）数据

中国古代文学桃花题材与意象研究／渠红岩著．—北京：
中国社会科学出版社，2009.12
ISBN 978 - 7 - 5004 - 8505 - 6

Ⅰ.①中…　Ⅱ.①渠…　Ⅲ.①古典文学 - 文学研究
中国　Ⅳ.①I206.2

中国版本图书馆 CIP 数据核字（2010）第 023218 号

责任编辑　曲弘梅
责任校对　王雪梅
封面设计　子　时
技术设计　李　建

出版发行　中国社会科学出版社
社　　址　北京鼓楼西大街甲 158 号　　邮　编　100720
电　　话　010 - 84029450（邮购）
网　　址　http：//www. csspw. cn
经　　销　新华书店
印　　刷　北京奥隆印刷厂　　　　装　订　广增装订厂
版　　次　2009 年 12 月第 1 版　　印　次　2009 年 12 月第 1 次印刷
开　　本　880 × 1230　1/32
印　　张　8.375　　　　　　　　插　页　2
字　　数　222 千字
定　　价　26.00 元

目　　录

上　　编

下　　编

序　言

　　南京信息工程大学渠红岩女士的博士学位论文《中国古代文学桃花题材与意象研究》出版在即，忝为导师，特别关心，也倍感高兴，谨就这一课题以及她的研究情况略作介绍。

　　这篇论文应该算是一个命题作文。近十多年来，我致力于中国文学和文化中的花卉题材与意象研究，计划把历史地位重要、文化积淀深厚的名花名木逐一专题探讨，在此基础上再就我们民族花卉植物欣赏文化的自然基础、民族特色和发展规律等作些理论总结。目前已经着手研究的有梅、荷、杏、桃、菊、竹、梨、梧桐、水仙、海棠、蓬蒿、槐、蘋等，其中梅由我操作，荷以下主要分派研究生作为学位论文。我们的基本研究方法是，打破时代、文体乃至于学科的界限，对植物题材和意象进行文学乃至于文化的主题学研究。每一植物的专题研究都力求基本完成以下两点任务：一是纵向厘清这一意象或题材在文学乃至于整个文化领域发生、发展，以及人类相应的审美认识发生、演进的历程，并总结其发展规律；二是全面、系统、深入地阐发这一植物意象的生物特质、美感特色、文化意蕴、符号作用和历史地位等。这样的研究角度在传统学科分类格局中是较难定位的，在我们所属的中国古代文学学科中有着明显的边缘色彩，与正宗的文学研究是一种若即若离的关系，我常对同行自谑为"旁门左道，拈花惹草"。但是这项工作又是不可或缺的。就传统的文学艺术史、文化史研究而言，这是一个咏物、花鸟或名物专题史、主题学的课题，而放到花卉学的领域，则又属历史学、人文学的理论任务。随着我国改革开放尤其是经济的发展，人民的物质和文化生活不断改善，旅游、花卉、休闲娱乐等产业突飞猛进，相应的文化兴趣、知识需求也不断高涨。目前，园林园艺界对花卉植物的研究较为热烈，其中主要是自然科学和应用技术方面的，而人文方面的论述相对有些薄弱和粗浅。我们想通过严肃的文史专业操作，发挥人文学科的学术优势，着力发掘我们民族围绕这些自然资源所展开的丰富历史活动，解读和总结其深厚的思想经验，弥补人文研究的不足，促进这一领域的全面与深入发展。在我们的整个工作计划中，渠红岩分担的是桃的研究。

桃是一种原产我国的果树，无论自然分布还是栽培分布都极为广泛，在我国至少有三千年以上的栽培历史。在我国的栽培果树中，桃以易植、早熟、果实甜美、产量较高著称，经济价值比较突出。也许正是这个原因，相应的文献记载和文化反映也源远流长。《诗》、《礼》、《尔雅》、《山海经》等文化原典中就有不少关于桃的分布、栽培、应用等方面的记载，桃实、桃枝早被奉为神灵，激发了丰富神奇的想象，形成了深厚的宗教和民俗文化意蕴。桃花的观赏价值也极显著，花色以粉红为主，花期正值三春煦暖之时，青枝翠叶相为映衬，极尽明丽鲜嫩之致，而那大片盛开的桃花，云蒸霞蔚，炫人心目，分外壮观，更受人们关注与喜爱。《诗经》"桃之夭夭，灼灼其华"一语脍炙人口，三千年前的先民对桃树少壮鲜盛之物色特征的把握已极其简明精切，反映了当时桃花欣赏认识的深入，至今令人啧啧称叹。桃花可以说是最早进入文学视野、有关审美欣赏最先明确的花卉，此后作为三春物华的亮点，一直受到普遍重视，诗咏歌赋，不计其数。也许正是时空悠久，人性多端，物情不居，人们对于桃花的感受与认识与时逶迤，起了一些变化。大致说来，唐以前是积极赞扬的，宋以后随着花卉资源格局的变化和格物比德意识的高涨，出现了不少鄙薄桃花的意见和说法。但正是这些矛盾复杂的感受与认识，拓展了桃花功能意义的历史空间，丰富了桃花意象的文化积淀。对这样一个开发历史跨度较大，经济和观赏价值显著，历史活动丰富，人文积淀深厚，足资解读中国文化基因符码和历史发展年轮的意象标本，是很值得专题研究的。

渠红岩硕士阶段就读于徐州师范大学，受教于孙映逵、胡可先、张仲谋等先生，打下了古代文学研究的坚实功底。2005 年秋博士生入学即确定将桃花审美文化研究作为学位论文选题，考虑到三年学业，时间有限，于是先从文学研究入手。渠红岩为人谦谨，为学更然。三年中兢兢业业，刻苦钻研，大致完成了文学方面的论述，形成了目前这样一部桃花题材文学研究的专著。2008 年 5 月提交学位论文答辩，程章灿教授主持的答辩委员会给予了较高的评价。综合各位专家的鉴定意见和我本人的指导体会，渠红岩的博士论文有这样两点值得关注。

首先，整体上实现了我们最初的设想和要求，较为全面、系统地揭示了古代文学中桃花题材及意象发生、发展的历史图景及其丰富的文学、文化意义。论文上编四章是纵向的"史"的梳理，分先秦、魏晋南北朝、唐五代、两宋四个阶段展开论述，对各阶段桃花题材与意象的吟咏与使用情况、桃花审美认识的具体内涵及其时代特征进行了较为详细的描述与分析，从而厘清了先秦至两宋时期桃之意象、桃花题材创作发生、发展的基本脉络，总结了桃花相关审美认识不断演进、嬗变的历史进程。论文下编四章属于桃及桃花意象审美意蕴的专题论发，分别就桃花的形象特色、情感意蕴、仙桃的文化意蕴以及"桃花源"的题材特色、审美功能等剖析论列，从不同的方面深入地揭示了桃及桃花意象的形象特质、审美意蕴及文化功能。如此纵横交错，史论结合，相互补充，构成了一个有机、合理的框架，第一次对桃花题材与意象的文学创作情况进行了全面、系统的阐述。

其次，各方面着力梳理挖掘，或拓展视野，别开生面，或条分缕析，深入细致，力求有所发现，有所推进，提出了不少新的思考、新的观念或新的论述。比如第一章从先秦时期桃之分布，果、木、花的应用和欣赏，论述桃文化发起之早、渊源之深；第二章由魏晋南北朝咏桃诗赋的具体描写透视由果木实用向花色欣赏转变的审美趋势；第三、四两章中提出唐代是桃花花色之美充分彰显的时代，而宋以来则出现了人格寄托的思想取向，这种取向奠定了我们民族桃花审美欣赏的基本心理；第六章详细阐发了桃花的情感比兴意蕴，认为在所有花卉意象中，桃花最具女性象征意味，而这一人格象征传统在宋元以来发生了较大变化，桃花越来越成了堕落女子和风尘场景的形象符号，"人面桃花"、"桃花流水"这些耳熟能详的经典习语凝结了桃花意象与审美心理的典型情景，定格成桃花审美观赏中的美妙意境和永恒情结；第八章认为桃花源题材在原创意义的基础上多有凝聚与衍生，形成了避世隐逸、神仙和情爱多元并举的主题与象征格局。这些观点和论述，或发人未发，或言人未深，都饶有新意，富于启发，进一步拓宽了我们的视野，深化了相关的认识。

总而言之，渠红岩博士的整个论述以严肃的学术态度和新颖的理论视角，将散布于各种文献、各类文体中有关桃的材料精心搜集，细致归纳，认真分析，清晰地呈现了桃花题材作品发生发展和衍变的历史过程，并将中国古代文学领域中的桃花题材和意象纳入深广的文化视野，把文学研究与美学、历史、宗教、生物、地理、园林等学科相结合，综合运用原型批评、意象批评、主题学、符号学和文化学等理论视角，多层次、多角度系统阐发桃花意象的深层文学意蕴和文化内涵。无论是放在古代文学还是桃文化研究领域，这都是一项开拓性的工作，都是一个值得重视的成果。当然，论文尚有不少需要补充和拓展的空间，元明清时期的诗、词、戏曲、小说等文体中，有很多内容值得吸纳梳理。桃在宗教、民俗、绘画、工艺美术、园林风景等方面都有丰富的应用表现和深厚的价值意味，更是值得全面探究和深入思考。这种由文学而文化的思路，是我们这一课题最初的设想，也是像桃暨桃花这样富含文化色彩的植物之意象史、主题学研究的客观要求，我们期待作者进一步拓展视野，不断推进，争取更大的收获。是为序。

程　杰

2009 年 11 月 14 日于金陵淮水西边寓所

前　言

　　钟嵘《诗品序》曰："气之动物，物之感人，故摇荡性情，形诸舞咏。"① "若乃春风春鸟，秋月秋蝉，夏云暑雨，冬月祁寒，斯四候之感诸诗者也。"② 这些话道出了大自然物象对人的情感触动。刘勰《文心雕龙·明诗篇》亦云："人禀七情，应物斯感，感物吟志，莫非自然。"③ 在世界万象中，感人之物甚多，而花卉就是其中较为重要的一类。自然界的花卉之所以能够成为一种重要的、吸引人的物象，"第一个极浅明的原因，当然是因为花的颜色、香气、姿态，都具有引人之力，人自花所得的意象既最鲜明，所以由花所触发的联想也最丰富。此外还有一个重要的原因……是因为花所予人的生命感最深切也最完整的缘故"④。自然界的其他物象，如风、云、月、露等，虽然它们的某一点或者某一方面能够唤起人的情感萌动，但与人的距离毕竟是疏远的；禽、鱼、鸟、虫等动物，却失于与人的距离太近而容易使人对它产生利害之欲，因而削弱了相关的美感联想。相比之下，花的形象是静态的，远观近玩，无所不可；而且，花开花落的荣枯更替，暗合了中国古代"天人合一"的文化，是文人表达时景变迁、寄托人生之感的最好媒介。因此，历代以花卉为描写对象、情感寄托媒介的作品是极为丰富

---

　　① （南朝·梁）钟嵘撰，曹旭集注：《诗品集注》，上海古籍出版社1996年版，第1页。

　　② 同上书，第47页。

　　③ （南朝·梁）刘勰撰，詹锳义证：《文心雕龙义证》，上海古籍出版社1994年版，第173页。

　　④ 叶嘉莹：《迦陵论诗丛稿》，河北教育出版社1997年版，第63页。

的，构成了中国古代文学作品的一大宗系。

而在这缤纷绚丽的花卉谱系中，桃花因为分布的广泛、植物属性的独特和优越等因素而较早与古人的生活发生密切联系，因而文献记载和文学表现都较丰富。这些记载和表现是古人生存和生活的履历，象征着人们对桃花利用和审美的漫漫历程。人们最初对桃花的感觉是一种单纯的生理感觉，即"没有审美经验为参照系，也没有积淀理性内容的感觉"。"这种感觉在一定条件下可引起审美快感和初级美感……这种快感和美感的产生，一是因为对象外在特征鲜明、新颖……二是因为周围环境的对比、烘托和映衬"[1]。由于桃花开放于万物复苏的阳春三月，花色粉红，花姿娇媚，在刚刚走出肃杀单调的冬天的环境中尤其醒目。这种独特的时空优势，使桃花成为春日的烂漫芳妍。上古时期的农耕生活培养了人们对周围的植物、动物、天象等细致观察和密切关注的习惯，在这样的环境中，古人的感觉器官变得异常敏锐；日复一日的采集生活也使得人们对周围植物的特征和习性非常熟悉。因此，古人观察和认识、描述事物是以比类和取象为特点的，这从《山海经》中对植物等物象的"其状如……"的表达方式可见一斑。桃是分布广泛、利用较早、实用价值较高的一种植物，与人们的关系异常密切，因而也较早地进入了文学的表现领域，如在《诗经》篇章中，《卫风·木瓜》、《大雅·抑》中的桃实就是人们传递情感的媒介和表达馈赠之佳品；而《魏风·园有桃》则展现了早期的园林场景；"既秾纤兮得中，亦深浅而合度"[2] 的花色让人想起青春美女的容颜，这也是《诗经》中《周南·桃夭》、《召南·何彼秾矣》篇章所赋予桃花的原型文学意义。伴随人类文明的进程，桃花从一个单纯的植物物象衍变为意蕴丰富的文学审美意象。在漫长的文学和历史的发展

---

① 邱明正：《审美心理学》，复旦大学出版社 1993 年版，第 148 页。

② （唐）杨思本：《桃花赋》，见（清）陆心源辑《唐文拾遗》卷五一，台湾文海出版社 1979 年版，第 689 页。

进程中，桃花作为一个词语，不断积累着丰厚的文化信息，成为传统的文化积淀，这种积淀与时代审美、文学、民俗等因素结合，又衍生出更加丰富多样的内涵，而这些内涵与传统文化结合，构成了桃花的文化意义系统，桃花也就成了意蕴丰富的文化符号。桃花的文化符号意义是由桃花的自然属性和文化的传承这两个因素相互发生作用而形成的。所以，本书也将以桃花的自然属性和文化的传承这两个因素为切入点，对中国文学和文化中的桃花意象进行考察，在纵向梳理桃花题材和以桃花为意象的作品的发生、发展过程的基础上，整合出桃花的文化意义系统，同时也试图由此揭示出这种意义系统形成的原因和影响。为此，本书在目前研究状况的基础上，对这一课题的研究意义、研究状况、研究旨趣等方面作以下构想。

一　桃花文化研究的意义

在中国古代文学史上，以花卉为描写和审美对象的作品很多。花卉文学凝聚了深厚的民族心理和民俗、宗教、文学、艺术等内容，正像张潮《幽梦影》所言："天下有一人知己，可以不恨，不独人也，物亦有之。如菊以渊明为知己，梅以和靖为知己，莲以濂溪为知己，桃以避秦人为知己，杏以董奉为知己……"① 人们对花卉的欣赏不仅仅包含着审美因素，而且包含文学、心理、民俗等综合复杂的文化因素。在长期的文化传统积淀的影响下，中国古代文学中的花卉意象已经与文人的品格建立了一种"异质同构"关系，因此，考察花卉文学作品与花卉文化，对于全面、深刻地认识文人的创作情感、创作心理、时代文化背景、民族审美心理等，无疑有着至为重要的作用，当然，这也是中国古代文学研究体现时代意识的重要途径。本书论述的对象是中国古代文学作品（主要是汉民族古代文学作品）中的"桃"（含桃树、桃实、桃花，主要是桃

---

① （清）张潮：《幽梦影》，见王雅红等编《才子四书》，湖北辞书出版社1997年版，第65页。

花）意象。具体而言，有以下研究意义。

（一）题材类型、意象史、主题史等专题的开阔。

在古代文学研究领域，较为偏重于作家、作品、流派、风格、文学思潮、文体等的研究，在文学题材、文学意象和主题等板块的研究方面显得相对不足。本书拟以古代文学和文化典籍中的"桃"为研究对象，从"桃"作为一种花卉意象的角度对古典文学中的相关作品和历代文献中的相关信息进行新的探讨。目前，从整体上讲，学术领域对这一对象的研究和探讨显得零散，没有充分深入地进行明确、专题的考察。本书将在继承已有成果的基础上，以"桃花"意象和"桃花"题材文学作品所凝聚的审美、文化信息为专题研究对象，以严格的、新颖的视角进行相对全面、系统的探究，以求扩大古代文学的研究视野。因而，这一研究方法具有明显的开拓和创新意义。

（二）文学研究与文化研究相结合的研究方法。

在近些年的文化研究中，陆续出现了一些"花卉文化"的著述，如《花与中国文化》（何小颜）、《中国荷文化》（李志炎、林正秋）、《桃文化研究》（王焰安），但多属于文化生活和文史知识的漫谈，学术含量稍显不够，缺少理论深度。本书将本着"小题大做"的原则，以古典文学和文献的丰富研究成果为基础，结合社会和文化方面的资料，着力论证桃文化产生和发展演变的审美意识、创作规律以及社会历史背景和文化功能，这将会开拓古代文学研究的视野。

（三）学术研究和现实生活相结合。

花卉欣赏是社会成员参与面较广的审美文化活动，而这种活动随着当代社会物质文明和文化的进步将会更加普及，花卉本身所蕴涵的人文、文化含义将会成为人们欣赏花卉的精神需求，因此，发掘并阐释这种蕴涵在花卉之中的文化内涵就成为必要。桃是原产于中国、分布广泛的一种植物，桃文化的历史凝结着中华文明的血脉，而桃花也是人们喜闻乐见的大众花卉，阐发其中的审美历史经验和文化传统，必定可以提高人们的花卉欣赏水平和花卉审美文化品位。

二　古代桃文献史料与当代桃文化研究现状

文化与人类的生活是同步的。桃原产于我国，在物质匮乏的远古时代，它在人们的日常生活中扮演着重要的角色，桃子和桃木的实用价值也在日常应用中逐步得到显现。在长期的生活和实践中，人们积累了丰富的关于桃的知识，这些知识就成了我们今天研究桃文化所不可缺少的史料和文献，而很多的文献和史料兼有研究的性质，因而具有重要的学术价值。如果我们对这些文献和史料进行整理、分析，就会对桃文化在历史上的各个时期的表现形态和发展轨迹获得一个清晰的认识，这对于研究桃文化至关重要。本书将依照时代顺序将有关的桃文献史料进行梳理和阐释。

（一）先秦至清代桃文化文献和史料。

《夏小正》、《易纬·通卦验》、《礼记·月令》记载了桃的物候期，是较早的关于桃的文献。《礼记·内则》记录了古人食桃和储存桃的方法，是他们生活实践和经验的总结。由此也可以看出桃在人们日常生活中的重要作用。《周礼·夏官·戎右》言："赞，牛耳、桃茢。"① 这是较早对桃的宗教和民俗意义的记载。从这些古文献的记载中我们可以看出，在早期，人类对桃的认识和利用主要在使用价值和食用价值方面。而在先秦，较早对桃进行初步审美认识的文学作品是《诗经》，在《周南·桃夭》篇中，有"桃之夭夭，灼灼其华"的描写，清方玉润《诗经原始》云："一章，艳绝，开千古词赋咏香奁之祖。"② 奠定了中国文学中以桃花比喻女性的传统。"诗只是歌，只是乐，而不是思想史、社会史、风俗

---

① （汉）郑玄注，（唐）贾公彦疏，黄侃经文句读：《周礼注疏》卷三二，上海古籍出版社1990年影印本，第487页。

② （清）方玉润撰，李先耕点校：《诗经原始》，中华书局2006年版，第82页。

史，但这唱彻五百年的歌与乐中，却包含了思想史、社会史、风俗史中最切近人生的一面。"① 因而，从这一意义上说，《周南·桃夭》篇也可以看成是关于桃的历史材料。经研究认为约成书于战国时代的《山海经》，其《北山经》、《东山经》、《中山经》等篇中，对桃的地理分布进行了记载，可以看出桃是当时分布较为广泛、适应性较强的植物。此外，《管子》、《荀子》、《庄子》等诸子著作和《左传》、《战国策》等史书中，也有关于桃的资料。

《尔雅·释木》是最早对桃进行释名的古代文献材料，此后东晋葛洪《西京杂记》对桃的解释则更加细致，其中还记有"汉武帝上林苑有'缃桃'、'紫纹桃'、'金城桃'、'霜桃'"② 等，这表明这一时期的桃开始应用于园林。汉代东方朔《神异经》中言："食之（桃）令人益寿。"③ 这是中国古代民俗中桃与长寿联系在一起的文献学基础和依据。另外，刘熙在《释名·释饮食》中，记载了桃的腌渍和储藏方法，与《礼记·内则》所记大致无异，表明人们对桃的利用越来越广泛。汉代值得一提的一部关于桃民俗的重要文献是应劭的《风俗通义》，书中记录了大量的神话异闻，并有作者的评议，从而成为研究古代风俗和鬼神崇拜的重要文献。汉代是桃的民俗内涵逐步形成的时代，是桃被神异化和仙化的时代，因而，《风俗通义》是研究汉代桃民俗和文化意义的具有重要参考价值的资料。大约成书于东汉时期的《神农本草经》，是我们研究桃文化不可缺少的资料，它虽然是一部医学著作，但其中的"玉、桃久服耐寒暑，不饥渴，不老神仙。人临死服五斤，死三年色不变"④ 的观念，深深影响着人们的思想，也是汉代人们追求长

① 扬之水：《诗经名物新证》，北京古籍出版社 2000 年版，第 27 页。
② （汉）刘歆撰，（晋）葛洪集，向新阳、刘克任校注：《西京杂记》，上海古籍出版社 1991 年版，第 47 页。
③ （汉）东方朔：《神异经》，见（宋）李昉等撰《太平御览》卷九六七"果部"四"桃"条，中华书局 1960 年版，第 4291 页。
④ （清）黄奭辑：《神农本草经》，中医古籍出版社 1982 年版，第 11 页。

生的时代风气的反映。当然《吕氏春秋》、《淮南子》、《史记》、《汉书》、《后汉书》等书，也是研究者了解汉代桃文化的重要典籍。

魏晋南北朝时期，由于道教的逐步发展和成熟以及社会经济水平的提高，桃文化较汉代更为丰富。葛洪《抱朴子》、《神仙传》是值得注意的宗教著述。《抱朴子·内篇·仙药》篇中的服食草木之药和仙丹可以使人延年和长寿的观点，以及《神仙传》中的道教始祖张道陵和弟子王长和赵升食桃而成仙的故事，是先秦时期的桃与长寿观念的发展和张扬，对后世的桃民俗文化产生了很大影响。晋张华《博物志》中通过汉武帝宴见西王母的记述，表明了无论从内容还是从形式上，汉武帝食仙桃的故事在这一时期都已经定型，也表明了民俗中仙桃的文化地位的确立。晋干宝《搜神记》、王嘉《拾遗记》、戴祚《甄异记》，南朝宋刘义庆《幽明录》、刘敬叔《异苑》等，则分别以志怪形式记载了一些桃文化信息。其中，《幽明录》中的刘晨和阮肇去天台山采药、食桃而遇仙女的故事，成了桃文化中的仙女与凡夫恋爱的故事原型，对后世的文学创作产生了深刻的影响。魏晋南北朝时期一部重要的关于桃的农学著述是北魏贾思勰的《齐民要术》，该书系统地总结了六世纪以前黄河中下游地区农牧业生产经验、食品的加工与贮藏、野生植物的利用等方面的知识。黄河中下游地区历来就是桃的原产地，贾思勰根据自己对山东、河北、河南等地农业生产的考察和研究，对桃的种类、种植、栽培、生物习性等都作了详细的记述，也是对我国公元六世纪之前的北方桃栽培生产实践经验的总结。南朝梁宗懔《荆楚岁时记》则是继汉代应劭《风俗通义》之后的又一古代民俗文献，书中记录了中国古代江汉地区的岁时节令和风物故事，其中门神、木版年画、木雕等民俗和民间工艺美术部分有关桃的内容较丰富，是我们了解南朝桃民俗、研究桃民俗的时代变迁的重要依据。北魏杨衒之《洛阳伽蓝记》则是园林领域的桃文化的反映和记载，表明在这一时期桃主要是用于园林观赏。此外，郭义恭的

《广志》、裴渊《广州记》和陶弘景的《名医别录》等对桃的种类和分布的记述无不具有参考价值。

唐代社会经济繁荣，桃的栽培、嫁接等技术随之提高。郭橐驼《种树书》记载了桃的嫁接方法。唐代综合国力的强盛使文化交流日益频繁，一些域外桃的品种传入中土，段成式《酉阳杂俎》中就记载了"偏桃"，言："偏桃，出波斯国。波斯呼为婆淡。树长五六丈，围四五尺，叶似桃而阔大。三月开花，白色。花落结实，状如桃子而形偏，其肉苦涩，不堪唆。核中仁甘甜，西域诸国并珍之。"① 唐代赏花风气很盛，促使了花卉典籍的产生。尤其值得提及的是唐代大型的类书，如张说、徐坚等撰的《初学记》、欧阳询《艺文类聚》等都有对桃的详细记载。《初学记》以"叙事"、"事对"、"诗文"的体例对唐代及以前的桃文化进行叙述。《艺文类聚》以"天"、"岁时"等部的形式列举有关的史实和诗文，其中卷八十六为"桃"和"桃花"的诗文和杂录。由于唐代的花卉书籍多已经佚失，所以当时流行的花卉多见于诗、赋等文学作品中。两书都征引了很多唐代的典籍，而这些典籍的原本大多散佚，这就为我们提供了较为正确可信的资料。

唐代的桃文化除了这些类书的记述，还散见于各种笔记小说，如孟棨《本事诗》中记述的"桃花人面"的故事，是《诗经》中以桃花比喻女性的传统表达方式的发展，是关于桃文化的重要的笔记资料。唐代末年杜光庭的道教小说《神仙感遇传》讲述食桃而成为仙人的故事，是桃的神仙意蕴的文学反映。旧题为柳宗元《龙城录》、李肇《唐国史补》、封演《封氏闻见录》、冯贽《云仙杂记》等也是研究唐代桃文化的重要的笔记资料。这些都是我们理解俗文学中的桃文化内涵的重要资料。

由于桃树育种和嫁接技术的发展，以及重视理性的社会背景，使得宋代的桃文化理论研究较为丰富。首先要提起的是陈景沂撰

---

① （唐）段成式：《酉阳杂俎》卷一八，中华书局 1981 年版，第 178 页。

《全芳备祖》，据自序："独于花、果、草、木，尤全且备"，"所集凡四百余门"，故称"全芳"；涉及有关每一植物的"事实、赋咏、乐赋，必稽其始"，故称"备祖"①。从中可知全书内容轮廓和命名大意。书分前后两集，著录植物一百五十余种。前集二十七卷，为花部，分记各种花卉，其中卷八为关于桃花和桃木的资料，"赋咏祖"和"乐府祖"汇集的是历代的关于桃和桃花的诗词。

《太平御览》、《太平广记》是宋代两部大型类书，书中也记载和保存了许多关于桃的资料，是我们研究桃文化重要的参考文献。

周师厚《洛阳花木记》、姚宽《西溪丛语》、程棨《三柳轩杂识》、张翊《花经》等，对桃花的人格象征意义的认识和定位具有时代特色，这些对我们研究宋代桃文化具有重要作用。

陆佃《埤雅》和罗愿《尔雅翼》也是值得提及的，两书以精炼的文字对宋代之前桃的文学和文化意义进行总结，异形而同质。

吴淑《桃赋》则是赋体的桃文化作品，是对桃文化发展变迁轨迹的文学描述。此外，宋代的桃文化资料还散见于一些笔记体作品中，如苏轼《东坡志林》、陆游《老学庵笔记》、周密《齐东野语》、张邦基《墨庄漫录》等。

明、清时期的桃文化在前代的基础上又有所发展。明代李时珍《本草纲目》成书于1578年，是我国古代较为重要的关于桃的药用价值的文献，主要记述桃实、桃仁、桃毛、桃枭、桃花、桃叶、桃皮、桃根的药用价值以及药物配方，是我们今天大力显现桃的经济价值的理论依据。《本草纲目》对桃的分类方法较前代更加细致，按照色泽、果形、成熟期几个方面对桃进行分类，并且对部分品种加以解释。王象晋《群芳谱》是明代一部重要的类书，书中记载植物达四百余种，其中关于桃的内容按照"桃花"、"桃实"、"直省志书"的形式编排，特别是"直省志书"部分，对于桃在各地的分布及种类列举较为详细，这也是该书的最大特色，了解这些

---

① （宋）陈景沂：《全芳备祖》，农业出版社1982年版，第9页。

知识有助于我们结合各地的实际情况，利用嫁接等科技手段开发和推广当地的桃品种，宣传和弘扬当地的桃文化。清代汪灏在王象晋《群芳谱》的基础上又有所增益，遂取名曰《广群芳谱》，"果谱"、"花谱"两部分汇集了关于桃的资料，较之前者，它增加了更多的诗、词、文等内容。

清代关于桃的最重要的参考文献，或者说对于桃文化研究者而言最重要的参考文献是 1726 年由陈梦雷、蒋廷锡编纂的《古今图书集成》，《博物汇编·草木典》中的第二一五卷至第二一九卷汇集了关于"桃"的丰富的文献和史料，其中第二一五卷为"桃部汇考"，汇集的是历代典籍中对桃的实用价值记述；第二一六卷至第二一八卷为"桃部艺文"，汇集了清代及以前的关于桃的诗、词、文、赋等，这是《古今图书集成》中"桃部"的核心部分；第二一九卷是"桃部纪事"、"桃部杂录"、"桃部外编"几个专题的有关资料。《古今图书集成·博物汇编·草木典·桃部》是我们研究源远流长的桃文化最重要的文献汇编，虽然某些文字细节方面的知识有错误或有待考证，但它确实为我们在汪洋般的典籍中搜寻桃文化的信息提供了最便捷的索引。

明代王路《花史左编》、清代潘荣陛《帝京岁时纪胜》和陈淏子《花镜》也是重要的花卉园艺类著作，对研究桃文化也具有参考作用。另外，明清时期的地方志编纂较多，这些地方志也是重要的桃文化信息来源。

（二）当代桃文化研究现状。

综观目前的桃文化研究，多是一些论文的形式，专著还很少。王焰安的《桃文化研究》可以说填补了目前这一领域的空白，堪称是一部新颖的著作。著者恰当地阐释了"桃文化"的概念，较全面地探讨和追溯了桃文化产生、发展和传播的过程，对植物层面的、医治层面的、信仰层面的、文学层面的、艺术层面的桃文化有关资料进行了细致的分类、梳理，阐释了每一层面的桃文化的内涵，尤其是对文学层面和艺术层面的桃文化内涵的研究和探讨，细致而深刻，显示出著者深厚的文学和艺术素养。总之，《桃文化研究》一书对桃文化的研究详细、全面，是我们研究桃文化重要的参考著作。

除了王焰安的《桃文化研究》之外，桃文化研究成果多是以综合论文或专题论文的形式出现的。按论述主题划分，这些论文大概有以下几种类型：

1. 桃、桃花意象的研究。

邓魁英《辛弃疾的咏花词》①是很有学术分量的花卉意象研究的论文，文章分析了辛弃疾词中的梅花、牡丹、桂花和桃花意象，并且分析了词中每一种花卉的寓意，虽然并非关于桃花的专题论述，但是作者的理论视角值得我们借鉴。潘莉《古籍中的桃意象》②论述了从桃木到桃花的意象内涵和文化观念之间的关系，具有较多的文献含量。高林广《唐诗中的"桃"意象及其文化意义》③对唐诗中出现的桃树、桃花、桃实的意蕴进行了分析和解读，认为唐诗中的桃意象主要有以下的意义：比喻美丽的女子、春天的象征、故园之思、驱鬼避邪、骄横小人的比喻，文章研究较为全面，也较为深刻。张天健《杜甫与桃花杂议》④认为，杜甫喜欢桃花、喜欢桃树是发自内心的爱，而"轻薄桃花逐水流"并非是对桃花的贬低，相反，写出了桃花的美感。这两篇论文对于我们研究桃花在唐代的地位和意义具有重要的参考价值。洪涛《中国古典文学中的桃花意象》⑤对桃花的原型意义和意义演变进行了探讨，主要提出，在世俗伦理意义上，桃花的比附意义倾向于否定。

①　邓魁英：《辛弃疾的咏花词》，《文学遗产》1996年第6期，第61页。
②　潘莉：《古籍中的桃意象》，《文史杂志》2000年第4期，第38页。
③　高林广：《唐诗中的"桃"意象及其文化意义》，《汉字文化》2004年第3期，第30页。
④　张天健：《杜甫与桃花杂议》，《杜甫研究学刊》1998年第2期，第70页。
⑤　洪涛：《中国古典文学中的桃花意象》，《古典文学知识》2001年第3期，第123页。

这对于我们理解桃花意象的文化内涵和演变有重要作用。

2. "桃花源"原型意义的研究。

陈寅恪《桃花源记旁证》①、孟二冬《中国文学中的"乌托邦"理想》②，都认为陶渊明笔下的"桃花源"是根据自身经历和现实社会构想出来的。程千帆《相同的题材与不同的主题、形象、风格——四篇桃源诗的比较研究》③，对唐宋时期具有代表性的"桃花源"题材进行了深入探讨，对于我们进一步研究桃花源意象具有重要的参考价值。其余的如赵山林《古代文人的桃源情结》④、刘中文《异化的乌托邦——唐代"桃花源"题咏的承与变》⑤、刘明华《桃源望断无寻处——论"桃花源"及其变体》⑥、何胜莉《桃源母题的异代阐释》⑦ 等。这些论文中，《异化的乌托邦——唐代"桃花源"题咏的承与变》较有参考价值，文章在程千帆先生之文的基础上，将唐诗中的所有桃源题材作品按照主题进行分类，文章认为，这些作品对桃花源原型意义既有继承又有发展，并且呈现出桃花源两种内涵的分道扬镳而又合流的特征。

3. 桃木可以避邪的民俗现象的研究。

陶思炎《中国镇物文化略论》⑧ 认为上古的神话关于"度朔山"的描述是桃符、春联进入风俗应用的基础，桃木避邪是原始

① 陈寅恪：《陈寅恪集·金明馆丛稿初编》，生活·读书·新知三联书店2001年版，第188页。

② 孟二冬：《中国文学中的"乌托邦"理想》，《北京大学学报》2005年第1期，第41页。

③ 程千帆：《古诗考索》，上海古籍出版社1984年版，第27页。

④ 赵山林：《古代文人的桃源情结》，《文艺理论研究》2000年第5期，第18页。

⑤ 刘中文：《异化的乌托邦——唐代"桃花源"题咏的承与变》，《学术交流》2006年第6期，第145页。

⑥ 刘明华：《桃源望断无寻处——论"桃花源"及其变体》，《殷都学刊》1994年第1期，第58页。

⑦ 何胜莉：《桃源母题的异代阐释》，《西南交通大学学报》（社会科学版）2003年第2期，第80页。

⑧ 陶思炎：《中国镇物文化略论》，《中国社会科学》1996年第2期，第138页。

巫术信仰的物化，是宗教的法物和风俗符号，蕴涵着复杂的文化内容。罗漫《桃、桃花与中国文化》[①] 深入地论证了桃避邪的原因和表现，认为桃的药用价值是产生桃木崇拜的根本原因，神话传说中的桃木驱鬼则是桃木避邪的反映。李雪《试论先秦两汉时期以桃制品避邪的风俗》[②]，以大量的文献资料论证了先秦时期桃避邪的观念的产生及在生活中的表现。陈发喜《桃符文化阐释》[③] 从语义上解释桃符，并且探讨了桃符的来源和发展演变，考察了桃符的文化源流。孙毓祥《桃符探源》[④] 从古人原始思维的特点这一角度出发，认为生活中对桃树的依赖和桃的多种医疗价值是古人产生桃能驱鬼的信仰的原因，而桃符是古人的灵物崇拜的表现，今天的对联是桃符的嫡传。这两篇是研究"桃符"的较有参考价值的论文。

4. 综合研究。

罗漫《桃、桃花与中国文化》从纵、横两方面论证了桃在中国文化和社会生活中广泛而重要的作用，尤其是对桃实作为仙果的文化意蕴、桃枝避邪的民俗学意义以及神话学意义的论述很有价值。廖开顺《桃花文化与中国女性中国文人》[⑤] 不失为一篇较为深刻、独到的论文，提出了中国文化中的桃花是中国女性悲剧命运的体现和失意文人的寄托，这对于我们研究桃花与女性关系问题具有借鉴意义。王焰安的系列论文《咏桃诗词初探》、《桃文化衍生试论——以先秦、秦汉、魏晋南北朝为例》、《桃文化衍生试论——以唐宋元明清为例》、《试论桃花诗词具象之组合》、《试论少数民

---

① 罗漫：《桃、桃花与中国文化》，《中国社会科学》1989 年第 4 期，第 145 页。

② 李雪：《试论先秦两汉时期以桃制品避邪的风俗》，项楚主编《中国俗文化研究》第 2 辑，巴蜀书社 2004 年版，第 217 页。

③ 陈发喜：《桃符文化阐释》，《湖北民族学院学报》（哲学社会科学版）2006 年第 3 期，第 10 页。

④ 孙毓祥：《桃符探源》，《社会科学辑刊》1986 年第 6 期，第 87 页。

⑤ 廖开顺：《桃花文化与中国女性中国文人》，《怀化师专学报》1997 年第 3 期，第 297 页。

族民间文化中的桃文化》，已被收集到其论著《桃文化研究》中，这些论文覆盖了桃文化的所有内涵，具有综合的借鉴价值。王卫东《桃文化新论》① 和李明新《漫谈中国桃文化兼及〈红楼梦〉》② 也是有一定参考意义的论文。

桃文化的内涵很丰富，除了上述一些专题论文涉及到的主题之外，从桃作为一种花卉的文化角度，着力系统地研究桃意象、桃题材的发生和发展的过程；对桃花的花卉特色和文学、文化意义的阐释；专题的桃意象研究；艺术、宗教、园林等领域的桃文化的专题或现象研究等方面，还有很多的空间，而这些内容又是我们深入理解桃文化所不可或缺的。因此，系统地对文学、艺术、民俗、宗教、园林等领域的桃文化进行文化审美和历史、逻辑的阐释，将会有着深刻的现实意义和学术价值。

三 研究内容和方法

（一）研究内容。

本书共分上、下两编。第一章至第四章为上编，是对桃花题材和意象作品的文学和文化发生、发展及演进的历史过程的梳理。下编为第五章至第八章，是对桃花的形象特色与文学和文化意义的阐发。由于植物的生物属性是其社会历史文化价值的先决条件和原始基础，植物的利用总是先及其实用，然后才是审美观赏。桃经历了一个由"果子实用"到"花色审美"，再到"文化象征"的完整过程，也就是说人们对桃花的认识经历了一个由实用到审美的过程，因此本书将按照这一规律和逻辑顺序安排结构和内容。

上编：第一章以大量的文献记载和考古资料为依据，从桃的分

---

① 王卫东：《桃文化新论》，《云南民族学院学报》（哲学社会科学版）1997 年第 4 期，第 67 页。

② 李明新：《漫谈中国桃文化兼及〈红楼梦〉》，《红楼梦学刊》2006 年第 3 辑，第 245 页。

布广泛、利用和开发较早几个方面论述了桃在先秦时期的历史状况，而《诗经》有关篇章则是桃历史状况的文学反映。第二章是对魏晋南北朝桃花题材作品产生及特征的论述，主要指出，南朝专题咏桃诗歌的出现标志着桃花文学审美历程的开端。唐代是桃花题材和意象作品大规模出现的时代，数量之多，文学和艺术成就之高，都是前代无法比拟的。这是第三章论述的内容。第三章的重点是展示唐代文人对桃花形象美的表现和对桃花情感寓意的深入挖掘、艺术表现，以显示较前代的进步和发展之势。第四章则是从文化的角度论述宋代对桃花的品种认识、花品和花德认识、民俗认识，而宋词中有关作品则体现了宋代文人对桃花的文学和文化审美。

　　下编：第五章为下编的开始，是对桃花物色特性的阐释，这是桃花的文学和文化意蕴生成的基础。第六章则分别从桃花意象的女性内涵的形成和转变、"人面桃花"的原型意义及影响、"桃花流水"意象的文学意蕴及形成三个方面探讨桃花的文化意蕴及生成。第七章则探讨了民俗文化中的仙桃认识，这一认识起源于先秦而成熟、定型于魏晋时期。第八章为中国文学和文化中的"桃花源"现象研究，论文按照两个线索进行论述：一是桃花源的题材和主题研究。以主题学分析和研究的视角，通过对古代文学作品中的相关题材和主题作品的梳理，分析其在不同时代的接受与流变；二是桃源意象研究。桃源意象的原型有两个，即陶渊明《桃花源记》中之桃源和刘义庆《幽明录》之刘晨、阮肇天台山桃源，前者为理想社会的模式，后者为理想情爱的天地。二者在后世的文学作品中，既呈现出分道扬镳的现象，又有相互融合之状况。历代对"桃花源"的理解因时代背景、文人经历等的不同而呈现出不同的诠释，从而继承和发展丰富了"桃花源"题材、主题和意象的文学和思想意蕴。第六章和第八章是本书的核心部分，也是能充分体现"中国花卉题材文学和花卉审美文化研究"课题主题精神的部分。

需要指出的是，由于中国古代文学中的桃花题材和意象作品对桃花的文学表现和文化认识至宋代已基本定型，元、明、清时期固然也产生了许多优秀之作，然而对桃花的文学和文化认识大致承袭前代，限于时间和精力，本书所依据和探讨的主要是先秦至宋代文学作品中的桃花题材和意象，且主要是诗、词中的相关作品，而对于元、明、清时期的相关作品有待以后的详细研究。

（二）研究方法。

1. 广泛涉猎资料。

从（唐）《艺文类聚》、（唐）《初学记》、（宋）《太平御览》、（宋）《全芳备祖》、（明）《群芳谱》、（清）《广群芳谱》、（清）《古今图书集成》等类书出发，了解关于桃的基本情况；把《古今图书集成》作为索引使用，在此基础上广泛搜集《四库全书》、《四部丛刊》、《续修四库全书》等大型丛书文献；检索文学典籍中各个时代的诗、词、文、赋的总集中相关作品；重要作家的别集、子部、史部、专著等灵活处理；以文学方面的材料为主，同时也要了解和运用生物学、农学、艺术、民俗等方面的知识。总之，要尽可能地利用一切条件和资源搜索相关的文献资料，以求详细、全面地占有材料。

2. 跨文体研究。

由于桃的文学和文化方面的资料散见于诗、词、赋、小说、笔记等文体中，因而必须进行综合研究才能全面揭示桃文化丰富的内涵。

3. 多种学科研究。

桃不仅是开发和利用较早的植物品种，也是常见的文学意象，人们对桃的认识和利用涉及饮食、宗教、民俗、文学、园林、绘画等领域，因而必须结合多种学科知识，才能准确地阐释其蕴涵的文学和文化意义。

4. 主题学研究。

在以上几种方法的指导下，借鉴原型研究、意象研究、主题学研究的方法，参阅程杰《宋代咏梅文学研究》、周武忠《中国花卉文化》、何小颜《花与中国文化》、王焰安《桃文化研究》、王立《文学意象的主题史研究》等论著和邓魁英《辛弃疾咏花诗研究》等论文，以求开拓研究思路，并对中国古代文学和文化中的桃意象的多种文学和文化内涵有较为深入的了解。

上　编

第一章　先秦桃的文化形态与原型意义

邈远荒古的往昔岁月是人类文化的童年时代，先民对自然的听从与依赖，形成了顺天所赐以充庖厨的生活，于是，能够作为人们食物来源的自然界的一切都会受到青睐。桃，这种原产于我国、历史悠久的植物，因具有分布广泛、结子繁硕的特点而较早地进入了古人的视野。由采摘而种植，由食用而观赏，桃成了人类生产和生活的重要对象，显示出重要的历史和文化意义。今天桃文化的各条支流，都可以在那个时代找到清活的源头。而历史上的先秦时代，无论从哪一个方面讲，都可以作为中国文化的形成时代。因而，对有关文献资料进行整理、分析将会有助于我们管窥这一时期的中国文化。同时，也只有找到并且洞察了桃文化之源，才能顺流而下，感受汩汩滔滔的桃文化大江大河的丰盈与多姿。而本书的研究是建立在对先秦时期所有有关桃的文献的搜集、归纳和分析的基础上的，因而，在文献整理方面也具有重要的意义。

第一节　桃的原始分布与早期栽培

桃，蔷薇科，李属，落叶小乔木。原产于我国，野生桃广泛分布于我国北方的西部、西北部如陕西、甘肃、西藏等地，栽培历史悠久。据中外植物学家研究，李属植物大部分生长在我国的西北和西部。这在古代文献、文学作品以及一些考古发掘资料中都有记载和表现。

《山海经》为上古山川地理之书，对植物分布等情况的记载较为详细。据笔者统计，《山海经》对主要的植物的记载次数如下：

竹 24 次，柏 23 次，松 18 次，桃 16 次，谷 15 次，黍 15 次，桑 14 次，梓 14 次，柳 9 次，葵 8 次，李 6 次，芍药 4 次，椒 4 次，梅 4 次，桐 4 次，杨 3 次，麻 3 次，杨柳 2 次。可见，对 "桃" 的记载是比较多的。而在对 "桃" 所记载的 16 处中，有 6 处写到了桃的分布，如《山海经·北山经》："边春之山，多葱、葵、韭、桃、李。"《山海经·东山经》："岐山，其木多桃李，其兽多虎。"《山海经·中山经》："夸父之山……其北有林焉，名曰桃林，是广圆三百里。"《山海经·中山经》："卑山，其上多桃李苴梓，多累。"

根据《山海经》的相关研究著作，边春之山即昆仑山，位于甘肃、新疆、青海之间；岐山位于今陕西岐山县，在扶风、凤翔之间；灵山位于河南宜阳；卑山位于今河南沁阳。由此可知，上古时代，我国的西部和北部广泛分布着野生桃。

对于《山海经·中山经》中所言 "桃林"，晋郭璞《山海经》卷五注曰："桃林，今弘农湖县南谷中是也，饶野马、山羊、山牛也。"① 而《尚书·周书·武成》亦提及 "桃林"："（武王）乃偃武修文，归马于华山之阳，放牛于桃林之野，示天下弗服。"② 虽然我们没有十分明确的文献资料证明 "桃林" 命名的来历，但是据后代的典籍我们大致可以认定，桃林之名来源于其地生长着大面积的桃林，如《史记》卷四亦引《尚书》这段话并注云："……纵马于华山之阳，放牛于桃林之虚。偃干戈，振兵释旅，示天下不复用也。""孔安国曰：'桃林在华山东。'""《括地志》云：'桃林在陕州桃林县西。'""《山海经》云：'夸父之山……其北有林焉，广圆三百里，中多马，湖水出焉，北流入河。'"③《魏志》记载：弘农县有桃林；《隋志》记载：河南郡立桃林县，因桃林而名也。

---

① （晋）郭璞撰，袁珂校注：《山海经校注》，上海古籍出版社 1980 年版，第 139 页。

② 顾颉刚主编：《尚书通检》，上海古籍出版社 1990 年版，第 23 页。

③ （汉）司马迁撰，郭逸校注：《史记》，上海古籍出版社 1997 年版，第 2182 页。

再根据上面的论述，此地域是我国陕西、河南一带，为古代桃的集中产地，因而分布着壮观的桃林的可能性是很大的。如果此种结论成立的话，《尚书》中的这段话应当是对我国大面积野生桃林的最早记载。

考古发掘报告也证明了桃历史悠久的事实。考古学者对郑州二里岗殷商文化遗址进行发掘时，在一个代表龙山文化的 26 号灰坑中，发现了陶钵、石斧、木炭、桃核等；① 河北藁城市台西村商代遗址中出土的两枚桃核，桃核呈椭圆形，较扁，表面有皱纹，顶端尖，基部扁圆，中央有果柄脱落后的疤痕。桃仁呈灰白色，椭圆形或长卵形，长 10—15 毫米，宽 8—13 毫米，横断面呈扁圆形。经研究和鉴定，与我们今天的桃栽培品种完全相同。② 以上事例表明，在新石器时代和殷商时代，野生桃已经被广泛利用，成为先民的食物来源，也说明了桃的采集、利用历史悠久的事实。

考古学家在浙江、云南等地，也发现了新石器时代、商、周时期的毛桃核或者桃核。这说明了桃是一种分布广泛、适应性强的树木，随着人类活动范围的迁移、扩大，桃的传播和栽种范围也在扩大，这显然是古代人类活动的结果。

在长期采集野生桃作为食物的漫长历史中，先民们开始了桃的栽培。考古资料证实了桃的栽培历史悠久，文学作品也有反映，如《诗经·魏风·园有桃》曰："园有桃，其实之肴。"这说明，在西周时期，桃已经在果园中栽培了。在殷商时期，甲骨文中已经出现了"园"，据《说文解字》，"园"最初是栽培果树、林木之所。因而可以判断，在《诗经》时代，桃已经是人工

---

① 邹衡：《试论郑州新发现的殷商文化遗址》，《考古学报》1956 年第 3 期，第 79 页。

② 耿鉴庭、刘亮：《藁城商代遗址中出土的桃仁和郁李仁》，《文物》1974 年第 8 辑，第 54—55 页。

栽培的树木了。

从某种意义上讲，《诗经》也有地理记录，这主要通过对植物的记载和描写体现出来。据清代学者顾栋高《毛诗类释》中的统计，《诗经》描写的植物中，草类37种，木43种，花果15种。[①]《诗经》就有6篇作品写到了桃，其他重要植物则有：松8篇，柏7篇，梅5篇，李5篇，柳4篇，椒3篇。所以，对桃的描写还是较多的，也可见桃的分部广泛、历史悠久。《诗经》中桃的描写分别见于《周南·桃夭》、《召南·何彼秾矣》、《卫风·木瓜》、《大雅·抑》、《周颂·小毖》等篇。《周南》、《周颂》所涉大概相当于河南至江汉流域，《召南》涉及地域为周公姬奭的驻地镐京，即今西安以南地区，《卫风》涉及的地方大概是河南省北部，而《大雅》涉及的范围为周王室统治的中心地区，即今陕西省中部。可以看出，《诗经》时代，桃主要分布在黄河流域中上游，这与上面的论述是一致的。这些分布集中、历史悠久的地方也成为早期桃的栽培集中地，也是今天优质桃的产地。

成书于汉代、但是所记多为先秦之事的《神农本草经》中，桃仁已被记载为药物。至今，桃仁等依然是重要的中药药材。《尔雅》中已经有"旄"、"榹桃"的记载，郭璞注曰："旄，冬桃；榹桃，山桃。"[②]

后代对桃的品种的认识和栽培是建立在这一基础上的。由此可以说明先秦时期的人们对桃的认识开始趋于深入。

不仅如此，人们还在栽培桃的生活实践中逐渐懂得了桃的生长环境的重要性以及桃树对环境的美化作用。《管子·地员》篇云："五沃之土……其左其右宜彼群木……其梅、其杏、其桃、其

---

① （清）顾栋高：《毛诗类释》卷一四、卷一五，《影印文渊阁四库全书》本。
② （晋）郭璞注，（宋）邢昺疏：《尔雅注疏》卷九，上海古籍出版社1990年版，第158页。

李。"① 据研究，《管子》中的大部分文章作于秦汉之际②，由此可以推断，至迟在战国时代，人们已经认识到了土壤与桃树栽培的关系。《韩非子·外储说》第三十三卷和《吕氏春秋》中都有子产治郑十八年而"桃李荫于行者莫之援也"③ 的记载，除了说明子产之治的开明，也说明桃已经作为行道树而美化环境了。这是桃的园林景观的最初形态。

在知识和经验日渐丰富的基础上，栽培桃树也趋于普遍。《墨子》卷五则曰："今有一人，入人园圃，窃其桃李，众闻则非之，上为政者得则罚之，此何也？以亏人自利也。"④ 这段话说明了在春秋、战国时代，园中栽培种植桃树已经是很普通的事情。

由于桃分布广泛、历史悠久、栽培渐多，因而先秦时期的文献中常出现以"桃"来命名的地名、人名等，其中，在地名中应用较多，这种现象在今天各地地方志中体现得尤其明显，尽管这些地名最初的命名原因多种，但人们对桃的广泛认识是一个重要的共同因素，这也从一个侧面说明了桃在古代分布广泛的事实。

桃的原始分布与早期桃的栽培和利用，为汉、魏时期桃的新品种的不断出现和桃树的种植、嫁接等技术的进步创造了条件。在桃文化的发展历史上，先民在日复一日的由采集到栽培的生活中，书写了价值非凡的第一页，开启了中国桃文化先河。

第二节　桃实的食用价值的发现与利用

桃最初走进先民的生活是因为桃是一种容易得到的果实。人们

---

① （唐）房玄龄注，刘绩增注：《管子》，上海古籍出版社1989年版，第97页。

② 翟江月：《试论〈管子〉中的作品完成在〈吕氏春秋〉成书之后》，《管子学刊》2004年第3期，第13页。

③ （秦）吕不韦撰，（汉）高诱注：《吕氏春秋》卷一五，上海古籍出版社1989年影印本，第120页。

④ 《墨子》卷五，上海古籍出版社1989年影印本，第36页。

最初对桃子的利用是采集鲜果以充饥。随着栽培和利用技术的进步，桃子的地位也渐渐上升，成为有品位的果实。然而，野生的桃实和栽培初期的桃子较小，有的略带苦味。在这种背景下，人们逐渐学会了对桃子进行选择、加工、储藏的方法。

桃分布广泛、历史悠久，因而采集历史也很悠久，在漫长的采集历史中，人们对桃子有了初步的认识。首先，人们认识到桃子较大，《诗经》中《周南·桃夭》就对这种大的果实进行了赞美："桃之夭夭，有蕡其实。"宋朱熹《诗经集传》卷一云："蕡，实之盛也。"①

其次，人们认为桃子的味道很美，《诗经》中《魏风·园有桃》："园有桃，其实之肴。"随着人们对桃认识的不断深入，桃的经济价值也日渐显现，《荀子·富国》篇曰："今是土之生五谷也，人善治之，则亩数盆，一岁而再获之。然后瓜、桃、枣、李，一本数以盆鼓。"② 可见，至迟在战国时期，桃子就成了一种具有经济价值的果实。

经济地位的上升，促进了桃子的文化地位的提高。上层社会对桃子钟爱有加，将它作为礼物赠送别人，表现出对桃子的珍重。《诗经》中《大雅·抑》篇有"投我以桃，报之以李"的句子，桃子的人文内涵更加丰富了，成语"投桃报李"即由此而来。在《郑风·溱洧》中也有馈赠内容："士与女伊其相谑，赠之以芍药。"此处"芍药"为《诗经》时代郑国青年男女离别互赠的信物。朱熹《诗集传》卷三谓"以芍药为赠而结恩情之厚也"③。由此可见，"桃"、"李"、"芍药"都被赋予了情感色彩而具有了象征意义。还应该注意的是，由于桃与李具有相似的生态分布和栽培历史，是同属植物；又因为桃、李都较容易栽培和种植，适应性

---

① （宋）朱熹：《诗集传》卷一，中国书店1980年版，第5页。

② （战国·赵）荀况撰，杨倞注：《荀子》，上海古籍出版社1989年版，第55页。

③ 《诗集传》卷三，第56页。

强，因而历代桃、李总是并称，《诗经》中《大雅·抑》对桃、李关系和意义的描写即基于这种认识。后代即以桃李比喻学生和人才。这是一个重要的文化现象。

春秋时代，桃子已经被看成果中佳品，这在文献中也有记载。《晏子春秋》卷二《内篇谏下》第二十四言：

> 公孙接、田开疆、古冶子事景公，以勇力搏虎闻。晏子过而趋，三子者不起。晏子入见公……因请公使人少馈之二桃，曰："三子何不计功而食桃。"公孙接仰天而叹曰："晏子，智人也。夫使公之计吾功者，不受桃，是无勇也。士众而桃寡，何不计功而食桃矣。接一搏豻而再搏乳虎，若接之功，可以食桃而无与人同矣。"援桃而起。田开疆曰："吾仗兵而却三军者再，若开疆之功，亦可以食桃而无与人同矣。"援桃而起。古冶子曰："吾尝从君济于河，鼋衔左骖以入砥柱之流。当是时也，冶少不能游，潜行。逆流百步，顺流九里，得鼋而杀之。左操骖尾、右挈鼋头，鹤跃而出，津人皆曰：'河伯也。'若冶视之，则大鼋之首，若冶之功，亦可以食桃而无与人同矣。二子何不反桃。"抽剑而起。公孙接、田开疆曰："吾勇不子若，功不子逮，取桃不让，是贪也。然而不死，无勇也。"皆反其桃，挈领而死。古冶子曰："二子死之，冶独生之，不仁。耻人以言，而夸其声，不义。恨乎所行，不死无勇。虽然，二子同桃而节，冶专其桃而宜。"亦反其桃，挈领而死。使者复曰："已死矣。"公殓之以服，葬之以士礼焉。①

这就是历史上的"二桃杀三士"的故事。由上面的故事可以看出，桃在春秋时期确实是难得的、上等的果品，以至于三介赳赳武夫以此为契机，因节义而丧命。《孔子家语·子路初见》记载了

---

① 孙星衍、黄以周校：《晏子春秋》，上海古籍出版社1989年版，第19页。

鲁哀公以桃子款待孔子的故事①,《韩非子》卷四记载:"昔者弥子瑕有宠于卫君……与君游于果园,食桃而甘。不尽,以其半啖君。君曰:'爱我哉!忘其口味,以啖寡人。'"② 韩非为战国末年韩国贵族,韩国国域大概相当于现在的河南西北、陕西东部的一些地方,由此可以判断,当时的韩国是甜桃的一个产地。河南、陕西一带自古就是桃的原产地和集中分布地,桃的栽培历史较为久远,因而桃子的质量好,甘甜可口,以至于成为弥子瑕邀宠于卫君的美味佳果。

桃子还可以作为祭祀之用。《周礼·天官·冢宰》第一:"馈食之笾,其实枣、栗、桃、乾樐、榛实。"汉郑玄注:"馈食,荐孰也。今吉礼存者,特牲、少牢。诸侯之大夫、士祭礼也,不裸,不荐血腥,而自荐孰始,是以皆云馈食之礼。"③ 今天民俗中以桃子祭祀即是这一古老民风的延续。

不仅如此,人们还学会了储存、加工鲜果的方法。中国古代最早以韵文形式记载物候景观和社会生活的文献《夏小正》曰:"六月……煮桃。"④ 这是较早对桃的加工、储藏方法的记载。《礼记·内则》曰:"枣曰新之,栗曰撰之,桃曰胆之,柤梨曰攒之。"⑤ 这说明人们有了对桃进行初步加工的萌芽意识。《礼记·内则》曰:"桃诸、梅诸、卵盐。"汉郑玄注曰:"食目,人君燕食所用也。"唐孔颖达疏:"桃菹、梅菹,即今之藏桃、藏梅也。欲藏之时,必先稍乾之,故《周礼》谓之乾樐。"⑥ 这种经过晒干的桃,在那个时代是贵重的食物,成了国君宴食之目。

---

① (三国·魏)王肃注:《孔子家语》卷五,上海古籍出版社1990年版,第54页。

② (战国·韩)韩非撰:《韩非子》卷四,上海古籍出版社1989年版,第34页。

③ (汉)郑玄注,(唐)贾公彦疏,黄侃经文句读:《周礼注疏》卷五,第82页。

④ 《大戴礼记》卷二,《影印文渊阁四库全书》本。

⑤ (汉)郑玄注,(唐)孔颖达正义,黄侃经文句读:《礼记正义》卷二八,上海古籍出版社1990年版,第527页。

⑥ 《礼记正义》卷二七,第521页。

先秦时期对桃的品种的认识、对桃的加工储藏，以及桃子的文化意义的丰富，是后代桃文化发展的源泉，后来的许多民间文化如以桃子来祝寿的风习、桃子的图案的美好寓意等就与此有关。

第三节　桃木的实用价值及文化内涵的演变

桃在古代生活中的重要性不仅仅体现在桃子的食用价值上，还体现为桃木在古人生活中的实用价值上。这主要从两个方面呈现出来。

一　桃木是良好的武器材料

桃木是良好的武器材料，这在先秦的文献中也有记载。《周易·系辞下传》曰："弦木为弧，剡木为矢，弧矢之利，以威天下，盖取诸睽。"①《说文解字》卷十二（下）云："弧，木弓也。"形象清晰地说明了柔韧、结实的木质可以做成弧和矢以威服天下的事实。因而，桃木最初的实用价值当是作为工具或者武器。《周礼·冬官·考工记》曰："桃氏为剑。"又曰："桃氏为刃。""攻金之工，筑、冶、凫、粟、段、桃氏。"②宋王与之云："剑之工名，谓之桃氏，以桃能辟除不祥，而剑亦能止暴恶故也。"③可见，桃木在周代是上等的武器材料，以至于人们把它作为一种品牌。《左传》中也有把桃木作为武器的记载，《左传·昭公十二年》曰："昔我先王熊绎辟在荆山，筚路蓝缕以处草莽，跋涉山林以事天子。唯是桃弧、棘矢以共御王事。"晋杜预注曰："桃弧、棘矢以御不祥。"④荆山，在今湖北省西部，汉江两岸。楚国国君带领臣

---

① （明）来知德：《周易集注》，上海古籍出版社1990年版，第372页。
② 《周礼注疏》卷四〇，第616页。
③ （宋）王与之：《周礼订义》卷七三，《影印文渊阁四库全书》本。
④ 《十三经注疏》整理委员会整理，李学勤主编：《春秋左传正义》，北京大学出版社1999年版，第1305页。

民跋涉山林，开辟疆土，甘苦与共。面对周边各国存在的威胁，尤其是面对北方周朝军队一次又一次的南侵，楚人振军经武，保持警惕，枕戈待旦，而桃木则是他们在这样的国家战争中使用的重要武器。

二 桃木是避邪工具

木质材料作为武器是在金属器具发明之前的事情，随着铁、铜等金属的冶炼和制造技术的发明和进步，木质武器也就被金属取代了。然而，在文化的传承上，形式的演变往往是迅速的，文化载体曾经被赋予的文化内涵的变化往往是缓慢的，它会成为新的文化内涵"发生源"。桃木也是如此，在它消失了武器的身份之后，可以御凶的作用却被保留了下来，成为一种约定俗成的集体意识，与原始宗教的教义不谋而合，又使之成为具有驱逐邪恶、消灾避难的巫术工具，我国古代的文献对此记载很多。《焦氏易林·明夷》："桃弓苇戟，除残去恶，敌人执服。"① 这里仍然有桃木作为武器的痕迹。木质武器在铁等金属开始使用时就要退出历史的舞台。据研究，战国时期，古代的冶铁业不但十分兴盛，而且成为一种专门的行业，出现了很多的大商人。据此我们可以推断，冶铁业发展到如此的程度，绝非短时间所能达到，定有很长的历史，战国之前，桃木不再是以武器的功能而存在是极为可能的事情。文献资料也显示，随着社会的发展，桃木作为武器的记载越来越少，而多是避邪的媒介了。最早言及桃木避邪的文献是《周礼·下官·司马》："戎右掌戎车之兵革……盟则以玉敦辟盟，遂役之。赞，牛耳，桃茢。"② 即在严肃的盟誓场合，人们以桃、茢驱除不祥。这种以桃

---

① （汉）焦延寿撰，尚秉和注：《焦氏易林注》（下），中国书店 1990 年版，第 122 页。

② （汉）郑玄注，（唐）贾公彦疏，黄侃经文句读：《周礼注疏》卷三二，第 487 页。

木驱邪的风俗至春秋、战国时代趋于普遍和正式，甚至成了国君参加臣子丧葬时的礼俗。《左传·襄公二十九年》曰："（鲁襄公）二十九年，春，王正月，公在楚，释不朝，正于庙也。楚人使公亲襓，公患之。穆叔曰：'袚殡而襓，则布币也。'乃使巫以桃、茢先袚殡。楚人弗禁，既而悔之。"正义曰："郑玄云：'为有凶邪之气在侧。桃，鬼所恶。'……茢是帚，盖桃为棒也。"①《礼记·檀弓下》亦言："君临臣丧，以巫祝桃茢执戈，恶之也，所以异于生也。"②

古代的藏冰、出冰仪式上，也是用桃木制品驱灾。《左传·昭公四年》："古者，日在北陆而藏冰……其出之也，桃弧棘矢，以除其灾。"正义曰："服虔云：'桃，所以逃凶也。'"③ 杨伯峻注曰："出冰时，用桃木为弓，以棘为箭，置于出冰室之户以禳灾。"④ 这里，虽然仍是"桃弧"，但其作用已经不再是武器的御敌功能，而是驱除灾邪的效用。桃木的这种驱邪意义其实是桃木的武器作用的演变和发展。

在饮食中甚至也使用桃木驱邪。《礼记·玉藻》："凡献于君，大夫使宰，士亲，皆再拜稽首送之。膳于君，有荤、桃、茢，于大夫去茢，于士去荤，皆造于膳宰。"⑤

桃木作为避邪物除了前面讲的桃棒、桃弧等形式外，还有一种形式就是"桃人"。《战国策》卷十《齐策》三："孟尝君将入秦，止者千数而弗听。苏秦欲止之，孟尝君曰：'人事者，吾已尽知之矣。吾所未闻者，独鬼事耳！'苏秦曰：'臣之来也，固不敢言人事也。固且以鬼事见君。'孟尝君见之，谓孟尝君曰：'今者臣来过于淄上，有土偶人与桃梗相与语。桃梗谓土偶人曰：

---

① 《春秋左传正义》卷三九，第1088—1089页。
② 《礼记正义》卷九，第170页。
③ 《春秋左传正义》卷四二，第1194—1197页。
④ 杨伯峻注：《春秋左氏传注》第4册，中华书局1981年版，第1249页。
⑤ 《礼记正义》卷三〇，第564页。

"子西岸之土也,挺子以为人。至岁八月,降雨下,淄水至,则汝残矣。"土偶曰:"不然,吾西岸之土也,土则复西岸耳。今子东国之桃梗也,刻削子以为人。降雨下,淄水至,流子而去,则子漂漂者将何如耳。"今秦四塞之国,譬若虎口,而君入之,则臣不知君所出矣!'孟尝君乃止。"① 最早对此进行解释的是东汉高诱,注曰:"荼与郁雷皆在东海中,故曰东国之桃梗也。"②"桃人"的历史可以上溯到传说中的黄帝时代。汉代王充《论衡·订鬼》云:"《山海经》又曰:'沧海之中,有度朔之山,上有大桃木,其屈蟠三千里。其枝间东北曰鬼门,万鬼所出入也。上有二神人,一曰神荼,一曰郁垒,主阅领万鬼。恶害之鬼,执以苇索而以食虎。于是黄帝乃作礼,以时驱之,立大桃人,门户画神荼、郁垒与虎,悬苇索,以御凶魅。'"③ 上述文字,虽不见于今本《山海经》,然而,历代文献如《后汉书·礼仪志》、《后汉书集解》、《史记·五帝本纪》、《太平御览·果部·桃》等都有引用。可见,桃木可以驱鬼的意识是来自于《山海经》一书成书之前的民间信仰。

从上面的注释可以看出,高诱关于"桃人"的观点与王充《论衡·订鬼》中所言一致。高诱生活的东汉距离王充(27—97)生活的时代不远,因为民间习俗具有呈递性,《山海经》成书之前,桃人可以避邪就已经成为一种民众共识,此后代代相传,以至于成为一种信仰。

总之,先秦时期,古人对桃木的最初利用是直接以桃木棒作为武器使用,而后便以具有柔韧而不折的桃木做成桃弧、桃弓等用于战争。金属武器出现之后,便用于丧葬、盟誓等正式、严肃的场

① 诸祖耿:《战国策集注汇考》卷一〇,江苏古籍出版社1985年版,第564—565页。
② 同上书,第568页。
③ (汉)王充撰,黄晖校释:《论衡校释》卷二二,中华书局1998年版,第937—939页。

·14·

合，驱除不祥和邪气，这是基于桃木具有武器作用的原始意义。

第四节　桃花的物候表征作用

先秦时期，人们不仅从实用价值方面注意到桃实、桃木，而且还注意到了桃花。这在桃文化发展史上是一大进步。但是，实用主义的观念使桃花首先以物候作用即春天的表征而出现在古代的典籍中，桃花的文学意义初次显现于《诗经》："桃之夭夭，灼灼其华。"桃花是春天和健康、青春、美丽女子的象征，这奠定了中国文学传统中桃花与女性关系的基础。随着时代和审美认识的发展，桃花又获得了更为丰富的文学意蕴和文化内涵，成为"有意味的形式"。而桃花的春天表征意义又是其女性青春的文学意蕴产生的基础。因而，要真正深刻地研究桃花意象，就必须从上古时期的桃花原型意义入手。

据笔者统计，先秦典籍对桃的记载共计 86 次，但是，关于桃花的记载和描写很少，仅限于《夏小正》、《诗经》、《吕氏春秋》、《礼记》，共出现五次，而对桃花进行文学性描写的还仅仅限于《诗经》。在这较少的关于桃花的记载中，古人首先关注的仍然是它在生活中的实际作用。这符合人类认识发展史，因为在人类认识发展史上，事物的实用价值总是先于审美价值。

在中国最早记录季节物候景观的文献《夏小正》曰："正月启蛰……梅、杏、杝桃则华。"据物候研究资料，历史上的这个时期是气候温暖、湿润的时期[1]，"《夏小正》的时代，春天回暖早，秋天降温迟。据竺可桢先生研究，夏商时期是第一个温暖期……总体说来，在夏代，中原地区的气候要比周代暖和"[2]。因而，桃树在

---

[1]　张家诚：《中国气候总论》，气象出版社 1991 年版，第 316 页。
[2]　韩高年：《上古授时仪式与仪式韵文——论〈夏小正〉的性质、时代及演变》，《文献》2004 年第 4 期，第 99 页。

农历（即夏历）的正月开花是可能的。《逸周书·时训解》："惊蛰之日，桃始华，又五日，仓庚鸣，又五日，鹰化为鸠。桃始不华，是谓阳否。"① 这里，则把桃树是否于惊蛰之日开花作为占卜阴阳是否相协的方法。阴阳相荡，万物乃生，阳气萌动的春季是一年之始，人们把整个一年的丰与灾的预知都托于桃树开花，可见它在物候的表征方面是多么受到关注！《吕氏春秋·仲春纪》言："仲春之月，始雨水，桃李华，仓庚鸣。"②《礼记·月令》中也有桃花的物候意义的记载："始雨水，桃始华，仓庚鸣，鹰化为鸠。"③ 这里提到了"雨"和"桃花"，并且把它们和"春分"联系起来。雨水多时，桃花始开，春季来临，草长莺飞，这是典型的春季景观。古人以如此简洁、明丽的语句表达了出来！源于此，后代文学作品描写桃花时多与"水"或者"雨水"一起写。可见，先秦文献更多地用桃花开放来表示春天的来临。这种现象告诉我们三个信息。

首先，桃树分布较梅、杏等更为广泛，开发和利用较早；其次，桃花落后果实即开始出现，人们对桃的果实的关注附带地引起了对桃花的关注。再次，桃花颜色较为鲜艳，花型较大，而开得更早的梅花颜色淡，花型较桃花小；桃花花朵浓密，开放时更容易形成较为引人注目的景象，梅花花朵稀疏，视觉感不强，在没有形成细腻的审美心理的上古时代，人们不会用心细细品味梅花的暗香浮动，而更可能地去关注外向型的桃花。与杏花相比较，杏的开发和利用较晚；杏花颜色较淡，不容易引人注意。因而，桃花就无疑是春季的月令之花了。

---

① 黄怀信等撰，李学勤审定：《逸周书汇校集注》卷六，上海古籍出版社 1995 年版，第 521 页。
② 《吕氏春秋》卷二，第 17 页。
③ 《礼记正义》卷一五，第 297 页。

第五节　先秦文学作品中的桃花

上古实用主义的观念使桃花首先以物候作用即春天的表征而出现在古代的典籍中，而桃花的春天表征意义又是其获得女子青春的文学意蕴的基础。桃花与中国文学的关系主要通过一些传统主题体现出来，桃花与女性的关系就是其中一个重要的分支；桃花意象组合，如"桃花流水"、"桃花雨"等则是诗词中惯用的表达。而这两种文学现象的最初形态则是在先秦时期形成的。文学意象是文化积淀的结果，因而，要真正深刻地研究桃花意象，就必须从上古时期的桃花原型意义入手。

先秦时期，农业社会简朴、单纯的安居生活，使古人对朝夕相处的环境渐熟而生情。因而，在他们对自然界万物进行实际利用的同时，也萌发了较为原始的鉴赏意识。《礼记·乐记》云："人生而静，天之性也，感于物而动，性之欲也。"① 道出了客观事物对人的情感触动。宋代郑樵《通志》卷七十五《昆虫草木略·序》亦言："夫诗之本在声，而声之本在兴，鸟兽草木乃发兴之本。"② 桃，以它的多子、果实硕大、花色鲜艳、花朵繁多等朴野的美感走进了古人的吟咏篇什。

《诗经》有六篇作品写到了"桃"，其中的一篇《周颂·小毖》是写"桃虫"，其余五篇则分别写桃的果、花、叶、树，如，《魏风·园有桃》："园有桃，其实之肴。"《卫风·木瓜》："投我以桃，报之以琼瑶。"《大雅·抑》："投我以桃，报之以李。"《召南·何彼秾矣》："何彼秾矣，华如桃李。平王之孙，齐侯之子。"《周南·桃夭》："桃之夭夭，灼灼其华……桃之夭夭，有蕡其

---

① 《礼记正义》卷三七，第1529页。

② （宋）郑樵：《草木昆虫略·序》，《通志略》，上海古籍出版社1990年版，第785页。

实……桃之夭夭，其叶榛榛……"

从考古资料来看，古人采集或者栽培的是瓜果中味道较甜的品种，如桃、梅、杏、梨、甜瓜等，而桃则又因为产量丰富、容易栽培等成为人们乐于种植的果树，硕大而甘甜的桃子，成了人们喜欢的食物，因此也成了珍贵之物，以至于被作为礼品赠送他人。而有着烂漫花朵和繁茂叶子的少壮桃树则是旺盛生命力的象征。在古人看来，这种硕大、健康就是简单而真实的美，如《诗经·陈风·泽陂》中就以"硕大且卷"、"硕大且俨"的荷叶比喻"有美一人"，就是基于这样的审美意识标准，诗言："彼泽之陂，有蒲与蕳。有美一人，硕大且卷。寤寐无为，中心悁悁。彼泽之陂，有蒲菡萏。有美一人，硕大且俨。寤寐无为，辗转伏枕。"而《周南·桃夭》和《召南·何彼秾矣》篇中对桃花的描写则又体现出古人细致观察和深刻把握的能力。

关于《周南·桃夭》主旨，历代注解颇多，但是对"夭夭"和"灼灼"的字义，全无异解，如宋朱熹《诗经集传》卷一曰："桃，木名，华红，实可食。'夭夭'少好之貌，'灼灼'华之盛也，木少则华盛。"① 这也是对桃的生物特性的认识。而宋代吕祖谦则从诗歌的艺术角度注此诗句曰："桃之夭夭，灼灼其华，因时物以发兴，且以比其华色也。既咏其华，又咏其实，又咏其叶，非有他意，盖余兴未已，而反复歌咏之尔。"② 这一解释较为切合诗之本意。可见，注家对"灼灼"一词的理解是相同的，即描述夭夭之桃所开之花的繁盛貌。但是如果我们再结合"灼"字的字形来理解的话，就会对所写之桃花有更加形象、逼真的体会。"灼"字从火，"勺"声，因而字义当与"火"有关，"灼灼"为"灼"的重叠，反复渲染，有如火燃烧之意，这是古人长期对桃花观察的感受，也是对桃花盛开的细致形象的描摹。试想，如果我们换一个

---

① （宋）朱熹：《诗集传》卷一，第5页。
② （宋）吕祖谦：《吕氏家塾读诗记》卷二，《影印文渊阁四库全书》本。

形容花容花色的词语，表达将会逊色许多，由此也可见出古人朴素的审美成就。正因如此，后世也常以"灼灼"和如火之"霞"、"锦"等字眼儿来形容桃花盛花期的热烈和壮观。

对于"何彼秾矣，华如桃李"句，《毛诗正义》卷一引郑玄语云："华如桃李者，兴王姬与齐侯之子颜色俱盛。"① 既突出了桃花之色盛，又显现出桃花之态美，古人朴素的审美竟会有如此的效果！如果我们把《诗经》中对荷花、芍药描写的句子拿来对比，更能体现古人对桃花的熟悉和偏爱，如《诗经·陈风·泽陂》对荷花的描写是着笔于表现荷叶、荷花之硕大，目的是以此硕大的荷叶来比喻女性的健康与美丽，不同于我们今天对荷花的花色和荷叶的绿圆之形状的描写角度。可见，在先秦时期，桃花是人们关注较多因而也极为熟悉的花卉。

钱锺书先生说："观物之时，瞥眼乍见，得其大体之风致，所谓'感觉情调'，或第三种性质；注目熟视，遂得其细节之实象，如形模色泽，所谓'第一、二种性质'。"② 可见，古人对桃花的观察不仅得大体风致，而且"形模色泽"皆入眼底，"夭夭"、"灼灼"成了后世形容桃花的常用词。

从文学创作角度讲，《诗经》产生的时代是象征型自然观的时代，在那个时代里，自然物尚未被作为独立的歌咏对象，而常常是以比兴的手法作为喻体而出现的，因而《诗经》中的事物，如大量的动物和植物等常被赋予象征意义。而古人观察事物多倾向于对事物外在形象的把握。桃花与梅、兰等花卉相比较，不以香胜而是以色优，因而更容易吸引人的注意力。清代方玉润《诗经原始》中这样讲道："桃夭不过取其色以喻'之子'，且华出茂，即芳龄

① （汉）毛公传，（汉）郑玄笺，（唐）孔颖达等疏，黄侃经文句读：《毛诗正义》，上海古籍出版社 1990 年版，第 66 页。

② 钱锺书：《管锥编》第 1 册，中华书局 1979 年版，第 71 页。

正盛时耳。"① 从诗歌的创作方法角度，谈到了桃花之"色"与
"之子"之间的取喻关系。从语法角度说，比喻或比兴的建立条件
是本体和喻体之间要具有相似之处。那么，"桃花"和"之子"
（女子）之间有什么相似点呢？宋代陆佃《埤雅》曰："桃有华之
盛者，其性早华，又华于仲春，故《周南》以兴女之年时俱富。
谚曰：白头种桃，又曰：桃三李四梅子十二，言桃生三岁便放华
果，早于梅、李，故首虽已白，其华子之利可待也……《周南》
复取少桃以兴，所谓桃之夭夭是也。一章曰'灼灼其华'，'灼灼'
者，其华之红而丽也，言女以盛时而嫁。"方玉润所言之"色"是
指桃花的勃勃生机给人的直观感觉，其中包括桃花鲜艳的色泽、怒
放的花蕊等生物特性的呈现。从生物学角度言，桃花属于蜂媒花，
它必须获得蜂蝶的青睐才能完成授粉的生殖任务，夭夭之桃正是其
树龄中的最佳阶段，春风中，众花齐发，灿若朝霞。这样它便能招
引蜂蝶传精授粉。而桃花的这种物候性质又与待嫁女子何其相似！
以此时的桃花比喻女子，也就是说该女子心理和生理都已到了适于
结婚的最佳时候了。因此，清代姚际恒《诗经通论》言："桃花色
最艳，故以取喻女子，开千古辞赋之祖。"② 当然，深层的生殖崇
拜心理也是《诗经》中以多子的桃花喻女子的原因。这样，桃花
就又具有了女性青春的内涵，桃花与女性的关系由此而产生并建立
起来，成为在中国文学传统中桃花与女性主题的原型，随着时代的
发展变化，这一原型也在与不同文化结合的过程中产生了新的文化
内涵。

　　《诗经》历来被看做中国古代文学的源头，一个重要的原因是
它产生了很多的原型意象。桃是《诗经》时代重要的园中果树，
而从生物学角度讲，桃为蔷薇科李属植物，这种亲密的因缘也使得
它们常常并称，《诗经》篇章对它们的运用就是基于此，这样产生

---

① （清）方玉润撰，李先耕点校：《诗经原始》，中华书局2006年版，第82页。
② （清）姚际恒：《诗经通论》卷一，中华书局1958年版，第25页。

了"园桃"和"桃李"两个原型意象,后世文学作品中的"东园桃李"、"故园桃李"等表述由此而来。

当然,《诗经》中对桃花的描写也不是揭示其作为花卉的美感,还只是作为物候的表征或比兴使用,借对桃花的外在色、形的描写,抒发对所要歌咏的人或事物的感情。这也是上古时期实用主义的美学观的体现。但是,古人对桃花的敏锐的观察和描写为后代桃花题材和桃花意象作品的创作提供了一个现成的思路。

综上所述可见,原产于我国的桃,其果、其木在先秦时期就得到了充分的利用,其食用价值、使用价值都因人们实际生活的需要而得到了淋漓尽致的发挥,形成了多样的文化形态,这些文化形态几乎遍布了先秦所有的典籍。桃的分布栽培及果实的利用是桃文化产生的基础,而桃木由一般工具、武器向巫术工具的转变使得桃文化渐趋丰富起来。桃花因其生物特性而具有的物候作用也成为先秦时期人们的关注和利用的对象,而桃花重要的意象组合如"桃花流水"、"桃花水"、"桃花雨"等的原型都是在这一时期形成的。《诗经》篇什标志着桃花的文学意义的初露端倪,桃花与青春、女性的关系也成为中国文学传统中重要的主题之一。总之,先秦时期塑造了桃文化的雏形,是我们今天研究桃文化的"源头活水"。

第二章　魏晋南北朝桃花题材文学
作品的产生及审美认识

在中国古代文学桃花题材和桃花意象的发展历史上，魏晋南北朝是一个重要时期，是桃花文学审美的"自觉"时代，而这种"自觉"审美有一个演进和发展的过程。晋傅玄《桃赋》和南朝宋伍辑之《园桃赋》是这一时期的专题咏桃之作，然而，其文旨是在铺陈桃的生物属性和灵异性，桃花的花卉特质并未得到表现，这一缺憾在陈张正见《衰桃赋》中得到了些许的弥补，而南朝专题咏桃诗的出现是桃花审美认识的真正开端，然而，由于时代审美、文化等因素的影响，这些咏桃诗在艺术上显得粗糙和稚嫩，没有能够凸显桃花本身的美感。

第一节　魏晋南北朝咏桃赋

一　桃的生物性和灵异性的彰显

查索清代严可均所辑《全上古三代秦汉三国六朝文》，所收魏晋南北朝时期的桃赋共有三篇。虽然赋作数量有限，但我们可以从中窥见这一时期文人对桃的审美认识和表现手法。《全晋文》自卷四五至卷五〇收录的是魏晋之际傅玄的作品，所收赋共53篇，《桃赋》即其一，是最早的专题咏桃赋，《艺文类聚》卷八六、《初学记》卷二八均载有此赋。赋曰："有东园之珍果兮，承阴阳之灵和。结柔根以列树兮，艳长亩而骈罗。华落实结，与时刚柔。既甘且脆，入口消流。夏日先熟，初进庙堂。辛氏践秋，厥味益长。亦有冬桃，冷侔冰霜。和神适意，恣口所尝。华升御于内庭兮，饰佳人之令颜。实充虚而疗饥兮，信功烈之难原……"①

傅玄主要活动在晋世，但他"在魏晋之际即已崭露头角，受前代影响较为明显直接"②，这篇《桃赋》就是如此。翻阅魏晋之前有关桃的诗、文、赋可以发现，对桃的描写皆偏于果实、桃木等，而对桃花本身的物态之美则极少涉及。如张衡《东京赋》："尔乃卒岁大傩，殴除群厉，方相秉钺，巫觋操茢，侲子万童，丹首玄制，桃弧棘矢，所发无臬，飞砾雨散，刚瘅必毙。"③ 其《西京赋》则又云："上林禁苑，……嘉卉灌丛，蔚若邓林。"④ 这些都是上古时期关于桃的神话和灵异性传说的反映。傅玄的《桃赋》则以铺陈的形式，从桃的生长环境的神异、滋味甘美、进庙御庭、饰颜充虚、御鬼济正等方面，写出了桃的内外兼修的美质。为了盛赞其"岂唯荣美之足言"的圣品特质，赋中分别描写桃的根、实、花的不凡，以眼前可以见到的物象、色彩、味觉给人的感官感受以及有关的神话进行多方面的摹写，突出桃实味美、桃花可饰令颜、桃木避邪司奸的特点，这些都是魏晋时期人们对桃的灵异性认识的文学反映。从宗教角度看，方士催生的道教，在魏晋时期趋于成熟并盛行，而道家和方士附会出的桃与道教的密切关系也渐渐为社会所认可。此赋就是这种观念的文学表现。

南朝宋伍辑之《园桃赋》是继傅玄《桃赋》后的又一专题桃赋，《艺文类聚》卷八六、《初学记》卷二八均有记载。此赋无论形式还是内容，与傅玄《桃赋》都没有什么区别，也是以"奇"、"珍"等字眼突出果实的神奇性和桃木的灵异性。

---

① （清）严可均辑：《全上古三代秦汉三国六朝文·全晋文》卷四五，中华书局1999年版，第1718页。

② 程章灿：《魏晋南北朝赋史》，江苏古籍出版社2001年版，第117页。

③ （汉）张衡撰，张震泽校注：《张衡诗文集校注》，上海古籍出版社1986年版，第148页。

④ 同上书，第57页。

二 从实用性叙写向花色审美的过渡

就内容、形式及对后代文学的影响方面而言，这一时期的桃赋中当以陈·张正见《衰桃赋》为代表，《艺文类聚》卷八六、《初学记》卷二八均收此赋。赋曰：

> 岩岩秀峰，吐桂荣松。独夭桃之灼灼，轻擢采于寒踪。尔乃万株成锦，千林似翼。苔画波文，花然树色。发秦源而逸气，飘汉绶而流芳。譬兰缸之夜炷，似明镜之朝妆。成蹊列径，光崖艳汜。间真定之苍梨，杂房陵之缥李。芬芳难歇，照曜无俦。舒若霞光欲起，散似电采将收。既而风落新枝，霜飞故叶。叹垂钓之妖童，怨倾城之丽妾。①

从语言形式上，张正见《衰桃赋》也许较前二者并没有多少变化，但是在对桃花的审美认识已呈明显进步。先以博喻手法渲染描写"桃花"的如锦似霞的生机和美丽，凸显了桃花的花色之美感，"万株成锦"、"舒若霞光欲起"的表达则从色彩感觉上把握住了桃花的美，为我们提供了"如锦似霞"的描写桃花的词语。这与傅玄《桃赋》和伍辑之《园桃赋》重在铺叙桃的果实的珍奇、桃木的灵异等内容不同，表现了对桃的认识从实用性叙写到花色审美的过渡。

另外，该赋又以风霜摧落枝叶的残酷现实，凸显了对"桃"的危难处境的怜悯和惋惜，寓托着作者的身世之感和时代感，这是桃花与作者个人情感因素的结合，是傅玄《桃赋》和伍辑之《园桃赋》中所没有的，而这种以"衰桃"寄予个人思想和人生慨叹的艺术表现范式对唐代诗人尤其是中、晚唐诗人产生了极大的影响。

---

① 《全上古三代秦汉三国六朝文·全陈文》卷一六，第3490页。

第二节　南北朝咏桃诗

张戒《岁寒堂诗话》云："建安、陶、阮以前，诗专以言志；潘、陆以后，诗专以咏物。"① 桃花就在这样的文学氛围中走进了文人的视野。在文人生活环境、时代文化心理等因素的影响下，南朝咏桃诗歌中桃花的女性意味浓厚，但是，南朝文人提供了以女性比喻桃花的创作思路。综观南北朝的咏桃诗歌创作状况，沈约诗歌的艺术成就最为突出，其《咏桃》诗突破了注重物色描摹的时代套路，以清怨的风格赋予桃花鲜明的情感寄托，对后世文学的桃花描写产生了深刻影响。

一　注重物色描摹的简文帝《咏初桃》诗

翻阅逯钦立辑《先秦汉魏晋南北朝诗》，六朝咏桃之作有以下五首：梁简文帝《咏初桃》、沈约《咏桃》、任昉《咏池边桃》、萧子显《桃花曲》和北齐萧悫《奉和咏龙门桃花》，这几首都是把桃花作为春花进行直接描写的。然而，琐细的观察对象，决定了南朝文人描写的细致和审美表现的细密，如简文帝《咏初桃》："初桃丽新彩，照地吐其芳。枝间留紫燕，叶里发轻香。飞花入露井，交干拂华堂。若映窗前柳，悬疑红粉妆。"② 以"丽"、"吐"感觉细腻的动词，"紫"、"红"视觉色彩名词，"枝间"、"叶里"精确的方位名词，可谓精雕细琢地对桃花进行了描写，比《诗经》篇章对桃花的表现更显细致。然而，由于南朝咏物诗作家多为"宫体诗"人，因而诗歌会染上"宫体"色彩，对桃花的描写带着浓重的脂粉气息，如《咏初桃》中以"悬疑红粉妆"的比喻写初桃

---

① （清）丁福保辑：《历代诗话续编》，中华书局1983年版，第450页。

② 逯钦立辑校：《先秦汉魏晋南北朝诗·梁诗》卷二二，中华书局1983年版，第1959页。

的艳丽，给人"滞色腻情"之感。萧纲《桃花曲》亦是如此，"但使新花艳，得间美人簪。何须论后实，怨结子瑕心"①，由美艳的桃花，进而联想到美人发髻之簪。两首诗都是从某一特定的细节着力用笔，至工至巧，至香至艳，体现了南朝文人轻歌曼舞、铅粉红颜的生活内容。但是，其开拓出来的以女性之容颜喻桃花的思路，也是中国古代文学中桃花与女性关系发展轨迹上的重要一点，是对《诗经》篇章中的以桃花比喻女性的创作方式的继承与发展，而这种表达方式在唐代的杨思本《桃花赋》和皮日休《桃花赋》中被充分发挥，取得了很高的艺术成就。

二　旨在寄托情感的沈约《咏桃》诗

简文帝和萧子显的咏桃之作都没有能够揭示出桃花的花卉美感，只是把"桃花"放在一个中心位置上，企图通过对周围事物和环境的描写来烘托出它的美，而作者对花卉的思想感情却无法显现。这当然是因为南朝还处于对事物进行审美认识的初始阶段，因而表达方式仍显稚嫩而致。即使如此，有的作品仍有成功之处，其表现范式对后代咏桃文学产生了积极影响，代表作品是沈约的《咏桃》，诗云："风来吹叶动，风去畏花伤。红英已照灼，况复含日光。歌童暗理曲，游女夜缝裳。讵减当春泪，能断思人肠。"②爱花、惜花，睹落花而思纷，因景牵情，有着浓郁的抒情色彩，成功表现了诗人敏感、细腻的情怀，风格"清怨"③而深沉。与前述梁简文帝《咏初桃》、萧子显《桃花曲》比较，沈约之作不再着笔于对桃花物色的刻板描摹，而是将桃花的物色与人的情感联系起来，由眼前盛开的桃花的美丽想到风吹花落的感伤，这是桃花描写由重物色描摹到重情感寄托的转变，是桃花审美认识历史上的重要

---

① 《先秦汉魏晋南北朝诗·梁诗》卷二〇，第 1921 页。
② 《先秦汉魏晋南北朝诗·梁诗》卷七，第 1652 页。
③ （清）何文焕辑：《历代诗话》（上），中华书局 1981 年版，第 16 页。

环节，也是前代或同时代作品中没有的。这种描写和表达范式被唐、宋文人继承下来，因而，唐、宋诗词中多有以桃花寄托情感的佳作，若寻其祖，当推沈约。

　　魏晋南北朝时期桃多应用于园林，从这几首诗中也可以看出来。如任昉《咏池边桃》"聊逢赏者爱，栖趾傍莲池"①，北齐萧悫《奉和咏龙门桃花》所写"旧闻开露井，今见植龙门"② 之句，都表明了这一点。而后一首奉和形式的咏桃花作品在初唐李峤等文人笔下多有再现，内容、风格也极其相似。

　　由以上论述可以看出，魏晋南北朝时期的桃花题材之作集中于南朝，傅玄《桃赋》是这类作品的先导。然而，时代审美趣味使得这些作品有着精工刻镂的、纤弱细巧的齐梁色彩，因此，此时的咏桃诗文并未能表达出桃花的美感。又由于南朝文人缺少建安文人的慷慨之气及太康作家的深沉痛切之感，因而咏桃之作品大多缺少深刻的情感和思想寄托。当然，任何一种新的文学形式发生之初，都会存在艺术表现的简单甚至稚气。但是，正如清代钱泳《履园谈诗》所云："诗之为道，如草木之花，逢时而开，全是天工，并非人力。溯所由来，萌芽于三百篇，生枝布叶于汉魏，结蕊含香于六朝，而盛开于有唐一代。"③ 南朝文人对桃花观察的细致为唐代咏桃文学的发展积累了艺术经验，是咏桃诗盛于唐代的前提和基础。

---

① 《先秦汉魏晋南北朝诗·梁诗》卷五，第 1601 页。
② 《先秦汉魏晋南北朝诗·北齐诗》卷二，第 2278 页。
③ （清）钱泳：《履园谈诗》，见《清诗话》，上海古籍出版社 1978 年版，第 872 页。

第三章　唐代桃花题材文学创作的繁盛及表现

　　桃花是中国文学中重要的植物意象和题材，历代文人都习于描写和歌咏。其作为独立的审美对象是在南朝，由于时代审美因素的影响，这一时期的桃花意象还只是停留在自然物象的层面上，且艺术上写物图貌，有着浓厚的女性气息。这一情况到唐代发生了根本变化。唐代文学中的桃花意象以题材的多样、审美认识的细致深入、艺术表现的成熟等方面的成就，打破了南朝时期单调和狭隘的窠臼，挖掘出桃花的多种美感和情感寓意，确立了桃花在中国文学中的重要地位，是桃花审美历程中光辉灿烂的一页。目前已有文章对此进行过讨论，如高林广《唐诗中的桃意象及其文化意义》一文，然内容多为现象的列举，缺少深入探究。本章拟以唐代诗、词、赋、文中的桃花题材和桃花意象为考察对象，从题材进一步开拓、审美认识的深入、艺术表现方式的演进等方面展开讨论，这将有助于全面、深入地把握唐代桃花意象文学创作的发展和成就，也是我们研究唐代文学以至于唐代文化的一个崭新角度。

第一节　桃花题材和意象作品数量

　　诗歌数量：笔者据北京大学中文系《全唐诗》检索系统统计，诗歌题目中包含桃的作品数量为143首，内容中包含"桃"的诗歌约有1553首。

　　文的数量：清代董诰等编《全唐文》（中华书局1983年版）和陈尚君辑校《全唐文补编》（中华书局2005年版），共收桃赋3

篇，其中 2 篇是桃赋。另外，《太平广记》中有 105 篇内容包含"桃"的作品。共计 110 篇。

词的数量：《全唐五代词》（中华书局 1999 年版）内容含"桃"的作品为 100 篇。

三类作品数量总数为 1806 篇。对比一下唐代之前的作品数量：《诗经》及逯钦立辑校《先秦汉魏晋南北朝诗》（中华书局 1983 年版）共收诗 10800 多首，所收内容中含"桃"的诗歌只有 83 首。清代严可均所辑《全上古三代秦汉三国六朝文》（中华书局 1958 年版）收桃赋 3 篇，记 1 篇。共计 87 篇。唐代桃花意象作品数量是唐前几个朝代总和的 21 倍。

横向比较更可看出唐代桃花意象作品的丰富。（1）专题咏物诗数量方面，宋代李昉等编《文苑英华》（中华书局 1996 年版）卷三二一至三二二收 15 种常见观花植物题材诗歌，其数量依次是：牡丹 27 首，梅 20 首，桃 15 首，菊 12 首，芙蓉 9 首，石榴 8 首，杏 8 首，海棠 7 首，荷（莲）7 首，蔷薇 4 首，紫薇 3 首，玫瑰 2 首，玉蕊 2 首，蜀葵 2 首。咏桃诗数量位居第三。据北京大学中文系《全唐诗》检索系统，《全唐诗》中这几种植物的咏物诗数量依次是：桃 195 首，荷（莲）177 首，梅 154 首，牡丹 137 首，菊 108 首，杏 98 首，芙蓉 54 首，石榴 54 首，蔷薇 45 首，海棠 18 首，紫薇 12 首，蜀葵 9 首，玫瑰 4 首，玉蕊 1 首。可见，《全唐诗》常见的观花植物的咏物诗，咏桃诗数量最多，比唐代尊崇的牡丹诗还多 58 首，可见唐代文人对桃花的关注和喜爱。（2）诗歌意象方面，笔者据北京大学中文系《全唐诗》检索系统，以《全芳备祖》中所列所有花卉和在中国文学和文化中占重要地位的共一百种植物为统计对象，结果显示，作品数量前十位的依次是：杨柳 3897 首，松柏 3864 首，竹 3611 首，荷花 2752 首，兰 1816 首，苔藓 1655 首，桃 1553 首，桂 1444 首，梅 1050 首，桑 897 首。桃居于第七位，在所有观花植物中，仅次于荷花、兰，这足以反映了桃花意象在唐代文学中使用的普遍性。

总地来看，在唐代花卉题材和意象文学作品中，桃花相关作品数量均位居前列，具有数量上的绝对优势，充分表明桃花是文人普遍关注和喜爱的对象，反映了桃在唐代文化和社会生活中的重要性和普遍性。

第二节　桃花意象文学作品产生的背景

文学是社会现实的反映，唐代桃花题材和意象作品的丰富，与桃分布的普遍、园林艺术的发展、社会利用的广泛、文人的普遍喜爱等因素密切相关，下面将分别对这四个方面加以论述。

一　分布广泛

古代许多植物的分布都有明显的地域性，如梧桐、白杨、杏树等，多分布于干旱的北方；梅、竹子、桂花树（木犀）则一般生长于温暖湿润的南方。相比之下，桃的适应性较强，在中国北纬23°—45°的范围内，无论丘陵还是高地，山区还是平原，都可以生长。

贾思勰《齐民要术》卷四云"桃性早实，三岁便结子"[1]，因而被奉为"五果"[2]（桃、李、枣、杏、栗）之一受到人们的喜爱，民俗中美称之为"仙桃"[3]，因而历代都重视桃的栽培，《管子·地员篇》、西汉王褒《僮约》、东汉崔寔《四民月令》、北魏贾思勰《齐民要术》等还记载了桃树栽培的丰富经验。唐代疆域广

---

[1]　（北魏）贾思勰撰，缪启愉、缪桂龙译注：《齐民要术译注》卷四，上海古籍出版社 2006 年版，第 263 页。

[2]　（明）李时珍：《本草纲目》卷二十九曰："五果者，以五味、五色应五脏，李、杏、桃、栗、枣是矣。古书欲知五谷之收否但看五果之盛衰。"贾思勰《齐民要术》卷二云："大豆生于槐，小豆生于李，大麦生于杏，小麦生于桃。"

[3]　渠红岩：《先秦至魏晋时期民俗中的桃》，《青海民族研究》（社会科学版）2007 年第 3 期，第 138 页。

大，经济繁荣，栽培技术的进步，使桃的品种传播速度更快，分布区域扩大，例如，北魏杨衒之《洛阳伽蓝记》中所记华林园珍果"王母桃"，多次出现于文人如李贺、白居易等笔下，段成式《酉阳杂俎》还对"王母桃"进行了详细描述，说明原产北方的"王母桃"此时已在中原地区广泛种植；五代王仁裕《开元天宝遗事》所记当时仅栽培于御苑中的"千叶桃花"，到了中唐则出现在韩愈等人笔下，"百叶桃花"、"绯桃"、"碧桃"等新品种也相继出现。

桃分布广泛是唐代桃花意象作品数量多的原因之一，这个结论也可以通过牡丹与桃意象诗歌数量对比而见之。《全唐诗》中，牡丹意象诗歌137首，而桃意象诗为1553首，两者差距甚大的一个重要原因是地域分布的不同。由于牡丹是生长于干旱、寒冷的北方花卉，宋代以后才开始向南方驯化，地域分布远不如桃那样广泛，这是唐代"牡丹"意象远不如"桃花"意象丰富的一个不可忽略的因素。

二　园林艺术的发展

中国古代的园林艺术经过长期的发展，至唐代已经趋于成熟，社会经济的发展，推动了士人对闲雅、精致生活的追求，私家园林迅速出现，特别是中、晚唐时期，日益重视园林花木的品种、形态、色彩、寓意及与整体景观的搭配。《洛阳名园记》所记李德裕的李氏仁丰园有花木数百种，而且广泛栽种桃、李、梅、杏、莲、菊等数十种花木。这表明植物景观是唐代园林的重要构景，而且已经摆脱了汉代、魏晋时期的农业经营庄园的遗迹，成为单纯的欣赏对象。① 桃，由于容易栽培、适应性强，此时仍是重要的园林花卉。士大夫优游赏玩，绚丽烂漫的桃花给他们带来了无穷的乐趣，如王周《小园桃李始花，偶以成咏》即曰："桃李栽成艳格新，数

---

① 王毅：《园林与中国文化》，上海人民出版社1990年版，第156页。

枝留得小园春。半红半白无风雨，随分夭容解笑人。"① 如此可人的桃花赏玩，自然会产生大量的吟咏园、亭、台、池之桃花的作品。李白《携妓登梁王栖霞山孟氏桃园中》、刘长卿《裴虬郊园》、韦庄《庭前桃》、杜牧《酬王秀才桃花园见寄》、李商隐《小桃园》等都是描写园林桃花的作品。

　　唐代园艺发达，出现了郭橐驼《种树书》，其中讲到的关于桃树的嫁接和保护，为桃树的栽培提供了理论指导，促进了桃花品种的更新，唐代出现了许多新桃花品种，如绯桃、百叶霜桃、绛桃、碧桃等，而这些新的品种无疑会引起诗人的惊喜和咏叹，如绯桃花，又名"苏桃，花如剪绒，比诸花开迟，色艳"②，就引起诗人李咸用这样的情趣描写："上帝春宫思丽绝，夭桃变态求新悦。"③这也是咏桃诗数量增加的一个因素。此外，韩愈《题百叶桃花》、杨凭《千叶桃花》、施肩吾《玩新桃花》、唐彦谦《绯桃》、李煜《阮郎归》（一名醉桃源、碧桃春）等都是玩赏新桃花之作。《全唐诗》共有 38 首诗写到碧桃，且都是出自晚唐诗人笔下，如李商隐 4 首、许浑 4 首、杜牧 3 首，可见，碧桃是晚唐出现的新桃花品种。再如百叶桃花，《全唐诗》中除韩愈《题百叶桃花》外，王建《调笑令》、张祜《江南杂题》也写到了。可见，百叶桃花是中唐时期出现的品种。这些新的桃花又为唐代文人提供了丰富的创作题材。

三　利用广泛

　　桃花意象在唐代引人注意，还与时代对桃利用的广泛密切相关，这主要体现在两个方面：桃花观赏成为时代风尚；种桃买花成为专门行业。

---

① （清）彭定求等编：《全唐诗》卷七六五，中华书局 1960 年版。
② 陈俊愉、程绪珂编：《中国花经》，上海文艺出版社 2000 年版，第 119 页。
③ 李咸用：《绯桃花歌》，《全唐诗》卷六四四。

（一）桃花观赏成为时尚。

唐代是一个丰盈充实的朝代，消融一切、涵纳一切的气度使之成为当时的强大帝国。罗香林《唐代文化史研究》一书引用韦尔斯《世界文化史》中的话说："在第七、第八、第九世纪，中国是世界上最安定最文明的国家。……中国的人，大多数在平静、快乐、慈爱的环境中过活……中国的人心，却开展宽畅而有进步。"①这种社会氛围中，内心中涌起的那种自信使唐代文人更容易追求生活的闲适和精神的愉悦。花卉，作为大自然之美的重要组成部分，会成为人们休闲和追求生活质量的重要目标，于是，在农业发展、花卉栽培技术也随之发展的现实社会条件下，花卉种植成为一种产业就成为可能。桃花，作为较为常见、色彩鲜丽的春花，自然会成为人们赏玩的首选。桃花花卉栽培和赏玩风尚首先在宫苑中形成。《太平御览》卷九六七记载："唐国贞观十一年，献金桃、银桃，诏令植之于苑囿。"② 唐代长安大明宫，就栽种了大量的桃树，杜甫《奉和贾至舍人早朝大明宫》中的"五夜漏声催晓箭，九重春色醉仙桃"③，就渲染了大明宫苑浓郁的春意。皇帝为游赏之便，还专门辟有桃花园，且赏且宴。唐代武平一《景龙文馆记》云："四年春，上宴于桃花园，群臣毕从，学士李峤等各献桃花诗，上令宫女歌之。辞既清婉，歌仍妙绝，献诗者舞蹈，称万岁，上敕太常简二十篇入乐府，号曰'桃花行'。"④ 这些诗歌是应制之诗，如《文苑英华》卷一六九所载该诗即明确标为《七言侍宴桃花园咏桃花应制》，但"桃花行"的名称告诉我们，李峤等人的桃花诗产生之后曾经入乐歌唱，当时朝廷君臣观赏桃花的盛况可想而知。其中"桃花园"可能就是当时的"桃园亭"，据《唐两京城坊考》"桃

① 罗香林：《唐代文化史研究》，上海书店出版1992年版，第1页。

② （宋）李昉等撰：《太平御览》卷九六七，中华书局1960年版，第4288页。

③ 《全唐诗》卷二二五。

④ （唐）武平一：《景龙文馆记》，见（宋）李昉等撰《太平御览》卷九六七，第4290页。

园亭"条："'去宫城四里。'按《旧纪》：景龙四年，宴桃花园，疑即此园。"① 除此之外，乐游园也是当时的赏桃胜处，赵冬曦《奉和圣制同二相已下群官乐游园宴》就描写了"柳翠垂堪结，桃红卷欲舒"② 的芳华二月乐游园的美好春景。

观花不仅可以赋诗吟咏，还具有无穷的逸趣。据《开元天宝遗事》记载："明皇于禁苑中，初有千叶桃盛开，帝与贵妃日逐宴于树下。帝曰：'不独萱草忘忧，此花亦能销恨。'"③ 帝王对花的留恋非独因为千叶桃花可以忘忧销恨，更是一种闲情逸致，"御苑新有千叶桃花，帝新折一枝插于妃子宝冠上，曰：'此个花尤能助娇态也'"④，帝王以千叶桃花表达对妃子无以复加的宠爱。又据《唐语林》载："长安春时，盛于游赏。苏颋应制诗云：'飞埃结红雾，游盖飘青云。'玄宗览之嘉赏，遂以御花亲插颈巾上。"⑤ 花竟被赋予了嘉赏之意。

在这样的社会背景下，赏桃时举行的宴饮活动，客观上会产生同题共咏之作，如初唐时期，李峤、苏颋、李乂、赵彦昭的同题之作《侍宴桃花园咏桃花应制》，就是这些文学侍从们宴饮御苑观赏桃花的集体赋咏，绮萼成蹊、红英满地的桃花，给宴饮增添了无穷的祝福。

这种源自宫苑的赏花风尚自然会引起一种群起效应，豪门贵家，春时野游，花下设宴畅饮，乃为常事。"长安贵家子弟，每至春时，游宴供帐于园圃中，随行载以油幕，或遇阴雨，以幕覆之，尽欢而归。"⑥ "长安侠少，每至春时结朋联党，各置矮马，饰以锦

---

① （清）徐松撰；张穆校补，方严点校：《唐两京城坊考》卷一，中华书局1985年版，第31页。

② 《全唐诗》卷九八。

③ （五代）王仁裕撰，丁如明辑校：《开元天宝遗事十种》，上海古籍出版社1985年版，第78页。

④ 《开元天宝遗事十种》，第74页。

⑤ （宋）王谠：《唐语林》卷二，上海古籍出版社1978年版，第46页。

⑥ 《开元天宝遗事十种》，第96页。

辔金络，并辔于花树下往来，使仆从执酒皿而随之，遇好圃则驻马而饮。"① 就连那些闺阁碧玉，也都"游春野步，遇名花则设席藉草，以红裙递相插挂，以为宴幄"②。奢侈纵逸如此！不仅如此，当时还产生了"斗花"游戏，据《开元天宝遗事》载："长安王士安，春时斗花，戴插以奇花多者为胜，皆用千金市名花植于庭苑中，以备春时之斗也。"③

在这种对花卉普遍喜爱的社会风气影响下，作为春日最具视觉吸引力的桃花自然备受青睐，公卿、贵戚的庄、园，如太平公主南庄、长宁公主东庄、宰相李德裕的平泉山庄等处，都广置桃花用以欣赏。虽然他们的行为还没有起到足以丰富文学创作的作用，但在思想倾向上引导了文学创作的主力军——士大夫和中下层文人。由于桃较其他花卉如牡丹、梅、桂等分布普遍和容易栽种，于是，"移桃"、"种桃"、"栽桃"成为文人的普遍行为，杜甫、白居易等诗人都有亲自栽桃的经历，他们为文坛大家，思想和艺术创作颇为引人注目，这样就带动了大批文人从事这一活动，丰富了文学创作。

较之其他花卉如梅花、菊花、牡丹等，桃花更具有道教色彩，因而桃花也就成为道教场所的代表景观。唐代道教兴盛，因此，以桃花为题材和意象的相关作品也较为丰富。寺院桃花成为唐代文学中较为普遍的意象。在时代氛围感召下，道士僧人纷纷大片地、成林地栽种桃树，花开时节，如霞似锦的寺院桃花成为一道独特的风景，吸引了大批文人前去观赏，刘禹锡《元和十一年自郎州召至京，戏赠看花诸君子》中的"紫陌红尘拂面来，无人不道看花回"④描写出了这一盛况。

---

① 《开元天宝遗事十种》，第77页。
② 同上书，第97页。
③ 同上。
④ 《全唐诗》卷三六五。

由上所述可知，观赏桃花在唐代已是一种时尚。唐代之前人们对桃的认识多局限在民俗和宗教领域，汉代及以前时期，桃的神话和宗教色彩浓厚，主要表现在桃木被认为是神木，可以避邪驱鬼，而桃子则被认为是仙桃，可以使人长寿。六朝时期的桃花也仅限于皇族、贵戚的园林观赏。唐代文人对桃的认识则发生了由重果实利用到以花卉欣赏为主的转变，这也是唐代桃花题材文学发展的契机。

（二）种桃买花成为一种行业。

唐代社会对桃花的喜爱使桃的种植也更普遍，高适《酬马八效古见赠》中的"时代种桃李"①、独孤及《三月三日，自京到华阴，于水亭独酌，寄裴六、薛八》中的"桃杏满四邻"② 说明了这一点。桃树种植的广泛使花市在中唐应运而生，韦庄《奉和左司郎中春物暗度感而成章》诗中就有"锦江风散霏霏雨，花市香飘漠漠尘"③ 的描写。而白居易《秦中吟十首·买花》云："帝城春欲暮，喧喧车马度。共道牡丹时，相随买花去"④ 的描写就说明了花市的繁荣，"花市中出售的花卉有牡丹、芍药、紫藤、樱桃、杜鹃、桃、梅、李、杏等，出售的类别有把花、种苗和花树"⑤。如白居易《东坡种花二首》其一即云："持钱买花树，城东坡上栽。但购有花者，不限桃杏梅。"⑥ 诗歌描写了百姓购买花树的热情和花树给生活带来的愉悦心情。

桃既可以作为把花，也可以作为种苗和花树出售。桃树是常见的花树，因而价格便宜，是较受欢迎的大众花卉，这是相关作品较多的一个重要因素。而与牡丹相比，则更可见桃花的这一优势。

---

① 《全唐诗》卷二一一。
② 《全唐诗》卷二四六。
③ 《全唐诗》卷七〇〇。
④ 《全唐诗》卷四二五。
⑤ 舒迎澜：《古代花卉》，农业出版社1993年版，第10页。
⑥ 《全唐诗》卷四三四。

《唐国史补》卷中言牡丹"一本有直数万者"①，白居易《秦中吟十首》亦言牡丹"灼灼百朵红，戋戋五束素"，"一丛深色花，十户中人赋"②，价格昂贵的牡丹只是京城的交易名花，这是唐代文学中"牡丹"意象的运用远远不如"桃花"意象普遍的重要原因。

花市产生于中唐，而咏桃诗大幅增加也是在中唐时期，二者的吻合说明了唐代桃花意象的丰富与唐代文化发展是同步的事实。

四　文人的普遍关注和喜爱

唐代对桃花的热情更通过文人种植、栽培桃花的实际行动体现出来，而这些活动无疑会产生很多咏桃花作品。唐代写咏桃花诗最多的诗人白居易就有《种桃歌》："食桃种其核，一年核生芽……命酒树下饮，停杯拾馀葩。因桃忽自感，悲吒成狂歌。"③ 是对亲手所种桃花惜爱之情的表述。白居易在忠州做官时，在其《种桃杏》有这样的句子"忠州且作三年计，种桃栽杏拟待花"④，体现了诗人对桃花的偏爱。大诗人杜甫也不乏种桃之咏，其《丽春》诗中的"纷纷桃李枝，处处总能移"⑤ 表达了对移桃而种的自信和积极。杜甫是唐代诗人中写种桃诗歌较多的诗人，《萧八明府堤处觅桃栽》中的"奉乞栽桃一百根"⑥ 是诗人喜爱桃的最好注脚，而"手种桃李非无主，野老墙低还似家。恰似春风相欺得，夜来吹折数枝花"⑦，则是他爱惜桃花情怀的体现。晚唐隐者司空图也有《移桃栽》，因感于桃树"独临官路易伤摧"，而把桃树"笑移山上"⑧，这是当时人们普遍喜爱种桃、赏桃的现实的反映。

---

① （唐）李肇：《唐国史补》，上海古籍出版社1979年版，第45页。
② 《全唐诗》卷四二五。
③ 《全唐诗》卷四五三。
④ 《全唐诗》卷四四一。
⑤ 《全唐诗》卷二一九。
⑥ 《全唐诗》卷二二六。
⑦ 杜甫：《绝句漫兴九首》之一，《全唐诗》卷二二七。
⑧ 《全唐诗》卷六三三。

第三节　唐代咏桃诗歌的发展脉络

唐代桃花题材作品的主要形式是诗歌，这些诗歌的审美视野、艺术表达方式等都表现出一个渐变的发展过程，而这一现象又暗含着时代和审美因素。对这一想象的细致把握和深刻分析有助于我们理解唐代桃花意象的情感和思想意蕴。本部分将按照初唐、盛唐、中唐、晚唐的线索对各个时期的咏桃诗加以概括论述。

一　初唐咏桃诗

初唐咏桃诗人如李峤、徐彦伯、赵彦昭等人的身份都是宫廷文学侍从，其咏桃诗，多作于春日侍从游赏或宴饮场合，且多是奉和、应制和同题共咏之作，诗歌风格具有宫廷色彩，艺术上更多承袭六朝。代表作是李峤百咏之一的《桃》："独有成蹊处，秾华发井旁。山风凝笑脸，朝露泫啼妆。隐士颜应改，仙人路渐长。还欣上林苑，千岁奉君王。"[1] 清代翁方纲《石洲诗话》评李峤云："李巨山咏物百二十首，虽极工切，而声律时有未调，犹带齐梁遗习。"[2] 这是从声律方面对李峤百咏的评价，其实，内容上也是齐梁文风的延续。

总之，这一时期的咏桃作品多数没有个人情感、没有寓意和深刻思想内蕴，这也是咏物诗发展史上的必经阶段，是唐代咏物诗发展轨迹上的重要一点。

二　盛唐咏桃诗

清代王夫之《姜斋诗话》曰："（咏物诗）至盛唐以后，始有

---

[1]　《全唐诗》卷六〇。

[2]　（清）翁方纲：《石洲诗话》卷一，见郭绍虞编《清诗话续编》，上海古籍出版社 1983 年版，第 1364 页。

即物达情之作。"① 盛唐咏物诗向着即物达情、深婉蕴藉的方向发展，咏桃诗也是如此。

盛唐咏桃诗人主要有贺知章、李白、杜甫，其中以杜甫艺术成就最高。贺知章的代表作是《望人家桃李花》，诗歌有叙述，有描写，诗人的感情也蕴于其中，"桃花红兮李花白，照灼城隅复南陌。南陌青楼十二重，春风桃李为谁容"②，对"南陌青楼"与"春风桃李"的描写和比喻，基于人们的联想心理，建立了青楼与女性之间的联想关系，是后代文学，尤其是宋代文学中桃花的堕落女性意义产生的基础。李白性格豪放，所以其咏桃诗歌极少着意于对桃花进行细致描绘，而常常遗物貌而取物神，在与其他物象的对比中，赋予桃花以深刻的人格形象内涵，如其《古风》，在将"桃花"与"南山松"的对比中，赋予桃花以华而不实、毫无操守的反面人格象征意义。桃花被赋予负面的人格形象意义并非由李白开端，初唐王绩《春桂问答二首》中已有类似写法，这种意义的发现与建立是基于桃花花期短暂的生物习性。桃花被赋予人格象征意义的深刻文化内涵，这在咏桃诗歌发展史上具有重要的意义。

同为盛唐的咏物大家，杜甫咏桃则有着与贺知章、李白不同的审美、艺术角度。杜甫专咏花、木等的诗篇约为八十余首，其中咏桃诗六首。诗歌对桃花刻画细致，寓托深厚。《江畔独步寻花七绝句》之五："黄师塔前江水东，春光懒困倚微风。桃花一簇开无主，可爱深红爱浅红?"③ "一簇"写出了桃花之稠密，"开无主"点明桃花旺盛的生命力和浓郁的春意，"深红"、"浅红"写出了桃花花色的多样，桃花品种多样，颜色也有多种，有红色、粉红色、白色等多种花色，而又叠用"爱"字，节奏错落有致，深红的桃

---

① （清）王夫之：《姜斋诗话》卷（下），见《清诗话》，上海古籍出版社 1978 年版，第 22 页。

② 《全唐诗》卷一一二。

③ 《全唐诗》卷二二七。

花、浅红的桃花，在诗人笔下，都是那样的鲜丽、可爱。此"无主"之桃花诗可与杜甫《绝句漫兴九首》之二互读，更见杜甫对桃花倾注的怜惜之情，诗曰："手种桃李非无主，野老墙低还是家。恰似春风相欺得，夜来吹折数枝花。"① 《杜诗镜铨》释首句云："再三与它（春风）论道理。"② 这些诗写于安史之乱中，联系杜甫在那个时代的处境和经历可以看出，被春风无情吹折的桃花是弱小的、无力的，诗人亲手栽种的这棵桃树又是饱经风霜且被遗于世外的自身形象的写照，也是苦难百姓的写照，诗人与春风的争辩又表明了对弱者的同情。

杜甫咏桃诗歌托物寄兴，情与物融，这种手法绝非齐、梁文人们只是静态观赏而感情游离于桃花之外的诗所能比拟。这种通过对桃花的具体描写而注入思想感情的方式，开启了中唐文人咏桃诗范型的先河。

另外，杜甫咏桃诗歌中的"移桃"、"栽桃"等标题，表明盛唐时期咏桃诗题材趋于生活化、个性化，桃花的栽培和欣赏渐渐趋于普遍，作为审美表现对象正在被越来越多的人接受。

由上面的分析我们可以看出，与魏晋六朝时期的桃花题材和意象作品比较，盛唐时代文人笔下的桃花是大自然中的桃花，具有诗人的情感意蕴及深刻的思想内涵。与初唐时期文人相比较，盛唐时期的咏桃诗人走出了魏晋至初唐的宫廷园林或皇家禁院，身份由原来以宫廷文人或文学侍从为主转向以士大夫为主，文人栽种桃树也成为时尚。虽然盛唐咏桃诗从诗歌数量和从事创作的作家人数上较初唐没有多少增加，然而一些大诗人如李白、杜甫等都写有咏桃诗，并且取得了极高的艺术成就。"桃花溪"、"移桃"、"栽桃"等诗歌出现，题材也渐渐趋于生活化、个性化，表明桃花的栽培和欣赏也逐步趋于普遍，桃花作为审美表现对象正在被越来越多的人

---

① 《全唐诗》卷二二七。

② （清）杨伦笺注：《杜诗镜铨》卷八，上海古籍出版社 1980 年版，第 356 页。

接受。桃花的"青楼女子"及"无操守小人"的人格象征意蕴也在盛唐时代条件下产生。这些都是以前的咏桃诗、文、赋所没有的新内涵。所以，盛唐是唐代咏桃诗歌兴盛的时期。

三　中唐咏桃诗

"中唐时期的文人虽各人境遇不太一样，也有人有过不遇的经历，但自白居易、韩愈以降，大体都有享受安逸生活的体验。在那种时候，似乎也有爱花、种花的余暇。中唐普遍流行欣赏植物的风气。"① 在这种社会条件下，中唐时期的咏桃诗从创作数量上和参与创作的作家人数上，都呈现出明显的增加之势。中唐大约有二十七位诗人的六十六首咏桃诗，与初、盛唐时期相比，虽然作家人数增加不多，而作品数量增加幅度明显，其中白居易咏桃诗九首，是唐代创作咏桃诗最多的诗人。更有一些咏桃诗数量不多而艺术成就卓尔不群的诗人，如韩愈、李贺等。中唐咏桃诗歌题材较盛唐又有开拓。

（一）桃花新品种的培育产生了如"新桃"、"百叶桃花"、"千叶桃花"等新题材，新品种的花色之美被表现出来。韩愈《题百叶桃花》、张籍《新桃行》、杨凭《千叶桃花》、施肩吾《玩新桃花》等是这方面的作品。

（二）中唐文人坎坷的境遇产生了以"晚桃"、"涧底桃花"、"惜桃"等标题的诗歌，通过桃花寄寓个人理想，抒发了诗人怀才不遇的慨叹，如刘长卿《杂咏八首上礼部李侍郎·晚桃》"过时君未赏，空媚幽林前"② 的慨叹就表达了自己才高而位卑的心声，《廨中见桃花南枝已发开，北枝未发，因寄杜副端》中"年光不可

① ［日］市川桃子撰：《中唐诗在唐诗之流中的位置（下）——由樱桃描写的方式来分析》，蒋寅译，《古典文学知识》1995年第5期，第116页。
② 《全唐诗》卷一四八。

待，空羡向南枝"① 所表达的怀才不遇之叹也是极为明显的。这种以桃花寄予个人思想感情的方式是对杜甫咏桃诗表达方式的继承，中唐文人的巨大心理落差，情感的怅惘、愁怨、哀叹，由这些咏桃诗可睹一斑。

（三）中唐"桃源"诗多为长篇歌行体，且出自大家如韩愈、刘禹锡等人之手，而"桃源"寓意也对盛唐时期的仙境幻想进行了否定，具有中唐时期理智、现实的时代色彩。据笔者粗略检索，《全唐诗》共有24首"桃源"题材诗，其中中唐占8首，如卢纶《同吉中孚梦桃源》2首、刘禹锡《桃源行》和《游桃源一百韵》、施肩吾《桃源词二首》等，诗中对桃花没有作细致的刻画，而是以陶渊明《桃花源记》中"桃源"为现成题材，表达一种渴望隐逸的人生理想。施肩吾《桃源词二首》："相逢自是松乔侣，良会应殊刘阮郎。内子闲吟倚瑶瑟，玩此沉沉销咏日。忽闻丽曲金玉声，便使老夫思搁笔"②，是桃源生活魅力的最好注脚。这些作品在中唐的出现是社会政治、文化心理共同作用的结果。

总之，中唐咏桃诗在数量上较盛唐呈增加之势，特殊的社会心理促使了新的咏桃范式的产生，白居易、韩愈等人的艺术成就为中唐咏桃诗作出了突出贡献。

四　晚唐咏桃诗

晚唐时期的政治事变使中央政权严重削弱，甚至捉襟见肘，在这样的社会背景下，文人心存魏阙，然而已无朝气，性格变得较中唐文人更为内向，生活圈子更为狭小，于是，有更多的诗人加入到咏物文学创作的行列，晚唐共有39位诗人的65首咏桃诗。晚唐时期咏桃诗呈现出以下特点。

（一）晚唐时期的落寞与萧索，使"桃源"题材诗歌较盛、中

---

① 《全唐诗》卷一四七。
② 《全唐诗》卷三二九。

唐数量多。在唐代 21 题共 24 首"桃源"诗中，盛唐 7 首，中唐 8 首，晚唐共有 9 首，另有曹唐《题武陵洞五首》，虽未表明"桃源"，实际也是咏"桃源"之作。方干《书桃花坞周处士壁》、李宏皋《题桃源》、章孝标《玄都观栽桃十韵》等都是这方面的作品。盛唐、中唐文人也写类似的题材，但稍不同的是，晚唐文人的"桃源"选择是一种无奈。如以隐逸而终老山林的诗人方干，"隐居鉴湖，任情于渔钓，似无心于仕宦者，观其《山中言事》诗云'山阴钓叟无知己，窥镜捋多鬓欲空'……岂全能忘情这耶？罗隐题其诗云：'九霄无鹤版，双鬓老渔樵。'盖亦惜其隐遁之言尔"①。而刘沧则在《题桃源处士山居留寄》中直言"穷达尽为身外事，浩然元气乐渔樵"② 的强为达观之语，流露了晚唐许多知识分子的共同心态。

（二）笔法细腻，具有淡然、闲适的情调。趋于内敛的晚唐文人多以"庭前桃"、"小桃"、"桃园"、"看桃花"等表示静态关照的字眼标志诗题，如李商隐《小桃园》："竟日小桃园，休寒亦未暄。坐莺当酒重，送客出墙繁。啼久艳粉薄，舞多香雪翻。犹怜未圆月，先出照黄昏。"③ 诗歌以"坐"、"重"、"送"、"繁"、"啼"、"舞"字眼，对桃花进行拟人化、情趣化的描写，突出了桃花的纤弱与柔美，"艳粉"、"香雪"则又从视觉和味觉方面加以渲染，使桃花显得绮丽秾艳。温庭筠《敷水小桃盛开因作》"敷水小桥东，娟娟照露丛"④，以"敷"、"娟娟"突出了桃花美丽的情态，"二月艳阳节，一枝惆怅红"中的"惆怅"表达了小桃花因非处于胜地无人欣赏而失望的情态。这些诗歌都以纤细的笔触表现出了桃花的情状，从描写方式上讲，是对杜甫咏桃诗艺术方法的继承

---

① （宋）葛立方：《韵语阳秋》卷一一，见（清）何文焕辑《历代诗话》（上），中华书局 1981 年版，第 573 页。

② 《全唐诗》卷五八六。

③ 《全唐诗》卷五四〇。

④ 《全唐诗》卷五八一。

和发展。

（三）悲感意蕴更浓，"雨中桃花"、"东风落花"等成为常见的桃花意象组合。雨中桃花在文学作品中是常见的意象，如王维《田园乐七首》之六中"桃红复含宿雨，柳绿更带朝烟"[①]，以粉嫩的桃花与晶莹的宿雨相互映衬，渲染出一派春意盎然、生机无限的明丽景象。而在晚唐诗人罗隐《桃花》中则是末世情韵："尽日无人疑怅望，有时经雨乍凄凉。旧山山下还如此，回首东风一断肠。"[②] 写出了凄风苦雨中桃花遭受摧残的命运，充满了悲凉和孤寂情愫。

晚唐时期咏桃诗是特定时代的产物，段成式《桃源僧舍看花》也许可以表达："前年帝里探春时，寺寺名花我尽知。今日长安已灰烬，忍能南国对芳枝。"[③] 晚唐咏桃诗在继承前代咏桃诗创作的基础上，又加以发展和深化，仍然可以看做是咏桃诗繁盛的延续。

总之，咏桃诗歌在经历了魏晋至隋代的酝酿期后，在唐代各个时期又呈现出不同的特征，在审美倾向和艺术表达方式上，经杜甫、白居易、韩愈、李商隐、温庭筠等诗人的继承、改造和创新，使咏桃诗不断充实和发展，终于走上了成熟和繁盛，为宋代咏桃诗的革新打下了基础。

第四节　桃花形象美的展现

桃花是春日的芳妍，花叶同展，姿色娇媚，远远望去，如霞似锦，烂漫壮观。唐前时期桃花题材和运用桃花意象的作品，就像唐代杨思本《桃花赋》"序"所言，"晋、宋诸君子，徒赋其实，於

---

① 《全唐诗》卷一二八。
② 《全唐诗》卷六五七。
③ 《全唐诗》卷五八四。

义非取，张正见衰桃之作，又不足以尽桃之一二"。① 唐代文人则以较六朝时期更为明确的品种概念，展开了对不同形态、不同环境中桃花的细致观赏和深入把握，并以丰富多样的文化活动推动了桃花题材文学创作的发展。

魏晋六朝时期，人们对桃花的品种意识较为模糊，唐代文人则有了明确的品种概念，"百叶桃花"、"千叶桃花"、"绯桃花"、"碧桃花"等也相继出现在文学作品中，这显示出唐代对桃花认识和把握的深入。这些品种以全新的花色和花形引起了文人的好奇和创作兴趣，是唐代桃花题材开拓最直接的素材。魏晋六朝时期的桃花景观多为人工的皇家园林，唐代社会园艺业的发展使桃的栽种趋于普遍，桃花景观场所不一而足。由于时代文化和审美心理因素的影响，唐人对桃花的观赏呈现出较为细致的特色，题材趋于多样，"未开"、"始开"、"盛开"、"小桃"等不同形态的桃花，"寺院"、"庭院"、"庄园"、"山舍"、"人家"、"岭上"、"坞中"、"谷中"、"水边"、"雨中"等不同环境中的桃花，都成为常见的诗题。有关桃花的文化活动也渐趋多样，文学方面如"咏桃"、"惜桃"、"觅桃"、"栽桃"、"移桃"、"种桃"、"题桃"等诗题；艺术方面的运用如"桃花图"、"桃源图"、"桃李花歌"、"桃花曲"等；与桃花有关的历史遗迹如"桃花夫人庙"、"金谷"、"桃花坞"、"栖霞山"等，都是常见的诗题。

不仅如此，文人还以敏锐的观察能力和成熟的艺术技巧，在以下几方面突破了六朝时期的简单描摹和机械刻画，生动形象地表达出了桃花的美感特征。

一 物色美

桃花物色之美主要体现为花色美。自《诗经》开始，即以"灼灼"形容其花色之美。文学史上对桃花的描写也是从这一物色

---

① （清）陆心源辑：《唐文拾遗》卷五一，第689页。

特征开始的。桃花作为独立的审美对象是在南朝，梁萧子显《桃花曲》"但得桃花艳，得间美人簪"，简文帝《初桃》"若映窗前柳，悬疑红粉妆"等的描写，无不是抓住了桃花之红艳这一物色特性。然而，不难看出，这些诗歌作品大都直接以"红"字形容花色，终究有失于直切，且缺少文学的审美意蕴，这种情况到唐代发生了根本变化。汪灏《广群芳谱》卷二五言桃花"烂漫芳菲，其色甚媚"①，唐代文人就抓住了桃花的"色"进行描写，如王维《田园乐七首》之六"桃红复含宿雨，柳绿更带朝烟"，王昌龄《古意》"桃花四面发，桃叶一枝开"②，杜甫《江村五首》"种竹交加翠，栽桃烂漫红"③，温庭筠《照影曲》"桃花百媚如欲语，曾为无双今两身"④ 等，这些描写有的通过色彩搭配，有的通过景物或背景的衬托，突出了桃花早春开放、花叶同发、烂漫妖媚的特征。钱锺书《管锥编》说："观物之时，瞥眼乍见，得其大体风致，所谓'感觉情调'或'第三种性质'；注目熟视，遂得其细节之实象，如形模色泽，所谓'第一、二种性质'。"⑤ 唐代文人对桃花的"形模色泽"的把握更加细致，不再拘泥于六朝时期作品仅仅着笔于对色彩的逼真再现，而是力求表现其形象给人的整体感受。

落花之美在南朝如沈约《咏桃》和张正见《衰桃赋》等作品中已有表现，但只是少数，唐代尤其是中晚唐作品中落花意象频频出现，代表作是皮日休《桃花赋》，以历史上的十名美丽而又不幸的女子来比喻飘零桃花，增添了感伤意蕴，收到了情景兼备的艺术效果。

未发、初发桃花之美是唐人对桃花的新认识，这方面的例子如

---

① （清）汪灏等撰：《广群芳谱》卷二五，上海书店 1985 年影印本，第 610 页。

② 《全唐诗》卷一四〇。

③ 《全唐诗》卷二二八。

④ 《全唐诗》卷五七五。

⑤ 钱锺书：《管锥编》，第 70—71 页。

王维《赠裴十迪》"桃李虽未开，蕈萼满芳枝"①，杜甫《奉酬李都督表丈早春作》"红入桃花嫩，青归柳叶新"②，《江雨有怀郑典设》"宠光蕙叶与多碧，点注桃花舒小红"③，韩愈《送无本师归范阳》"始见洛阳春，桃枝缀红糁"④ 等都是。虽然作品数量并不多，艺术成就却不可忽视。含苞桃花微小，颜色淡红，与盛开桃花之烂漫妖媚和落花之满地红芳相比，是极易被忽略的细节。唐代文人以敏锐的捕捉能力，以"蕈萼"、"小红"、"糁"等字眼极为形象地表现了桃花似开未开或初开的特征，尤其是杜甫诗句，着一"入"字，初开桃花的粉嫩莹润呼之欲出。

二　景观美

桃花的景观美是指在某种特定环境和气候条件下而形成的具有一定规模的综合风景效应。不同地理和气候条件、不同植物搭配、不同规模，又使桃花呈现出不同的景观特色。

（一）不同地理环境的美。魏晋至南朝时期咏桃诗、赋中的桃多是园林所植，因而带着宫廷台阁气息。唐代文人把各种不同地理环境的桃花都纳入了审美视野。野生桃花的美体现为一种野性的生机，如陆希声《桃花谷》"君阳山下足春风，满谷仙桃照水红"⑤，李九龄《山舍南溪小桃花》"一树繁英夺眼红，开时先合占东风"⑥，描写出山谷、山脚桃花不可遏制的旺盛之势。而庭园桃花则是另一种美，如李商隐《小桃园》"啼久艳粉薄，舞多香雪翻"⑦，小园桃花的柔美多情之态跃然纸上。再看庙宇中的桃花，

---

① 《全唐诗》卷一二五。
② 《全唐诗》卷二二六。
③ 《全唐诗》卷二三一。
④ 《全唐诗》卷三四〇。
⑤ 《全唐诗》卷六八九。
⑥ 《全唐诗》卷七三〇。
⑦ 《全唐诗》卷五四〇。

杜牧《题桃花夫人庙》"细腰宫里露桃新，脉脉无言度几春"①，许浑《金谷桃花》"泪光停晓露，愁态倚春风"②，凄美、幽怨之情充溢其中。总之，这些作品都精心营造出与环境吻合的氛围，显示出桃花气质各异的美感。

（二）不同气候条件的美。薛能《桃花》曰："开齐全未落，繁极欲相重。冷湿朝如淡，晴干午更浓……有影宜暄煦，无言自冶容。"③唐代文人艺术地表现了"晴午"桃花的典型特征，如韦应物《酒肆行》"晴景悠扬三月天，桃花飘飐柳垂筵"④，王周《小园桃李始花，偶以成咏》"半红半白无风雨，随分夭容解笑人"，以比喻、拟人手法写出了和风袅袅、春日迟迟下桃花的舒畅柔媚。

唐代文人还表现了"雨中桃花"之美。储光羲《汉阳即事》中有"江水带冰绿，桃花随雨飞"⑤的句子，杜甫《风雨看舟前落花戏为新句》"吹花困癫傍舟楫，水光风力俱相怯"⑥，桃花带雨，红衣映翠，含烟笼雨的桃花似乎更具一份阴柔之美：轻扬流畅、纤弱娇羞、温润可感。这是唐人对桃花美感的新认识。

（三）与不同花木组合的美。在文学作品中，通过桃花与不同花木的对比、烘托，可以凸显桃花之美，呈现风调不同的春色。唐代文学中常见的组合有桃柳、桃杏组合。

首先是桃与柳的组合。宋代许彦周《彦周诗话》云："春时秾丽，无过桃柳，'桃之夭夭'，'杨柳依依'，诗人言之也。"⑦不仅说出了这两种物象的鲜明色彩，而且反映了桃花花期与柳树展叶大致同时的特点。这种时间大致重叠的物候现象产生的视觉美感很早

---

① 《全唐诗》卷五二三。
② 《全唐诗》卷五三一。
③ 《全唐诗》卷五五八。
④ 《全唐诗》卷一九四。
⑤ 《全唐诗》卷一三九。
⑥ 《全唐诗》卷二二三。
⑦ 《彦周诗话》，见（清）何文焕辑《历代诗话》，第401页。

就引起了人们的注意，如晋代谢尚《大道曲》中就有"青阳二三月，柳青桃复红"①春意萌动的景象描写，此后成为一种模式并为唐代文人写春景时运用，如王维《田园乐七首》之六"桃红复含宿雨，绿柳更带朝烟"②，杜甫《奉酬李都督表丈早春作》"红入桃花嫩，青归柳叶新"③等皆为经典表述，正如刘禹锡《杨柳枝词九首》所云："桃红李白皆夸好，须得垂杨相发挥。"④桃、柳组合，红翠相映，色彩鲜亮，描画出一幅俗中见新的春景图。

其次是桃与杏的组合。桃与杏的组合较早见于南朝宋刘义庆《游鼍湖》"梅花覆树白，桃杏发荣光"⑤的描写，而唐代文学中较为多见，李中《桃花》写桃花"只应红杏是知音"⑥，白居易《寄题东楼》"最忆东坡红烂熳，野桃山杏水林檎"⑦，杨凭《春中泛舟》"惆怅满川桃杏醉，醉看还与曲江同"⑧，孙光宪《浣溪沙》"桃杏风香帘幕闲，谢家门户约花关，画梁幽语燕初还"⑨等，皆渲染了暄景谐淑的春意。桃、杏组合还用于描写仙道世界的春色，如高骈《访隐者不遇》"惆怅仙翁何处去，满庭红杏碧桃开"⑩，卢纶《送王尊师》"旌幢天路晚，桃杏海山春"⑪，桃、杏都是典型的道教景观，又是早春之物象，二者组合，写出了道观春色的烂漫之意。

（四）大规模种植的景观美。桃花的美感来自于其艳丽的花色和浓密的花朵，整体规模越大，给人的视觉冲击力越强。这种景观

---

① 《先秦汉魏晋南北朝诗·晋诗》卷一二，第878页。
② 《全唐诗》卷一二八。
③ 《全唐诗》卷二二六。
④ 《全唐诗》卷三六五。
⑤ 《先秦汉魏晋南北朝诗·宋诗》卷四，第1202页。
⑥ 《全唐诗》卷七四七。
⑦ 《全唐诗》卷四四二。
⑧ 《全唐诗》卷二八九。
⑨ 《全唐诗》卷八九七。
⑩ 《全唐诗》卷五九八。
⑪ 《全唐诗》卷二八〇。

描写较早见于谢灵运《从游京口北固应诏》"原隰荑绿柳，墟囿散红桃"① 句，但仅以"红"字形容，尚不能表达出其气势之美。桃花的景观美直到唐代才得以真正成功展现。韩愈《桃源图》即云"种桃处处惟开花，川原近远蒸红霞"②，许凯《彦周诗话》对此二句评曰："状花卉之盛，古今无人道此语。"③ 此后，"霞"成为桃花景观美的常见表达字眼儿，如李商隐《永乐县所居即事一章》"柳飞彭泽雪，桃散武陵霞"④ 等，具有强烈色彩感的"霞"字，能够形象贴切地表达出大片桃花云蒸霞蔚般的壮丽气势。

第五节　桃花意象的情感寓意

　　唐代文学中的桃花意象，不仅具有明丽优美的物色，而且渗透了文人深刻的思想，因而具有丰厚的情感意蕴，这可从以下方面体现出来。

一　对青春红颜的叹惋

　　女子春恨是中国古典诗歌的传统主题之一。《诗经》中的桃花是具有女性青春意义的意象，由于中国古代传统文化、民族审美心理等因素的影响，桃花飘零与红颜易衰之间具有约定俗成的比喻关系。南朝江总《闺怨篇》（《艺文类聚》卷三二又作《闺怨诗》）即有"愿君关山及早度，念妾桃李片时妍"⑤ 的描写，到了唐代，文人则进一步明确赋予桃花以青春易逝的感伤文学意蕴。

　　贾至《春思二首》其一："草色青青柳色黄，桃花历乱李花

---

① 《先秦汉魏晋南北朝诗·宋诗》卷二，第1158页。
② 《全唐诗》卷三三八。
③ 《彦周诗话》，见（清）何文焕辑《历代诗话》，第387页。
④ 《全唐诗》卷五四○。
⑤ 《先秦汉魏晋南北朝诗·陈诗》卷八，第2596页。

香。东风不为吹愁去，春思偏能惹恨长。"① 历乱飘落的桃花撩拨着女子莫名的春愁，流露出淡淡的落寞和感伤。严武《班婕妤》"贱妾如桃李，君王若岁时。秋风一已劲，摇落不胜悲"②，后宫女子颜如桃花，然不耐风寒，片时飘零，色衰爱弛的凄苦借东风中的桃花表达出来。冯延巳《临江仙》"冷红飘起桃花片，青春意绪阑珊"③，李煜《蝶恋花》"桃李依依香暗度……人间没个安排处"④，无不诉说着红颜青春的阑珊意绪，承载了文人对倏忽而逝的女子容颜的叹惋。这方面的代表作是皮日休《桃花赋》⑤，该赋以铺叙手法，用历史上息妫、西子等十名美丽绝伦然而命运不幸的女子的动作，淋漓尽致地描写出桃花的各种情态，渲染出桃花的美感，并赋予桃花以红颜薄命的文学意蕴。这种表达是以美人喻花，与上面几例的以花喻美人"目的不同，思路相反，但都是花与美人之间传统类比、隐喻关系的表现"⑥。较早对桃花这种悲感文化意蕴进行理论阐释的是清代李渔，其《闲情偶寄·种植部·木本第一》曾言："色之极媚者莫过于桃，而寿之极短者亦莫过于桃，'红颜薄命'之说，单为此种。"⑦ 从桃的生物特性对人们心理的影响角度揭示了桃花青春红颜的感伤意义。

二 文人身世之感慨

魏晋时期，桃花是早春时序物象，文人目睹落花引起的只是惜花之情，如《晋诗》卷十九"吴声歌曲"："春桃初发红，惜色恐

---

① 《全唐诗》卷二三五。
② 《全唐诗》卷二六一。
③ 《全唐诗》卷八九八。
④ 《全唐诗》卷八八九。
⑤ （清）董诰编：《全唐文》卷七九六，中华书局 1983 年版，第 8364 页。
⑥ 程杰：《宋代咏梅文学研究》，安徽文艺出版社 2002 年版，第 298 页。
⑦ （清）李渔撰，艾舒仁编次，冉云飞校点：《李渔随笔全集》，巴蜀书社 1997 年版，第 201 页。

依摘。朱夏花落去，谁复相寻觅。"① 唐代尤其是中晚唐文人则借桃花抒发了身世之感慨，如白居易《种桃歌》"命酒树下饮，停杯拾馀葩。因桃忽自感，悲咤成狂歌"②，诗人目睹桃花飘零，引起的不仅是惜花之情，更是对自身年光渐迈的悲慨。刘长卿《晚桃》："四月深涧底，桃花方欲燃。宁知地势下，遂使春风偏。此意颇堪惜，无言谁为传。过时君未赏，空媚幽林前。"③ 春风难度而生机无限的桃花是诗人自身的象征，渴望用世的心态借"晚桃花"曲折地透露出来。这一主题较有代表性的是刘禹锡的两首"玄都观桃花"题材的诗歌，其"引"更能帮助我们理解诗人的人生经历："余贞元二十一年，为屯田郎，是岁出牧连州，贬朗州司马。居十年，召至京师，人人皆言有道士手植仙桃，满观如红霞，遂有前篇，以志一时之事。旋又出牧，今十有四年，复为主客郎中，重游玄都观，荡然无复一树，惟兔葵、燕麦动摇春风耳。因再题二十八字，以俟后游，时大和二年三月。"④

玄都观"千树桃花"，见证了诗人的人生沉浮，而花开花落的时光流转，又寄寓着诗人起起落落的人生感慨："百亩庭中半是苔，桃花净尽菜花开。种桃道士归何处，前度刘郎今又来。"⑤ 桃花意象的这种情感意蕴在晚唐时期依然延续，李九龄《山舍南小溪桃花》、温庭筠《敷水小桃盛开因作》、李商隐《赋得桃李无言》、皮日休《桃花赋》中的"桃花"，都是虽有济世之才而不得重用的晚唐士人的象征。中晚唐时期的诗人，将自己的身世和经历引起的主观感情移入到所描写的对象中去，主观感情的移入⑥，使

---

① 《先秦汉魏晋南北朝诗·晋诗》卷一九，第 1045 页。

② 《全唐诗》卷四五三。

③ 《全唐诗》卷一四八。

④ 刘禹锡：《再游玄都观》，《全唐诗》卷三六五。

⑤ 《全唐诗》卷三六五。

⑥ ［日］市川桃子撰：《中唐诗在唐诗之流中的位置（下）——由樱桃描写的方式来分析》，蒋寅译，《古典文学知识》1995 年第 5 期，第 116 页。

桃花意象具有文人强烈复杂的情感体验内涵，标志着唐代对桃花意象审美认识的深入。

三　隐逸与求仙理想的寓托

唐代文人没有因为现实的坎坷而埋没掉精神的向往，艳丽桃花朵朵是春，片片落红点点是愁，这绝非唐代文学中桃花意蕴的主旋律。由于与道教的密切关系，桃历来就是文学作品中幻想世外之情的素材，如陶渊明《桃花源记》以夹岸的桃花林点缀着他心中自得自适的天地；刘义庆《幽明录》所记刘晨、阮肇入天台山，食桃偶遇仙女的故事①；《太平广记》卷四百一十引《述异记》"武陵桃李"条云："武陵源在吴中，山中无他木，尽生桃李，俗呼为'桃李原'。原上有石洞，洞中有乳水。世传：秦乱，吴人于此避难者，食桃李者，皆得仙去"②。"几乎每一个中国古典文学意象都有自身乃至族系的历史……野史笔记、史传小说等叙事文学则对意象进行增饰放大，向抒情文学中不断输入相关的背景材料。诗为心声，抒情文学拓展了意象的表情达意的疆域，使之更能表现人生的复杂情境与万千之慨，小说如史，叙事文学则为情思的具体类型提供了典型可信的艺术真实"③。在桃花的美感和意蕴被充分发掘的唐代，浪漫的文人以"桃花"装扮着幻想的世界，以桃花的传统文化内涵表现和丰富了作品的思想内容。综观唐代此类作品，在表现手法上主要有两种方式：一是化用陶渊明《桃花源记》，表达隐逸之理想。二是以桃花渲染环境气氛，表达求仙的意趣。

（一）对隐逸的向往和追求。张旭《桃花溪》："隐隐飞桥隔

①　王根林等校点：《汉魏六朝笔记小说大观》，上海古籍出版社1999年版，第697—698页。

②　（宋）李昉等撰：《太平广记》，中华书局1961年版，第3328页。

③　王立：《心灵的图景——文学意象的主题史研究》，学林出版社1999年版，第19页。

野烟，石矶西畔问渔船。桃花尽日随流水，洞在清溪何处边。"①
蘅塘退士评此诗曰："四句抵得一篇《桃花源记》"②，简洁地肯
定了张旭笔下"桃花"的隐逸之意。李白《桃源二首》之一：
"露暗烟浓草色新，一番流水满溪春。可怜渔夫重来访，只见桃
花不见人。"③ 烟浓露重，新草萋萋，溪水淙淙，结尾点缀一
"桃花"意象，隐逸意趣呼之欲出。卢纶《同吉中孚梦桃源》也
是"花水自深浅，无人知古今"④ 的隐逸世界。茂盛的桃花，幽
深的碧潭，笼罩在无声的春雨之中，那么静谧，那么悠远，大历
诗人浓厚的隐逸思想意趣由此可见。晚唐诗人曹唐《题武陵洞五
首》可以为这方面的代表作，"桃花夹岸杳何之，花满春山水去
迟"⑤，化用陶渊明《桃花源记》之意，"桃花"与"流水"遍
布的武陵春山，是诗人安放身心的天地，是理想的精神家园，
"人间"与"武陵洞"相对应，"人世"与"武陵溪"相对比，
又加以桃花、流水、白云、绿苔等景物意象的烘托渲染，深切表
达了诗人渴望隐逸的情怀。

（二）对仙境的憧憬。唐代文人自由浪漫、个性佻达。旗亭豪
饮，云梦高歌，人间天上，仙道并冶。他们不仅以桃花点缀着现实
世界，还以丰富的想象渲染着尘外的仙境，代表作是王维《桃源
行》："春来遍是桃花水，不辨仙源何处寻"⑥，"王诗将陶诗中对
那个无税的小国寡民世界的向往，改为对神仙世界的向往"⑦。"王
维笔下的灵境不是枯寂凄黯的，而是幽美恬适的。他以自在的笔触

① 《全唐诗》卷一一七。
② （清）蘅塘退士编，陈婉俊补注：《唐诗三百首》，中国书店1991年版，第372页。
③ 陈尚君辑校：《全唐诗补编·全唐诗续补遗》卷三，中华书局1992年版。
④ 《全唐诗》卷二七七。
⑤ 《全唐诗》卷六四一。
⑥ 《全唐诗》卷一二五。
⑦ 程千帆：《古诗考索》，第32页。

描绘了仙源中人自在的生活"①。王维之后，刘禹锡《桃源行》成
为嗣响，"桃花满溪水似镜……仙家一出寻无踪，至今流水山重
重"②，诗人或以"桃花"渲染出空灵缥缈的世外天地，表达出对
仙源追寻不已的理想；或以夹岸的桃花点缀出一个红堤绿岸、仙鸟
时来的"仙隐"境界。晚唐皮日休和陆龟蒙的《桃花坞》唱和诗，
是文人对仙隐世界追求的代表作。皮日休《太湖诗·桃花坞》"坞
名虽然在，不见桃花发。恐是武陵溪，自闭仙日月"③，陆龟蒙
《奉和袭美太湖诗二十首·桃花坞》"愿此为东风，吹起枝上春。
愿此为流水，潜浮蕊中尘。愿此为好鸟，得栖花际邻。愿此作幽
蝶，得随花下宾"④，两位惺惺相惜的友人都不约而同地以桃花为
"仙日月"的最佳代表，尤其是陆龟蒙，连续用了四个"愿"字，
淋漓尽致地表达出对桃花仙趣的认可。

词中亦有类似之作，如毛文锡《诉衷情》："桃花流水漾纵横，
春昼彩霞明。刘郎去，阮郎行，惆怅恨难平。愁坐对云屏，算归
程。何时携手洞边迎，诉衷情"⑤。作品显然化用了《幽明录》中
刘晨、阮肇天台遇仙的故事，遍地开放的桃花就成为仙境的象征性
景物。

总之，在唐代文人笔下，无论是幻想的隐逸天地，还是憧憬着
的仙境，莫不是桃花遍布、流水纵横的世界。通过这些桃花意象，
我们看到了唐代文人的高情远蕴和缱绻情思。

第六节 桃花意象的艺术表现

唐代文学中的桃花意象是主观世界和客观世界结合的产物，是

---

① 程千帆：《古诗考索》，第 43 页。
② 《全唐诗》卷三五六。
③ 《全唐诗》卷六一○。
④ 《全唐诗》卷六一八。
⑤ 曾昭岷等编：《全唐五代词》卷三，中华书局 1999 年版，第 539 页。

文人的情感表象，桃花意象的这种审美意蕴，来自于文人独具匠心的处理，这从以下几个方面体现出来。

一　精心选材，突出主体

唐代文人以多种审美视角对桃花进行细致观察，并以多种艺术手法充分展现了桃花的美感。

（一）通过专题咏桃作品充分表现桃花美感。大量的专题咏桃作品，角度不同、主题各异，有利于多层次、多侧面地展现桃花的审美内涵。

（二）通过色彩搭配和背景衬托，突出桃花美感。物体的美感来自色彩的互相搭配和映衬。唐代文人非常注意设色技巧，以突出桃花的鲜亮和艳丽。如贺知章《望人家桃李花》以"桃花红兮李花白"[①] 的相得益彰，极显桃花之本色美。正如清代李渔所言："桃色为红之极纯，李色为白之至洁，'桃花能红李能白'一语，足尽二物之能事。"[②] 王昌龄《古意》则别出心裁，"桃花四面发，桃叶一枝开"[③]，以绿色"桃叶"衬托出桃花的红艳。白居易《寄献北都留守裴令公》中的"绿丝萦岸柳，红粉映桃楼"[④]，即以翠绿的"岸柳"映衬出粉色"桃花"的娇艳和明媚。唐代文人除了注意从色彩搭配上突出桃花花色，还注意从明亮性的角度选取"水"来烘托桃花的艳丽，李白《访天台山道士不遇》"犬吠水声中，桃花带雨浓"[⑤]，毛文锡《诉衷情》"桃花流水漾纵横，春昼彩霞明"等都是这方面的例子。

R. 阿恩海姆说："所有的视觉现象都是由色彩和明度造成

---

①　《全唐诗》卷一一二。

②　《李渔随笔全集》，第 201 页。

③　《全唐诗》卷一四〇。

④　《全唐诗》卷四五七。

⑤　《全唐诗》卷一八二。

的。"① 唐代文人以色彩的鲜明搭配和背景衬托的方法，艺术地表现了桃花的色彩美感。

二　妙用修辞，体物贴切

魏晋六朝文人对桃花的刻板描写无法表现其美感，更无神韵可言。唐人以敏锐的观察能力，抓住桃花的形貌、意态等方面的典型特征，以新颖的比喻、拟人、夸张等修辞手法，贴切地加以表现。

李贺《将进酒》"况是青春日将暮，桃花乱落如红雨"②，将暮春时节历乱飘零的桃花比喻为"红雨"，从色彩和形象感上把握住了桃花的特征。韩愈《桃源图》"种桃处处惟开花，川原近远蒸红霞"，以"霞"形象贴切地表达出大规模的桃花给人的强烈视觉感受，"蒸"的感觉来自于桃花如"霞"的景象所引起的诗人内心情绪流动，二者相辅相成，极尽渲染了川原桃花给人的视觉美。《诗经》时代至六朝时期有以桃花喻女性之美的思路，唐人反其道而为之，开创出以女子的神态、举止比喻桃花的思路。如晚唐皮日休《桃花赋》以嫦娥、神女、西施、飞燕等神话和历史中的美丽女性比喻桃花飘落的情态，贴切又新颖，渲染了落花的悲感意蕴。

李咸用《绯桃花歌》以"夭桃变态求新悦"③ 的拟人手法，写出了"绯桃"与"夭桃"的不同，极有情趣意味。而皮日休《桃花赋》则以"或俛者若想，或闭者如痴。或向者如步，或倚者如疲……"的表达，把夭夭怡怡的桃花拟为人的姿态或动作，体现了桃花的情态美。

夸张的修辞手法主要用于描写桃花烂漫的气势，李贺《送沈亚之歌》"桃花满陌千里红"④，李中《咏桃花》"几树半开金谷

---

① ［美］R. 阿恩海姆：《色彩论》，常又明译，云南人民出版社1980年版，第1页。
② 《全唐诗》卷一七。
③ 《全唐诗》卷六四四。
④ 《全唐诗》卷三九〇。

晓，一溪齐绽武陵春"① 等，都极有效地表现出桃花盛开时如火如荼的景观美。

三　比兴寄托，寓意深刻

南朝文人是以旁观式的创作姿态对桃花进行描写，没有深刻的情感内涵。唐代文人则立足于桃花意象"春花"的意义，又以比兴、象征等修辞方式，寄寓伤春、身世之感等复杂的思想。

王昌龄《古意》："桃花四面发，桃叶一枝开。欲暮黄鹂啭，伤心玉镜台。清筝向明月，半夜春风来。"开头以比兴手法渲染春色之浓郁，为下文女主人公揽镜自照惹起春愁作了铺垫。贾曾《有所思》亦是如此，以"洛阳城东桃李花，飞来飞去落谁家"的比兴，引起下文的"幽闺女儿爱颜色，坐见落花长叹息"② 之闺怨，极贴切，极自然。

清代李重华云："咏物诗有两法：一是将自身放顿在里面，一是将自身站立在旁边。"③ 唐代文人将"自身放顿在里面"，不仅以桃花寄寓伤春情怀，更寄寓着自己丰富、复杂的人生体验。如崔护《题都城南庄》表达出爱而不得但又不能忘其所爱的怅惘，是可遇而难求的美好爱情的象征。然而正如勃兰兑斯所说："了解人们对爱情的看法及表达方式对理解一个时代的精神是一个重要因素"。④ 这首诗侧面反映了中晚唐文人的爱情追求多以失败而告终的现实。

由以上几点论述可以看出，唐代文人不再如六朝那样，对桃花进行简单粗糙的描写，而是通过多种修辞方式和艺术技巧，突出了桃花的物色美，彰显了桃花的审美和文化意蕴，这不仅是艺术表达

---

① 《全唐诗》卷七四七。
② 《全唐诗》卷六七。
③ （清）李重华：《贞一斋诗说》，见《清诗话》，上海古籍出版社 1978 年版，第930 页。
④ ［丹麦］勃兰兑斯著：《十九世纪文学主流》，张道真译，人民文学出版社 1980 年版，第 221 页。

方式的演进，更是桃花意象内涵丰富的表现。

园艺学者以"色"、"香"、"姿"、"韵"① 来概括花卉美的四个方面。唐代文人以丰富的作品、多种审美视角和艺术表达方式，全面、深入地描写出了桃花物"色"之美，表现了桃花的"韵"味，并且提供给后代文学创作某些现成思路和习惯用法，如"锦"、"霞"等字眼成为形容桃花壮观景象的常用比喻，《广群芳谱》卷二五"西湖志"即曰："西湖栖霞岭，以岭上桃花烂漫，色如凝霞，故名"②。"桃花流水"、"桃花浪"等成为描写春景的习用之语；崔护诗中的"人面桃花"的故事，成为一种爱而不得的情感模式等。不仅如此，唐代文学中的桃花意象对后代的词、曲、小说等的创作都产生了深刻影响。

---

① 周武忠：《中国花卉文化》，花城出版社 1992 年版，第 6 页。
② 《广群芳谱》卷二五，第 614 页。

第四章 宋代桃花文化认识的深化

王国维《末代之金石学》云："天水一朝，人智之活动与文化之多方面，前之汉唐，后之元明，皆所不逮也。"① 此言宋代文化之集大成特色。陈寅恪先生亦言："华夏民族之文化，历数千载之演进，造极于赵宋之世。"② 如从花卉艺术的发展角度看，中国古代花卉品鉴中的最高境界——花德，也在宋代产生并渐趋成熟。传统文学和文化中，桃花是一个重要的花德载体，宋人对桃花花德的体认主要通过诗歌反映出来，而宋人对桃花丰富的情感意蕴则主要体现在词中。宋代文人对桃花意象的艺术表现遗貌取神，在内容、表现方式、艺术特色方面都具有不同于唐人的创新。以此而论，宋代的桃花意象具有可观之处。

第一节 桃花题材和意象作品产生的背景

文学作品在作者所处的历史环境中产生，是社会和生活的反映。宋代桃花题材和意象的文学作品无论质还是量较之前代有明显提高。在《全唐诗》中，桃花意象文学作品数量在同类作品中居第七位。笔者据《全宋词》检索系统（含宋词21050首）统计，植物意象出现的单句次数位于前十位的依次是：杨柳3431

---

① 王国维：《静安文集续编·末代之金石学》，《王国维遗书》第5册，上海书店1983年版，第70页。

② 陈寅恪：《邓广铭〈宋史职官志考证〉序》，《金明馆丛稿二编》，上海古籍出版社1980年版，第245页。

次，梅 2794 次，荷花 1873 次，桃 1711 次，竹 1574 次，兰 1264 次，松柏 1052 次，桂 681 次，李 552 次，杏 545 次。桃位居第四，在观赏类花卉中，仅次于被宋人高标的梅和荷花。可见，桃在宋代也是文人较为常用的意象词汇。又据《宋词三百首》电子检索系统统计，中国文学和文化中常见的植物意象出现的次数位于前十位的依次是：柳 80 次，梅 42 次，桃 26 次，竹 22 次，梧桐 18 次，杏、梨各 13 次，桂、海棠各 6 次，荷 5 次，松 3 次，槐、李各 2 次。桃高居第三位。宋代陈景沂《全芳备祖》所收 130 多种观赏花木的诗、词、赋、文等作品，花卉意象出现的次数（含散句和散联）前十位的依次为：梅（梅花、红梅、蜡梅、杨梅）479 首，柳（柳花、杨柳）237 次，荷（荷、莲藕）228 次，竹（竹、笋）219 次，松柏（松、柏）197 次，牡丹 181 次，海棠（棣棠、甘棠）177 次，桃（桃花、桃实、桃木）160 次，柑橘（柑、橘）153 次，茶 132 次。桃位居第八位。另外，根据宁波大学文学院许伯卿提供的《全宋词植物题材数量统计表》，在 2189 首咏花词中，数量位居前十位的依次是：梅花 1032 首，占 47.14%；桂花 185 首，占 8.45%；荷花 145 首，占 6.62%；海棠 133 首，占 6.08%；牡丹 126 首，占 5.76%；菊花 70 首，占 3.2%；酴醾 59 首，占 2.7%；蜡梅 48 首，占 2.19%；桃花 44 首，占 2.01%；芍药 39 首，占 1.78%。[①] 桃花居第九位。这几组数据表明，与唐代相比，宋代桃题材和桃意象作品的绝对数量虽呈增加之势，然相对地位略有下降，这自然与宋代的社会文化背景有着密切的关系，本部分将从宋代赏花风气的更趋普遍、士大夫对悠闲和超逸生活的追求、以花比德风气的浓厚等几个方面加以论述。

---

① 许伯卿：《宋代咏物词的发展脉络》，《南京师大学报》（社会科学版）2002 年第 1 期，第 141 页。

一　赏花风气日趋普遍

宋代开国之初，社会稳定，经济繁荣，农业生产逐渐恢复，花卉栽培技术随之提高，种花和赏花之风逐渐向民间普及，人们对花卉欣赏的热情较唐代有过之而无不及。北宋时期，洛阳经济繁荣，人们观赏桃花之热情甚为浓厚。宋代邵伯温《闻见录》卷十七载："洛中……岁正月，梅已花。二月，桃李杂花盛。三月，牡丹开。于花盛处作园囿，四方伎艺举集，都人士女，载酒争出，择园亭胜地上下池台间，引满歌呼，不复问其主人，抵暮游花市，以筠笼卖花，虽贫者亦戴花饮酒相乐。"① 而南宋时期的都城杭州的桃花植赏也毫不逊色，《都城纪胜》"园苑"条记曰："城南嘉会门外则有玉津、御园，又有就包山作园，以植桃花，都人春时最为胜赏，惟内贵张侯壮观园为最。"② 宋代吴自牧《梦粱录》卷一九"园囿"亦曰："嘉会门外有山，名包家山……山上有关，名'桃花关'，旧扁'蒸霞'。两带皆植桃花，都人春时，游者无数，为城南之胜境也。"③ "桃花关"的命名也许更让我们看到了南宋包家山桃花欣赏的盛极一时。

与民间的赏桃花情形相比，宫廷赏桃可谓隆重之极。宋代周密《武林旧事》卷二"赏花"云："禁中赏花非一，先期后苑及修内司分任排办，凡诸苑、亭、榭花木，妆点一新……悉效西湖景物，起自梅堂赏梅，芳春堂赏杏花，桃源观桃，粲锦堂金林檎，照妆亭海棠，兰亭修禊，至于钟美堂赏大花为极盛。"④

在宋代，人们赏花热情高涨，形成了一个特定的节日即"花朝"，曹组《声声慢》以"歌酒长春不夜，金翠照罗绮，笑语盈盈"⑤

① （宋）邵伯温：《闻见录》卷一七，《影印文渊阁四库全书》本。
② （宋）灌园耐得翁：《都城纪胜》，中国商业出版社1982年版，第13页。
③ （宋）吴自牧：《梦粱录》卷一九，浙江人民出版社1981年版，第179页。
④ （宋）周密：《武林旧事》卷二，中国商业出版社1982年版，第359页。
⑤ 唐圭璋编：《全宋词》第2册，中华书局1965年版，第805页。

的句子写出了宋代花朝节盛况。吟赏桃花是"花朝"节的重要活动。吴自牧《梦粱录》卷一"二月望"条云："仲春十五日为花朝节。浙间风俗以为春序正中，百花争放之时，最堪游赏。都人皆往钱塘门外玉壶古柳林、杨府、云洞，钱湖门外庆乐、小湖等园，嘉会门外包家山、王保生、张太尉等园，玩赏奇花异木。最是包家山，桃开浑如锦障，极为可爱……观者纷集，竟日不绝。"① 宋朝之后，"花朝"即成为民间传统的赏花节日。

　　宋人爱桃花的风尚还可以通过人们买桃花的热情体现出来，如《梦粱录》卷二"暮春"条曰："是月春光将暮，百花尽开，如牡丹、芍药……千叶桃、绯桃、香梅、紫笑、长春、紫荆、金雀儿、笑靥香兰、水仙、映山红等花，种种奇绝。卖花者以马头竹篮盛之，歌叫于市，买者纷然。当此之时，雕梁燕语，绮槛莺啼，静院明轩，溶溶泄泄，对景行乐，未易以一言尽也。"② 宋代"堂花"花卉技艺出现，即以纸窗温室，通过蒸汽加温，促使花早放，这样就保证了一年四季都有花卉可赏，因此，宋代花市较唐代更加繁荣，如欧阳修《生查子》"去年元夜时，花市灯如昼"③ 就写出了花市的热闹情形。桃花是宋代花市中常见花卉，《梦粱录》卷一三"诸色杂卖"条曰："四时有扑带朵花，亦有卖成窠时花、插瓶、把花、柏、桂、罗汉、叶春、扑带朵、桃花、四香、瑞香、木香等物。"④ 这样，人们时时都可以欣赏到桃花。

二　对花卉品格的讲究

　　宋代理学勃兴，使宋人的道德品格意识明显加强，修身养性的士大夫风节凛然高举。宋人将这种道德追求灌注到现实和社会生活

①　（宋）吴自牧：《梦粱录》卷一，第8页。
②　《梦粱录》卷二，第15页。
③　《全宋词》第1册，第124页。
④　《梦粱录》卷一三，第122页。

的每一个领域，使得文学、艺术、美术、工艺如春花般灿烂，对自然审美的态度也贯彻着这种理想的追求。程杰《宋代咏梅文学研究》中这样讲道："宋人自然审美中处处表现出透过物色表象，归求道义事理，标揭道德进境，抒写品格意趣的特色。自然物色审美中的义理之求应该是丰富多彩的，具体到花卉审美中，由于普遍地用作园林圃艺的题材，直接服务于个人优雅的情趣爱好，也就被视作人格的投射，力求证示道德的情操。……林亭艺植不仅是物色之观、遣兴之娱，更是风节之标、德业之象。"① 这也就是宋代文化背景下的花卉"比德"。花卉"比德"说源远流长，早在先秦时期，诸子百家即借鉴《诗经》比兴的手法，以自然物象设喻，申辩他们的观点，游说诸侯。② 宋代祝穆《古今事文类聚》卷二九花卉部"兰花"条引《琴操》曰："猗兰操者，孔子所作也。孔子聘诸侯，莫能自任。自卫反鲁，隐谷之中，见香兰独茂，喟然叹曰：'夫兰，当为王者香。今乃独茂，与众草为伍。'乃止车，援琴鼓之，自伤不逢时，托辞于兰云。"③ 这也就是《管子》所谓以物"比德"④。而屈原之"善鸟香草以配忠贞"⑤，就是孔子以兰自喻的传统思想的继承，于是，在中国文学史上，这种以自然物象比拟、寄寓人的情操和道德的方式就成为传统文学审美的表达方式。

在这种花卉欣赏的时代条件下，我们发现众多以人格比拟"花格"的现象，曾端伯以十花为"十友"：酴醾为韵友，茉莉为雅友，瑞香为殊友，荷花为净友，岩桂为仙友，海棠为名友，菊花

① 程杰：《宋代咏梅文学研究》，第58页。
② 普颖华：《中国写作美学》，对外贸易教育出版社1988年版，第161页。
③ （宋）祝穆辑、（元）富大用辑：《古今事文类聚》后集卷二九，书目文献出版社1991年版，第894页。
④ 《管子》，第151—155页。
⑤ 王逸：《离骚经序》，见（宋）洪兴祖《楚辞补注》卷一，中华书局1983年版，第2页。

为佳友，芍药为艳友，梅花为清友，栀子为禅友。① 张敏叔工画花木，曾以十二花为"十二客"，即牡丹为贵客，梅为清客，菊为寿客，瑞香为佳客，丁香为素客，兰为幽客，莲为静客，酴醾为雅客，桂为仙客，蔷薇为野客，茉莉为远客，芍药为近客，并各赋一章。而桃花则由于花色艳丽、随处可见等原因被视为"妖客"，如姚伯声即曰："牡丹为贵客，梅为清客，李为幽客，桃为妖客，杏为艳客，莲为溪客，木樨为岩客……"② 而对桃花最持偏见的莫过于程棨，其《三柳轩杂识》将花分为"五十客"，即牡丹为贵客，梅为清客，兰为幽客，桃为妖客，杏为艳客……杨为狂客……李花为俗客，并评曰："余尝评花，以为梅有山林之风，杏有闺门之态，桃如倚门市倡，李如东郭贫女。"③ "倚门市倡"之喻凝结着桃花与女性之间的传统隐喻关系，同时，由于桃树容易种植、随处可见、花色鲜艳等客观生物属性，在宋代特殊的花卉欣赏背景下而成为较有代表性的桃花人格化认识。

可见，桃花在宋代花卉人格化体认的背景下，审美地位较之前代明显下降，于是我们看到，宋代文学作品中对桃花的"妖"、"俗"、"艳"等的描写和形容，如释道潜《梅花》诗即有"茜杏妖桃缘格俗，含芳不得与君同"④ 的句子。而这种体认在与梅花、桂花等较受推崇的花卉的比较中又被反复强化，甚至视桃花为奴仆，如陈与义《和张规臣水墨梅五绝》其一即有"从教变白能为黑，桃李依然是奴仆"⑤ 的体认。

---

① 见（明）都卬《三余赘笔》，《丛书集成初编》第 2897 册，中华书局 1983 年版。
② （宋）姚宽撰，孔凡礼点校：《西溪丛语》卷上，中华书局 1993 年版，第 36 页。
③ （宋）程棨：《三柳轩杂识》，见（明）陶宗仪纂《说郛》一百卷本，卷二一。
④ 《全宋诗》卷九二〇，第 16 册，第 10754 页。
⑤ 《全宋诗》卷一七五八，第 31 册，第 19472 页。

三 政治局势的影响

宋代虽然统一，然人心未定，内忧外患接连不断。清代王夫之云："夫宋祖受非常之命，而终以一统天下，底于大定，垂及百年，世称盛治者，何也？唯其惧也。"[①] 梁启超《中国近三百年学术史》亦言："自唐天宝间两京陷落，过去的物质文明已交末运。跟着晚唐藩镇和五代一百多年的纷乱，人心越发厌倦。"[②] 这样的社会背景对宋代文人士大夫的影响表现在两个方面：一是使他们把本应济世的激情化为对闲雅日常生活的追求，二是对超逸审美境界的向往。

钱穆先生说："中国在宋以后，一般人都走上了生活享受和生活体味的路子，在日常生活中寻求一种富于人生哲理的幸福与安慰。"[③] 而对花卉的欣赏和吟咏是宋人对这种"富于人生哲理的幸福与安慰"寻求的较为清雅的途径，于是，宋代文人借赏花之机宴饮赋咏成为重要的活动。翻阅《全宋诗》中的咏桃之作，我们发现，以"和"、"次韵"等字眼标题的作品很多，如欧阳修《和江邻几学士桃花》、苏轼《次韵表兄程正辅江行见桃花》、毛滂《次韵张台卿桃花诗》、谢逸《和饶正叔碧桃绝句》、程俱《和同会舍千叶绯桃》、王洋《和赋千叶桃花二首》、范成大《次韵周子充正字馆中绯碧两桃花》、《张恭甫正字折赠馆中碧桃因次韵》等，其中以范成大的两首"次韵"咏桃诗最具代表性。桃花较为常见，因而是常见的文学创作题材。咏物诗歌本身属于即兴之作，不需要作者丰富的生活阅历，也无须明确的创作目的，因而最适于唱和之用。对花饮酒，因花赋诗，堪称是上等雅事。

---

① （清）王夫之：《宋论》卷一，中华书局1964年版，第2页。

② 梁启超：《中国近三百年学术史》，东方出版社2004年版，第2页。

③ 钱穆：《国史新论·中国文化传统之演进》，台湾东大图书公司1981年版，第135页。

当然，宋代咏桃诗中的唱和之作的兴起与当时的社会条件密不可分。《续资治通鉴长编》卷二五载，雍熙元年（984）春，太宗"召宰相近臣赏花于后苑。上曰：'春风暄和，万物畅茂，四方无事，朕以天下之乐为乐，宜令侍从词臣各赋诗。'赏花赋诗自此始。"① 同书卷二六又载，985 年春，太宗"召宰相参知政事，枢密三司使，翰林枢密直学士，尚书省四品，两省五品以上，三馆学士，宴于后苑；赏花钓鱼，张乐赐饮，命群臣赋诗习射，自是每岁皆然"②。自此，唱和之风逐渐弥漫，这种不闻尘外事的清静内省、闲逸适性的思想迎合了宋初文人的心理需求，以杨亿等人的《西昆酬唱集》则是这一文学风气的产物，"他们的作品中，多有咏物之作，对宋代咏物诗起了推波助澜的作用"③。这种文学风气自然也影响到了咏桃之作。由于桃花较为常见，赏桃并非王公贵人的专利，也无都城乡邑之界，这种可以普及的文化行为推波助澜，便会促进宋代咏桃诗歌的创作。

宋人追求清雅的生活格调在花卉欣赏方面的表现就是对色彩淡雅、气味馨香之花的推崇，如梅花、桂花等，而桃花因其颜色鲜艳而被作为与"雅"对立的"俗"物。"耐人寻味的是，雅与俗本是两个相互对立的范畴，但在宋人的意念里或表述上，大多是谈避俗，很少提到求雅。在宋代有关文献里，'俗'字比'雅'字的出现频率要高得多"④。因而我们看到，宋代诗、词作品中对桃花多以"俗"字描写。

宋人对桃花的审美表现出一种矛盾心理，他们一方面以花格体认的标准视之为"妖"、"俗"之花；另一方面，由于他们饱受宦

---

① （宋）李焘撰，（清）黄以周等辑补：《续资治通鉴长编》卷二五，上海古籍出版社 1986 年版，第 217 页。

② 《续资治通鉴长编》卷二六，第 227 页。

③ 徐建华：《宋代咏物诗概述》，《文史知识》1991 年第 2 期，第 14 页。

④ 张仲谋：《宋诗：一种有意味的形式》，《江苏社会科学》2001 年第 4 期，第 166 页。

海沉浮之痛，在思想上对超逸境界非常向往，因而表现出对桃花传统文化内涵即女性、仙隐意义的认同和表现，这种现象在宋词中较为多见。

第二节　深入的桃花品种认识

在桃花审美认识发展史上，先秦至魏晋时期偏于对果实的实用价值的表现和认识，南朝时期才开始对桃花进行独立审美，然而这一时期人们对桃花的认识还没有明确的种类和品名的区分，艺术表现也显得粗糙和稚嫩。唐代文人则宕开一步，以较为明确的品种意识对桃花物色之美进行了充分展现，并以比兴、寄托等方式赋予桃花以复杂深刻的思想内涵，显示出对前代桃花审美水平的超越。宋代园艺更加进步，对桃花的品种区分和认识也更加细致；理学的兴起又使桃花在这一时代被赋予了"妖客"的人格内涵，而对桃花的认识能够抛弃"花德"之偏见而予以知性思考的当推杨万里和范成大。萎靡的国势与压抑的政治又使文人对桃花的审美认识突破了唐代物色神韵的艺术表现，充分全面地挖掘和阐发出建立在桃花自然属性基础上的思想和象征意蕴，使桃花意象的文学和文化内涵在这一时代成熟和固定下来。

宋代园艺日趋发展，花卉著作颇为丰富，并且突破了以前的综合式谱录而出现了各种花卉专著，如欧阳修《洛阳牡丹记》、范成大《石湖菊谱》、《范村梅谱》、沈立《海棠记》等，更为重要的是还出现了集前代花卉园艺之大成的陈景沂《全芳备祖》，所列观赏花卉近130种，对明代王象晋《群芳谱》、清代汪灏《广群芳谱》都产生了深刻的影响。

宋代虽然没有出现桃的谱录类著述，然而，从相关的文献记载来看，宋代确实是桃的培植技术发展和新品种出现的黄金时代。

北宋周师厚的《洛阳花木记》是作者于元丰四年（1081）居洛阳的见闻，参考唐代李德裕《平泉山居草木记》等花卉典籍，记载了桃的 30 个品种：小桃，十月桃，冬桃，蟠桃，千叶缠桃，二色桃，合欢二色桃，千叶绯桃，千叶碧桃，大御桃，金桃，银桃，白桃，昆仑桃，憨利核桃，胭脂桃，白御桃，旱桃，油桃，人桃，蜜桃，平顶桃，胖桃，紫叶大桃，社桃，方桃，邠州桃，圃田桃，红穰利核桃，光桃①，比葛洪《西京杂记》所记桃的品种增加了 21 种，其中昆仑桃、油桃、蜜桃、金桃、银桃为后世农书所沿用。这些桃的名称的得来，有的根据果实成熟期，有的根据果实的颜色，有的根据花朵的瓣数，有的根据果实产地等，不一而足，反映了宋代对桃的认识的细致和深入。

南宋时期，又增加了一些新的品种，如《梦粱录》卷一八"物产·果之品"条言："桃有金，银，水蜜，红穰，细叶，红饼子。"② 其中"红穰"、"细叶"、"红饼子"是南宋才出现的新品种。宋代桃的栽培和推广速度也是很快的，以"金桃"为例，在唐代仅为入贡之品，而到宋代则已经在临安等地广泛种植，并且成为集市上的常见果品，如杨万里《尝桃》诗就这样写道："金桃两钉照银杯，一是栽花一买来。香味比尝无两样，人情毕竟爱亲栽。"③ 宋代不仅对桃的果实有了更为丰富的认识和细致分类，对桃花品种的认识也在逐步深入，如《梦粱录》卷一八"花之品"条言："桃花，有数种，单叶、千叶、饼子、绯桃、白桃。"④

大自然总是以无穷的美昭示着人们，而审美的主体则各自以不同的需要和目的赋予这些自然物以多样的社会属性。桃花即是如此，在由于其司空见惯而被视为凡俗之花的社会背景下，其种类的丰富就引起了人们的赞赏，如宋代谢维新《古今合璧事类备要别集》卷二六"花卉门""桃花"条言："《格物丛话》花品以少者

①　（宋）周师厚：《洛阳花木记》，见《说郛》一百卷本，卷二六。
②　《梦粱录》卷一八，第 164 页。
③　《全宋诗》卷二三一八，第 42 册，第 26342 页。
④　《梦粱录》卷一八，第 167 页。

为贵，多者为贱。世传广陵琼花、京口玉蕊、洛阳牡丹，皆以少见贵。至如桃花，何处独无之？不择地而蕃，不待培壅而滋茂。漫山填谷，容易成林。樵童牧子，厌观熟玩，何若是之多欤！遂使世人鄙贱，目为凡品，花中之不幸，未有甚于此者也。然司花之巧，不如此而止也。令有数品：或黄，或碧，或绛色；垂丝者，闪烁者，龙鳞者，饼子者，牡丹者，水蜜者，千叶者。凡中求异，不可胜数。好事者亦必为之刮目。"①

不仅如此，宋人还别开生面地在文学作品中展现了这些桃花品种如小桃、碧桃、蟠桃、千叶绯桃的优异特征，欧阳修《小桃》："雪里开花人未知，摘来相顾共惊疑。便当索酒花前醉，初见今年第一枝。"② 陆游《老学庵笔记》卷四云："欧阳公、梅宛陵、王文恭集皆有小桃诗，欧诗云：'雪里花开人未知，摘来相顾共惊疑。便当索酒花前醉，初见今年第一枝。'初但谓桃花有一种早开者耳，及游成都，始识所谓小桃者，上元前后即着花，状如垂丝海棠。曾子固《杂识》云：'正月二十开天章阁赏小桃'，正谓此也。"③ 可见，小桃正月即开花，花期较一般桃花为早。欧阳修这首诗即是着笔于花期早这一特点，以"雪里开花"和"共惊疑"加以烘托。杨万里《小桃》则这样描写："小桃着子可怜渠，疏处全疏无处无。并缀一梢三十颗，垂枝欲折没人扶。"④ 很明显该诗是写小桃结子繁多的特性。这两首诗歌都是着笔于小桃的生物习性。

"小桃"是唐代即已出现的桃花品种，晚唐郑谷、温庭筠等都有描写"小桃"的诗歌。只要我们稍加对照即可以看出唐、宋文人不同的审美视角。郑谷《小桃》云："和烟和雨遮敷水，映

---

① （宋）谢维新：《古今事类合璧备要》卷二六，《影印文渊阁四库全书》本。

② 《全宋诗》卷三〇二，第6册，第3699页。

③ （宋）陆游撰，刘文忠评注：《老学庵笔记》卷四，学苑出版社1998年版，第153页。

④ 《全宋诗》卷二三一八，第42册，第26342页。

竹映村连灞桥。撩乱春风耐寒令，到头赢得杏花娇。"① 温庭筠
《敷水小桃盛开因作》曰："敷水小桥东，娟娟照露丛。所嗟非
胜地，堪恨是春风。二月艳阳节，一枝惆怅红。定知留不住，吹
落路尘中。"② 可见，郑谷和温庭筠之作都是着笔于小桃之花的
情态美感，文学审美意味浓厚，而欧阳修和杨万里之作则更多地
表现了小桃之物"理"，这是宋代即物究理的时代特色在文学中
的反映。

宋代文学中还有其他种类桃花的专题作品，如白珽《题碧桃
折枝》、王十朋《觅季仲权碧桃》、谢逸《和饶正叔碧桃绝句》、
王十朋《千叶白桃》、方回《二色桃花》、易士达《二色桃》、陶
弼《途次叶县观千叶桃花》、程俱《和同会舍千叶桃花》、王洋
《和赋千叶桃花》、王十朋《书院杂咏·千叶白桃》、刘攽《次韵
酬盛秘丞黑桃二首》、邓深《次韵赋十月桃为罗司理生朝》等，
以及宋词中李弥逊、张元幹《十月桃》各两首，另有两无名氏
《十月桃》两首等。《全唐诗》中这类专题之作较少，主要有如
韩愈《题百叶桃花》、杨凭《千叶桃花》、李咸用《绯桃花歌》
和《绯桃花》、唐彦谦《绯桃》等，这些作品描写和表现的重点
是花的美感。宋代文人则另辟蹊径，突出各种桃花的生物特征即
究桃花之"物理"成了写作目的，在种类意识的具体深入的程度
方面超过了唐代。

综观传统文学对桃花的欣赏和认识我们发现这样一个现象：
魏晋时期没有关于桃的具体品种的作品。唐代有了百叶桃花、千
叶桃花、绯桃等品种的专题诗歌，但数量很少，且主要描写的是
桃花物色之美。到了宋代，随着栽培技术和园艺业的发展，新的
桃花品种不断出现，这种现象在文学上的反映是以不同品种桃花
为题材的作品较唐代有所增加，描写和表达的重点从桃花之色、

---

① 《全唐诗》卷六七六。

② 《全唐诗》卷五八一。

形、韵转入桃花品种的生物属性，完成了对桃花品种审美认识的全过程。也正是在这一意义上我们可以说，宋代是对桃花品种认识的成熟时代。

第三节　矛盾的桃花品格认识

由于理学的影响，宋代文人追求高情远韵，在花卉审美方面，往往不取花卉之姿，而取其意，不取花卉之意，而取其德，透过花卉物色和表象，归求道义事理，标举其所蕴涵的道德价值。在这样的时代条件和文化背景下，一方面桃花被视为"俗物"和"妖客"，这主要是因为桃花常见，且为春日艳阳花卉，开落匆匆；另一方面，又因为桃花花色绚烂、结子繁硕、果实甘美，对人们有一种无形的吸引力，因而其"成蹊亦无言"的品德又得到了充分的张扬。下面将对这两个方面分别加以论述：

一　花品中的"俗物"与"妖客"

大自然的花卉秉承着各自的自然特征，应时开落，然而人们欣赏花卉时却受时代审美思潮、个人喜恶等因素的影响，从而使花卉具有了尊卑高下之别，正如黄永武《中国诗学·思想篇》中所言："咏物的诗，对所咏的物，有一种特别的看法，这看法像是充分自由的，诗人可以无拘无束地任意挥写。其实每一种看法，无不以庞大的民族文化为其背景，这文化往往显示出千百年来一个民族共通的理念。"[①] 桃花被视为妖、俗之花卉也是自有渊源的。就桃花本身的形象特色而言，《诗经》篇章中即有"桃之夭夭，灼灼其华"的描写，其鲜艳的花色过于耀眼，与宋人清雅的生活情趣迥异。再者，桃花常见，因而较易被人认为是鄙俗之花，即如皮日休《桃花赋》所言："花品之中，此花最异。以众为繁，以多见鄙。自是

---

① 黄永武：《中国诗学·思想篇》，台湾巨流图书公司2000年版，第35页。

物情，非关春意。若氏族之斥素流，品秩之卑寒士。"这样的传统文化心理与宋代特殊时代思想的暗合，产生了桃花为妖俗之花的形象认识。那么，文学作品是如何表现这一思想认识的呢？让我们看下面的例子。

王安石《咏梅》"望尘俗眼哪知此，只买夭桃艳杏栽"①，韦骧《紫荆花》"不随桃李色，俗眼莫相轻"②，朱熹《与诸人用东坡韵共赋梅花，适得元履书，有怀其人，因赋此，以寄意焉》"羞同桃李媚春色，敢与葵藿争朝暾"③，吴芾《和陈天予岩桂》"天然风韵月中来，颇鄙人间桃李俗"④，裘万顷《松花开，竹笋茂，喜而咏之》"品高宜入神仙药，节劲终全冰雪姿。笑彼杏桃儿女态，谩争艳冶媚山歧"。⑤

在这些共同标举梅花等花卉、贬抑桃花的作品中，陆游的作品可以说极具代表性，如其《雪中卧病在告戏作》"俗人爱桃李，苦道太疏瘦"⑥，《雪后寻梅偶得绝句十首》之四"饱知桃李俗到骨，何至与渠争着鞭"⑦，《探梅》二首之二"平生不喜凡桃李，看了梅花睡过春"⑧，《梅》"逢时绝非桃李辈，得道自保冰雪颜"⑨等。

由以上这些例子我们可以看出，宋代对桃花之妖俗的认定集中出现在南宋文人笔下，且是在与松、竹、梅、葵藿、紫荆、岩桂等同类物象的对比中完成并强化的。"松"与"竹"早在《论语》中即已经是"岁寒"而"后凋"之代表花卉了，在理学兴盛的宋

---

① 《全宋诗》卷五七七，第10册，第6781页。
② 《全宋诗》卷七三三，第13册，第8503页。
③ 《全宋诗》卷二三九二，第44册，第27496页。
④ 《全宋诗》卷一九六五，第35册，第21870页。
⑤ 《全宋诗》卷二七四三，第52册，第32290页。
⑥ （宋）陆游撰，钱仲联校注：《剑南诗稿校注》卷二，上海古籍出版社1985年版，第179页。
⑦ 《剑南诗稿校注》卷一四，第1100页。
⑧ 《剑南诗稿校注》卷一六，第1228页。
⑨ 《剑南诗稿校注》卷五六，第2885页。

代无疑更受青睐。梅是传统文学中最具代表性的耐寒花卉，颇受众多文人的推举，而梅在传统文学和文化中的这种地位是在宋代建立起来的，正如程杰先生《宋代咏梅文学研究》所言："艺梅赏梅盛于宋，是得其时；宋人讲求品格操守，是得其义；而梅之姿质品性适应人情，是得其物。天时地利，人情物理，风会际遇，形神凑泊，梅花演生出人格的图腾。梅花定格于这一历史时空，成了道德品格和民族精神的永恒象征。"① 梅花在宋代的地位是其他任何一种花卉都无法取代的。诗人借梅花抒发自己的情怀和节操，尤其是在南宋，当民族矛盾和内忧外患愈演愈烈的时代，梅花的凛然风骨深深契合诗人在恶劣环境中而衷心不改的爱国精神，而禀性为春日艳阳花卉、开落匆匆的桃花就成为那些善于谄媚和邀宠的世俗"小人"的写照。另外，宋人对人生具有广泛的兴趣，并且具有开阔的审美视野，因此，在花卉欣赏和以花卉为题材和意象进行文学创作时，他们一方面把前代吟咏过的花卉再加以发挥；另一方面，许多较少引人注意的花卉如紫荆、岩桂等也被纳入文学表现的领域。而桃花情况则不同，它是自《诗经》以来历代文学创作中主要的花卉之一，宋代品花风尚以少者为贵，多者为贱，桃花就在这样的时代条件下被视为"俗品"，又因其花色艳丽，不够庄重，在喜欢素色淡香的宋人看来未免有些"妖冶"。而宋人为了张扬松、竹、梅等花卉的地位，只能以降低某些花卉的地位为代价，桃花就是其一。

也正是在众人对色彩艳丽的桃花予以贬斥的时代氛围中，白色桃花就成了宋人喜欢的品种。宋代对白色桃花表示欣赏的最典型的莫过于王十朋，如其《千叶白桃》："洗尽夭夭色，泠然众卉中。却将千叶雪，全胜几枝红。"② 洗尽铅华的千叶白桃，脱去了普通桃花的浓艳的脂粉，在百花中尽显清越纯洁之气质，全然胜过那些

---

① 程杰：《宋代咏梅文学研究》，安徽文艺出版社 2002 年版，第 79 页。
② 《全宋诗》卷二〇四二，第 36 册，第 22959 页。

俗艳的红桃花儿。其《书院杂咏·千叶白桃》亦言："岂有夭桃艳，淡然群卉中。全身是清白，那肯媚春风。"[①] 更进一步把千叶白桃人格化，其淡雅素洁的花色俨然一清白正直之人，哪里像那些妖冶的、只知道献媚于春风的桃花！诗人对白色桃花的推崇可见一斑。

　　桃是起源、被利用都较早的果实和花卉，它在食物匮乏的时代曾经为人类提供了丰富的食物来源，因而人们对桃果的感情胜过对桃花的感情，还把桃子美称为"仙桃"。这种偏爱竟然剥夺了人们对桃花的佳赏，在中国文学和文化史上，桃花一直没有取得像梅花、牡丹、桂花、荷花等花卉所拥有的人们所赋予的殊荣。第一个为桃花鸣不平的是唐代杨思本，其《桃花赋》"序"曰："自建安七子以来，凡草木之可咏者，辞人咸为之赋，而桃花无闻焉。"而皮日休更是措辞急切而果决，其《桃花赋》中言："花品之中，此花最异。以众为繁，以多见鄙。自是物情，非关春意。若氏族之斥素流，品秩之卑寒士。他目则目，他耳则耳。或以昵而称珍，或以疏而见贵。或有实而华乖，或有花而实悖。其花可以畅君之心目，其实可以充君之口腹。匪乎兹花，他则碌碌，我将修花品，以此花为第一。"宋代力图为桃花翻案的代表是杨万里，在《诚斋诗集》里，我们很少见到他对桃花的贬抑作品，如《朝天集》卷二十一《戏作司花谣呈詹进卿大监郎中》即云："灵君舣客滕王家，鳌头仙人作司花。仙人一笑春风起，开尽仙源万桃李。李花冶白桃鲜红，坐客桃霞李雪中。仙人半酣舞造化，风吹雨打千花空。嫣然烟色付一扫，收拾残英又嫌老。落花已对春风羞，新花也对春风愁。姚黄魏紫世无种，且据眼前桃李休。"[②] 司花仙人嫣然一笑，天地之间桃红李白，如霞似雪，而仙人微醉起舞，又令群芳落尽，落英满地。诗歌并非以传统笔法表现桃李的妖艳而荣华短暂的特性，而

---

① 《全宋诗》卷二○四二，第36册，第22641页。
② 《全宋诗》卷二三一八，第42册，第26324页。

是使桃花与大自然建立起嫡亲母子的亲情关系①，这样便打破了既定的世俗花卉审美的尊卑观念，桃花也能与众花一样参加诗歌的盛宴。

宋代文人以桃花为"俗"、"妖"之花的意识当然有社会和政治背景，然而，人生经历的影响也是一个十分重要的因素，如上面所列陆游诗歌，桃花是被贬低的对象，然而，《剑南诗稿》中却有着与这些作品格调截然不同的作品，如《泛舟观桃花》："花泾二月桃花发，霞照波心锦裹山。说与东风直须惜，莫吹一片落人间。"② 二月桃花，灿然齐发，如霞如锦，诗人禁不住殷勤告慰东风，要珍惜这些美丽的花儿，莫将无情吹落。《梅仙坞花泾观桃李》甚至这样盛赞桃花："妖妍天遣占年华，叹息人间有许花。十里织成无罅锦，半天留得未残霞。欲题直恐无才称，不见何由信客夸。"③ 昔日的桃花不仅没有一点妖冶之态，反而因其"妖妍"而使人惊叹自然的神奇造化，甚至面对如许美丽的桃花时，竟然使诗人觉得足以折笔。那么，为什么诗人对桃花的态度会发生如此的变化呢？这就与陆游人生经历紧密联系起来了。这几首诗歌作于陆游生活的晚年，那时的诗人已经泯灭了曾经的悲愤激昂而代之以躬耕自适，诗歌也转为"闲适细腻，咀嚼出日常生活的深永的滋味，熨帖出当前景物的曲折的情状"④。可见，是陆游人生历程的转折引起的他对桃花审美态度的深刻变化。

"每个诗人都有一定的是非、善恶、美丑观念，当他们的某种观念和对事物的某种特性相联系时，就觉得事物有美或丑的特性了，再经过艺术加工创作，就形成了咏物诗中的艺术形象。在现实生活中，因为时间、地点、条件的不同，人和物的关系也能改变，

---

① 钱锺书：《宋诗选注》，人民文学出版社 1994 年版，第 161 页。
② 《剑南诗稿》卷二九，第 1995 页。
③ 《全宋诗》卷二二四一，第 40 册，第 25292 页。
④ 钱锺书：《宋诗选注》，第 170 页。

人对物的态度也会不同"①。宋代对桃花的认识也当做如是观。

二　花德中的"成蹊亦无言"

《史记》卷一〇九云："余睹李将军，悛悛如鄙人，口不能道辞。及死之日，天下知与不知，皆为尽哀，彼其忠实心诚信于士大夫也。谚曰：'桃李不言，下自成蹊。'此言虽小，可以论大也。"唐司马贞索隐曰："姚氏云'桃李本不能言，但以华实感物，故人不期而往，其下自成蹊径也。以喻广虽不能道辞，能有所感，而忠心信物故也。"②《前汉书》卷五四唐代颜师古对"桃李不言，下自成蹊"注曰："蹊，谓径，道也。言桃李以其华、实之故，非有所召呼，而人争归趣，来往不绝，其下自然成径。以喻人怀诚信之心，故能潜有所感也。"③桃的这种比喻意义在讲求花卉之内涵和德行的宋代得到了充分表现，如余靖《寄邓秀才求桃枝接头》"自惭闲所居，岂贪颜色盛。爱渠真不言，可以通三径"④，洪朋《春风》"君看桃与李，成蹊亦无言"⑤，释绍嵩《和自然》"知渠已富江山句，英誉自成桃李蹊"⑥，华镇《拟古十六首》其十六"桃李曾无言，嘉声满黄扉"⑦，文天祥《送吉州陈守解任》"岁年忽晼晚，桃李已成蹊"⑧，黄庭坚《谒金门》"兄弟灯前家万里，相看如梦寐。君似成蹊桃李，入我草堂松桂"⑨，辛弃疾《一剪梅》

---

① 麻守中：《试论古代咏物诗》，《吉林大学社会科学学报》1983 年第 5 期，第 73 页。

② （汉）司马迁撰，郭逸校注：《史记》卷一〇九，上海古籍出版社 1997 年版，第 2182 页。

③ （汉）班固撰，（唐）颜师古注：《汉书》，中州古籍出版社 1991 年版，第 407 页。

④ 《全宋诗》卷二二七，第 4 册，第 2669 页。

⑤ 《全宋诗》卷一二七八，第 22 册，第 14445 页。

⑥ 《全宋诗》卷三二三九，第 61 册，第 38638 页。

⑦ 《全宋诗》卷一〇九〇，第 18 册，第 12294 页。

⑧ 《全宋诗》卷三五九八，第 68 册，第 42981 页。

⑨ 《全宋词》第 1 册，第 396 页。

"一片闲愁，芳草萋萋。多情山鸟不须啼。桃李无言，下自成蹊"① 等。

这些作品莫不是以"桃李无言，下自成蹊"为喻，赞美人的高尚节操。踏踏实实根植于大地、采天地灵气的桃李，默默生长、开花、结果，艳丽的花朵和繁硕的果实吸引了无数人的注意，以至于踏出了一条原本没有的路。纵观唐代类似之作，多为一般性描述，并无多少深刻寓意，几百年前的一句谚语所蕴涵的深刻道理在宋代得以充分地张扬，这是宋代伦理和道德意识高涨的文学表现，也是宋代对桃花审美认识的开拓。

第四节　对桃花身份的认识

桃花是与神话和传说结合较早的花卉之一，《夸父逐日》中那大片的"桃林"就是先民对桃的情感的有力见证。而这种"人类童年时期的'原始情感'与'原始思维'"② 便是中国桃花文化的源头，带有鲜明的道教和神话色彩。此后，历经先秦至魏晋，桃的道教气息越来越浓。到唐、宋两代，举凡道观、寺庙等处，皆广种桃花，以至于成为道教的代表性景观，如宋代徐铉《题雷公井》即云："掩霭雷公井，萧寥羽客家。俗人知处所，应为有桃花。"③由于宗教与文学有着亲密的血缘关系，"文学与宗教常常会不由自主地联姻，前者刺激后者的想象，并提供大量神奇瑰丽的意象……使文学作品极为浓重地表现出这种与宗教有千丝万缕联系的感情色彩、意象群落"④。桃花烂漫妩媚的色彩和花姿，更能激发起文人强烈的关于神仙和仙境的联想。由于时代审美因素的影响，桃在魏

---

① 《全宋词》第 3 册，第 1907 页。
② 葛兆光：《道教与中国文化》，上海人民出版社 1987 年版，第 371—372 页。
③ 《全宋诗》卷一〇，第 1 册，第 88 页。
④ 葛兆光：《道教与中国文化》，第 376 页。

晋南北朝时期的文学作品中还没有完全脱离其宗教意义。桃花文学意义的集中彰显是在唐代，唐代文人对桃花的描写注重外在形象美感的细腻观察和整体把握，且有明显的感情寄托。宋代文人对高雅超逸生活的追求使桃花的神姿仙态和意趣在这一时代凸显出来，这较明显地体现在对碧桃花描写的作品中。

范成大《石湖居士诗集》卷八《次韵周子充正字馆中绯碧两桃花》："碧城香雾赤城霞，染出刘郎未见花。凭仗天风扶绛节，为招萼绿过羊家。"① 诗歌以丰富神奇的想象描写出了碧桃花惊人的美丽。第一句言碧桃是碧城的香雾熏染出来的，《太平御览》卷六七四引《上清经》云："元始居紫云之阙，碧霞为城。"② 可见，"碧城"乃神仙所居之处。这里的香雾染出的桃花一定是美丽绝伦的，因而也非当年的刘禹锡所描写的玄都观之桃花，想必是天风扶着使节，把这超凡脱俗的桃花栽到了周氏馆中的。又据《云笈七籤》："萼绿华者，仙女也。年二十许，上下青衣，颜色绝整，以晋穆帝升平三年己未十一月十日夜降于羊权之家。自云是南山人，不知何山……授权尸解药，亦隐影化形而去，今住湘东山中。"③ 意为周家馆中能拥有如此美丽的花儿，就如同当年的羊权获得了仙女萼绿华的道术一样的荣耀。此诗可与舒岳祥《碧桃》诗参读，诗曰："碧桃本是仙人花，仙人花里饭胡麻。初来此树向谁得，翠眉婵娟萼绿华。世间俗桃千百数，溪谷往往蒸成霞。"④ "碧桃"是仙女萼绿华所赐，因而，世间的桃花在它的面前皆俗不可耐。面对范成大如此的欣赏热情，周必大欣然赋诗，《范致能以诗求二色桃再次韵二首》其二曰："翰墨场中蔡少霞，如今悟彻颂桃花。看朱

---

① 《全宋诗》卷二二七二，第41册，第25816页。
② （宋）李昉等撰：《太平御览》卷六七四，第3004页。
③ （宋）张君房纂辑，蒋力生等校注：《云笈七签》卷九七"赞颂部"，华夏出版社1996年版，第587页。
④ 《全宋诗》卷三四四二，第65册，第40917页。

成碧吾方眩，试把横枝问作家。"① 主人的慷慨与幽默，范成大又以诗相谢，《明日子冲折赠，次韵谢之》："海上三山冠彩霞，六时高会雨天花。步虚声里随风下，吹落寻常百姓家。"② 诗歌把雨中的碧桃花描写得如此美丽，似乎是天上的仙花伴着步虚词乐来到了人间，将这朋友折赠的碧桃花之美渲染得淋漓尽致。范成大与周必大之间的这个富有生活情趣的故事是围绕着碧桃花展开的，从中我们既可以看到宋代文人对碧桃花的喜爱，更可以看出宋人对碧桃花为仙界之花的认识。

对碧桃花进行描写和佳赏的绝非仅是范成大。施枢《碧桃》中即有"月浸虚亭夜未央，一枝静对白云乡"③ 的描写，阑珊月夜里的碧桃竟能使人有超脱尘世的遐想！王十朋《觅季仲权碧桃》亦言："红雨纷纷空自繁，碧云一朵胜桃源。君家独有神仙种，分我闹花深处根。"④ 那些妖艳的桃花只知道开着繁盛的花儿，哪有碧桃花那样足以让人感觉如同置身于桃花之源呢？谢逸《和饶正叔碧桃绝句》"诗人莫作夭桃看，不是玄都观里花"⑤，更是强调了碧桃的非凡。

宋词中，这种作品更是多见。秦观《虞美人》其二："碧桃天上栽和露，不是凡花数。"⑥ 朱敦儒《木兰花》更是将碧桃花看成是人间唯一能托身的仙花："老后人间无去处，多谢碧桃留我住。红尘回步旧烟霞，清境开扉新院宇。"⑦ 而其《踏莎行》更有"醉中等看碧桃春，尊前莫问蓬莱浅"⑧ 的描写，微醉中的感觉如同碧桃之花，千岁长春，可见，在朱敦儒笔下，碧桃无疑就是神仙的象

---

① 《全宋诗》卷二三三一，第 43 册，第 26694 页。
② 《全宋诗》卷二二七二，第 41 册，第 25816 页。
③ 《全宋诗》卷三二八二，第 62 册，第 39120 页。
④ 《全宋诗》卷二〇四二，第 36 册，第 22656 页。
⑤ 《全宋诗》卷一三〇七，第 22 册，第 14850 页。
⑥ 《全宋词》第 1 册，第 467 页。
⑦ 同上书，第 844 页。
⑧ 同上书，第 850 页。

征了。曾觌《清平乐》"闻道碧桃花绽,一枝枝祝千春"[1],也是把碧桃写为千年的春花。

宋代由于理学的影响,人们因道教而激发起的富丽辉煌、奇异诡谲的想象力减弱了,但是,道教所提供的意象并没有消失,作为一种有意味的形式,它会跨越时空地出现在文人作品中,引发着人们的想象。如此看来,对于宋代文人笔下的碧桃意象我们应该作这样的观照。

第一,从生物特性而言,碧桃花多为白色,花为重瓣,是极具观赏价值的花卉。宋代特定的社会生活和文化氛围,塑造了文人注重内涵、崇尚优雅精致和追求自然质朴的审美心理,这种美学思潮和审美倾向对文学和艺术领域都产生了深刻影响,如绘画中人物画的间歇与山水画的兴起、水墨画的流行,是绘画崇尚简约平淡的表现;杜甫《李潮八分小篆歌》"书贵瘦硬方通神"[2]的美学倡导成为宋代文人的审美取向;而宋代瓷器的黑、蓝、白等色彩素洁纯净的高雅趣味,迥别于唐代秾丽明艳的格调。而这种影响在花卉审美方面的表现就是,宋代文人不再欣赏唐代曾经追求的秾艳和华丽,而崇尚素淡和萧疏的风格,碧桃从花色上恰恰迎合了士大夫的欣赏口味,因而备受青睐。

第二,宋代以来,士大夫"对于道教中所蕴涵的人生哲理与生活情趣,即清净虚明的心理状态、健康长寿的生理状态及怡然自乐的生活状态越来越发生了浓厚的兴趣"[3]。由于桃与道教深远、密切的关系,人们在欣赏、描写碧桃时会不自觉地以道教典故点缀其间,增加了欣赏和描述的趣味性,表达出文人士大夫对长生和超逸生活的向往。

总之,宋代对桃花的审美认识较前代更加细致、深入和成熟,

---

① 《全宋词》第 2 册,第 1321 页。

② 《全唐诗》卷二二二。

③ 葛兆光:《道教与中国文化》,第 307 页。

在特定的社会背景下，碧桃的神仙意蕴被充分张扬，从此成为中国文化中的神仙意象。

第五节　宋词中的桃花意象

宋词是宋代文学的代表，最能反映宋代文人和士大夫幽深细美的内心情感。同时，由于诗、词创作时所择取意象的不同，词的意象一般较多取资于细小精微的事物，而花卉就是宋代词作中较为重要的题材和意象。由本章开始部分的《全宋词》和《宋词三百首》中的花卉意象作品数量统计结果也可以看出，桃花意象是宋词中常见的花卉意象。由桃花意象入手，可以更深刻、较为全面地认识宋代文人细腻、敏感的内心世界，了解宋代文人对生命本体朦胧追求的个性意识和他们特有的生命情调、精神风貌。

一　感伤爱情的象征

陆游《钗头凤》："红酥手，黄縢酒，满城春色宫墙柳。东风恶，欢情薄。一怀愁绪，几年离索。错！错！错！春如旧，人空瘦，泪痕红浥鲛绡透。桃花落，闲池阁。山盟虽在，锦书难托。莫！莫！莫"！① 清代徐钪《词苑丛谈》卷七引《耆旧续闻》曰："陆放翁娶唐氏女，伉俪相得，弗获于姑，陆出之，未忍绝，为别馆往焉。姑知而掩之，遂绝。后改适同郡宗室赵士程。春日出游，相遇于禹迹寺南之沈园。唐语其夫为致酒肴，陆怅然赋《钗头凤》一词，云……唐见而和之，未几怏怏卒。"② 此词是在陆游与唐婉无奈分手后的邂逅之作，笔势飘逸，令读者为之怆然！词中的"桃花"意象深契陆游当时的心情，具有时间和感情上的双关含

---

① 《全宋词》第 3 册，第 1585 页。

② （清）徐钪撰，唐圭璋校注：《词苑丛谈》卷七引《耆旧续闻》，上海古籍出版社 1981 年版，第 134—135 页。

义。一方面，此词为诗人春日出游之作，桃花为春日的代表花卉；另一方面，陆游是以桃花比喻唐婉的美，在他心里，唐婉如春日粉嫩亮丽的桃花，惹人怜爱。而如今，唐婉已不再属于他，分手后的唐婉也憔悴如飘落的桃花，令人怜惜。昔日里，词人常与唐婉来此踏青赏桃，那是何等的幸福！而现在，桃花已落，空余池阁，那些美丽的情事成为追忆和惆怅，怎不令词人见桃花而叹惋呢！因此，这首词的妙处在于"花人合一"地表达了词人对前妻唐婉的缱绻之情。

再看一首欧阳修的《阮郎归》："刘郎何日是来时，无心云胜伊，行云尤解傍山飞，郎行去不归。强匀画，又芳菲，春深轻薄衣。桃花无语伴相思，阴阴月上时。"① 整首词仍是把桃花作为主要的意象来写，感情基调哀伤低沉，以闺中思妇的口吻写出了对出行丈夫的深切期盼和怨恨，心上人如无心的浮云，一去而不愿回归。春深了，而闺中之人仍在殷殷等待，那遽然飘落的桃花是她爱情失落的绝好象征。同样，在欧阳修的这首词中，"桃花"不仅具有"景色"的意义，更被赋予了"情感"的内涵。魏夫人《减字木兰花》也这样写道："西楼明月，掩映梨花千树雪。楼上人归，愁听孤城一雁飞。玉人何处，又见江南春色暮。芳信难寻，去后桃花流水深。"② 词的笔调秀婉，词旨归于最后一句"芳信难寻，去后桃花流水深"，因而，"桃花"就承载了"楼上人"那翘首企盼的深切呼唤，然而这是"江南春色暮"之桃花，美丽而感伤。陈允平《渡江云》下阕也有这样的描写，"离情暗逐春潮去，南浦恨、风苇烟葭。断肠处、门前一树桃花"③。更是以"桃花"意象表达了词人直欲断肠的离情别恨，往日的爱情如门前的那树桃花，芳菲烂漫，然而又那么娇弱，东风过处，满地飘零，怎不令人徒自

① 《全宋词》第1册，第125页。
② 同上书，第268页。
③ 《全宋词》第5册，第3119页。

叹嗟。

宋词中以"桃花"与"人"联系在一起的写作方式较为常见，这一方面因为桃花是美丽春景的代表，文人写春天，会特别自然地把桃花拈来；另一方面，桃花娇媚烂漫的物色特征及文化传承中的有关典故，如刘、阮天台的艳遇，人面桃花的美丽动人故事等，都极容易激发起词人作由物及人的联想。中国古代文学自古就有以花比喻美人和以美女喻花的传统，而这种写作方式在被视为"艳科"的词中找到了广阔的天地，词人自然乐于以此表达对心仪女子的千千心结。然而，基于桃花早开易落的物性，这种感情往往又是感伤的。

二　爱情的"桃源"

尽管宋代是一个以花卉比德的时代，桃花的审美地位下降，然而，世俗文学思潮的兴起，使官僚文人和江湖士人都有了舞台楼榭、花前月下的沉吟，对人性本能之爱的渴望，对世俗生活的玩味，成为宋代文人情感生活的重要组成部分，桃花是与女性有渊源关系的花卉，因而较多地被词人作为表达男女相爱主题的意象。

晏殊《红窗听》："记得香闺临别语，彼此有、万重心诉。澹云轻霭知多少，隔桃源无处。"① 香闺一别，昔日的缱绻缠绵令词人彻夜无眠，只有那隔着渺渺云霭的"桃源"是情感的归宿，显然，词人赋予"桃源"意象以温馨的爱情世界的意蕴。晏几道《风入松》："心心念念忆相逢，别恨谁浓。就中懊恼难拼处，是擘钗、分钿匆匆。却是桃源路失，落花空记前踪"②，也是将朝夕期盼的相逢想象为找寻"桃源"的历程。秦观《鼓笛慢》："乱花丛里曾携手……好梦随春远，从前事，不堪思想。念香闺正杳，佳欢

---

① 《全宋词》第 1 册，第 92 页。
② 同上书，第 254 页。

未偶，难留恋、空惆怅……苦恨东流水，桃源路、欲回双桨。"①
昔日曾经携手并肩的爱恋，如今已如眼前的春色，渐渐消逝，而那
份感情却愈久愈浓，以至于词人不辞辛苦，逆流而上，找寻美好的
"桃源"。陈师道《菩萨蛮》："晓来误入桃源洞，恰见佳人春睡重。
玉腕枕香腮，荷花藕上开。一扇俄惊起，敛黛凝秋水。笑倩整金
衣，问郎来几时。"② 词中的"桃源"为"佳人"所居之处，而
"笑倩整金衣，问郎来几时"以明白如口语的句子告诉我们，"桃
源"便是词人所要找寻的与心爱的女子欢爱之处。

北宋文人寻寻觅觅的"桃源"是男女情爱的乐园，是情感的
归宿之地，那么，在所谓"雅词"盛行的南宋，文人是否在作品
中表达着对这种意义上的"桃源"境界的向往呢？

向子諲《水龙吟》："华灯明月光中，绮罗弦管春风路。龙如
骏马，车如流水，软红成雾。太一池边，葆真宫里，玉楼珠树。见
飞琼伴侣，霓裳缥缈，星回眼、莲微步。笑入彩云深处。更冥冥、
一帘花雨。金钿半落，宝钗斜坠，乘鸾归去。醉失桃源，梦回蓬
岛，满身风露。到而今江上，愁山万叠，鬓丝千缕。"③ 词在"桃
源"意象的取意上具有明显的仙境色彩，"绮罗弦管"、"霓裳缥
缈"、"玉楼珠树"，仙女如星之眼，如莲之步，使词人如痴如醉，
这样的"桃源"越是美好，就越是觉得现实龌龊不堪，以致使人
"愁山万叠，鬓丝千缕"。周邦彦《芳草渡·别恨》"昨夜里，又再
宿桃源，醉邀仙侣"④ 等句中的"桃源"意象也是词人所向往的情
感"家园"。

于"桃源"处挥洒风情，这不是宋代文人的颓废，而是当时
社会生活丰富、市井文化繁荣的产物。北宋时杭州虽非都城，然而

① 《全宋词》第1册，第457页。
② 同上书，第591页。
③ 《全宋词》第2册，第953页。
④ 同上书，第618页。

也引起了世人的关注，柳永的《望海潮》中称杭州为"参差十万人家"的"东南行胜"①之地，然而，南宋时的杭州较北宋时期更加繁华，据《梦粱录》卷一九记载："柳永咏钱塘词曰：'参差十万家'，此元丰前语也。自高宗车驾自建康幸杭，驻跸几近二百余年，户口蕃息，近百万余家。杭城之外城，东西南北各数十里，人烟生聚，民物阜蕃，市井坊陌，铺席骈盛，数日经行不尽，各可比外路一州郡，足见杭城繁盛耳。"②又据《都城纪胜》"井市"条记载："自大内和宁门外，新路南北，早间珠玉珍异及花果、时新海鲜、野味、奇器，天下所无者，悉集于此；以至朝天门、清河坊、中瓦前、灞头、官巷口、棚心、众安桥，食物店铺，人烟浩穰。其夜市除大内前外，诸处亦然，惟中瓦前最胜。扑卖奇巧器皿百色物件，与日间无异……不可胜纪。"③这段文字从一个侧面反映了当时都城杭州市井的热闹和繁华。士大夫就是在这样的社会条件下，流连于青楼酒肆、柳巷花街，化解精神生活的压力。女性的安慰和关爱既使他们获得了本能的生理需求，又不失为一种风流闲雅的生活享受，当文人把这种生活感受写入词中的时候，"桃源"意象就成了表达这一理想情感的最佳选择。正是因为"桃源"是理想的情感乐园，所以未免使它如同隔着缥缈的云雾，美丽却又难以企及，就像向子諲《相见欢》所言："桃源深闭春风，信难通。流水落花余恨，几时穷。水无定，花有尽，会相逢，可是人生常在别离中。"④然而，这也许就是"桃源"的魅力。

三　隐逸的"桃源"

时代因素使士大夫和文人对功业进取产生了厌倦之情，于是，

---

① 《全宋词》第1册，第39页。
② 《梦粱录》卷一九，第180页。
③ 《都城纪胜》，第3页。
④ 《全宋词》第2册，第977页。

转向了对个体生命的珍视，对情感性灵的醒悟和品味。这种思想倾向在行动上体现为向往隐逸和憧憬仙界，在文学作品的意象选择上，脱胎于陶渊明的《桃花源记》、在南朝时代变异的隐逸和仙化的"桃源"成为这一思想的最佳载体。

　　首先看范仲淹《定风波》："罗绮满城春欲暮，百花洲上寻芳去……恍然身入桃源路。莫怪山翁聊逸豫。功名得丧归时数。莺解新声蝶解舞，天赋与，争教我辈无欢绪。"① 一向以果敢、刚毅风节而著称的范仲淹，在面对衰弱的国势时，对功名得失淡然处之，渴望抛开这些烦恼心事，踏青寻芳，眼前盛开的百花，耳边的莺声燕语，这无异于是天赐美景，一时间，词人感觉仿佛置身仙境"桃源"，一片自在自得的天地！连这位叱咤风云的战将也忍不住"逸豫"一番了。

　　值得注意的是，宋代"桃源"意象的隐逸意蕴在南宋时期表现较为集中。代表作家为张炎，其《摸鱼儿·高爱山隐居》下阕这样写道："还重省。岂料山中秦晋，桃源今度难认。林间即是长生路，一笑元非捷径。深更静。待散发吹箫，跨鹤天风冷。凭高露饮。正碧落尘空，光摇半壁，月在万松顶。"② 从题目即可明显看出"桃源"意象的隐逸意蕴，然而，"岂料山中秦晋，桃源今度难认"、"深更静，待散发吹箫，跨鹤天风冷。凭高露饮。正碧落尘空，光摇半壁，月在万松顶"的表述又未免使人觉得张炎笔下的"桃源"意象带着几分渺茫、衰飒和凄凉感。其他如三首《木兰花慢》"桃源去尘更远，问当年，何事识鱼郎。争似重门昼掩，自看生意池塘"③，"闭门隐几，好林泉。都在卧游边。记得当时旧事，误人却是桃源"④，"童放鹤、我知鱼。看静里闲中，醒来醉后，乐

---

① 《全宋词》第 1 册，第 11 页。
② （宋）张炎撰，吴则虞校辑：《山中白云词》，中华书局 1983 年版，第 19 页。
③ 《山中白云词》卷四，第 69 页。
④ 《山中白云词》卷二，第 32 页。

意偏殊。桃源带春去远，有园林、如此更何如。回首丹光满谷，恍然却是蓬壶"①，《西子妆》"斜阳外，隐约孤村，隔坞闲闭门。渔舟何似莫归来，想桃源、路通人世。危桥静倚。千年事、都消一醉。谩依依，愁落鹃声万里"② 等，这些作品中的"桃源"意象莫不是词人隐逸理想的归宿地。但是，细细品读我们发现，张炎笔下的"桃源"又都含有孤寂、遐远的暗示，如"桃源今度难认"、"桃源去尘更远"、"想桃源、路通人世"等句子，况且，即使酩酊大醉后，暂时如入桃源，然而，醒来后却"乐意偏殊"，更无法忍受的是那深山中阵阵杜鹃声，时时提醒着词人的故乡和故国之思。

　　如此看来，张炎是在思想上接近陶渊明，因而，笔下的"桃源"的确是他渴望避世的精神家园，然而，在行动上，他却未能如陶渊明那样心无余碍地适归田园，诗意地栖居在那方桃花遍布的乐土，这与他的人生经历有关。他的命运与大宋王朝同起伏。宋亡之前，张炎身为贵家子弟，悠游山林，而宋亡后，竟至无家可归，在古寺深林中被动地以山林为友。这就造成了张炎善写隐逸山林之词，而又不能称得上是真正的隐逸词，其笔下的"桃源"意象也是如此，元朝的入侵和统治，使他感觉世间已经没有"桃源"③，因而，造成了他向往"桃源"而又无法安静地栖居于"桃源"的矛盾思想。可见，主要是改朝换代造成了张炎词中的"桃源"意象的美好然而孤寂、遐远的特征。这种现象我们还可以通过南宋萧立之《送友人之常德》一诗反映出来，"忽逢桃花照溪源，请君停篙莫回船。编蓬便结溪上宅，采桃为薪食桃食。山林黄尘三百尺，不用归来说消息"④。"这首诗感慨在元人统治下的地方已经没有干净土了，希望真有个陶潜所描写的世外桃源。"⑤ 不仅如此，诗歌

----

① 《山中白云词》卷四，第72页。
② 《山中白云词》卷二，第36页。
③ 杨海明：《张炎词研究》，齐鲁书社1989年版，第158—162页。
④ 《全宋诗》卷三二八七，第62册，第39142页。
⑤ 钱锺书：《宋诗选注》，第290页。

还寄托了一种"哀怨"① 之情，而这"哀怨"也就是张炎和其他许多南宋词文人笔下"桃源"意象共同的情感色彩。

隐逸含义的"桃源"意象在南宋较为集中的原因有这样两个：一方面，偏安的政治局势使南宋文人的注意力被江南秀丽的山水所吸引，"山水的基本性格是由庄学而来的隐士性格"②，造成了南宋文人尚隐逸的思想；另一方面，政治局势的变化及仕途、生活的坎坷使那些本欲建立功名的文人士大夫不得已转入山林之隐逸。③

词是文人用以表达内心情感欲望微妙颤动的最佳形式，宋代文人通过对桃源意象的抒写，艺术性地表现了对隐逸、神仙、情爱境界的美妙幻想，精神上的追寻和生理上的需求都得到了婉约曲折、情致缠绵的充分展现，因而，宋词中的桃源意象是我们了解宋代文人庄重外表之下丰富生命底蕴的有效形式。

第六节　宋代的桃民俗及文学表现

桃是较早进入古人生活领域的植物，因而，有关桃的民俗现象也较为丰富，笔者曾经在《先秦至魏晋时期的民俗中的桃》一文中对魏晋及以前的桃民俗进行了一些探讨。唐代桃花意象主要偏重于文学和审美表现，民俗领域的桃意象作品虽然也有，但是很少。宋代社会经济文化较唐代繁荣，无论诗、词，都极为贴近现实生活，更不要说市民文艺了，因而，民俗现象被纳入宋代文人作品的表现内容也是极为自然的事情。宋代文学中的桃花意象极其丰富，有关的桃民俗现象也就成为宋代文学民俗内容的重要组成部分。宋代文人追求生活情趣，讲究生活的格调，重视生活享受，举凡观赏

---

① 　钱锺书：《宋诗选注》，第5页。
② 　徐复观：《中国艺术精神》，春风文艺出版社1987年版，第219页。
③ 　杨海明：《唐宋词风格论》，上海社会科学院出版社1986年版，第204页。

桃花、折枝相赠、折枝瓶插、以桃祝寿、桃符避邪等，都进入了文人的视野和艺术表现的领域。因而，将桃花的这些生活和民俗现象加以专门研究，无论是对于文学研究还是对于民俗学研究都是必须的。然而，古代文学研究领域对这一课题还没有进行充分的探讨①，因此，本书拟作抛砖引玉的尝试。

一　折枝瓶插

瓶插花艺起源于南唐，当时是用"筒插"。据宋代陶穀《清异录》卷（上）"锦洞天"条："李后主每春盛时，梁、栋、窗、壁、柱、拱、阶、砌并作隔筒，密插杂花，榜曰'锦洞天'。"② 竹筒插花自然难以久存，因而不便流行。而"花瓶"专门指用来插花之瓶，其出现于文献的最早时间是在北宋，温革《琐碎录》中还记载了花瓶和不同花卉的插花方法，可见宋代鲜花瓶插之盛行③。南宋时期，插花甚至成为一种普遍的习俗。吴自牧《梦粱录》卷一六"茶肆"条言："汴京熟食店，张挂名画，所以勾引观者，留连食客。今杭城茶肆亦如之，插四时花，挂名人画，装点店面。"④ 这表明，在南宋时期，不仅贵族富宅，就连街坊酒肆也都插花供养。插花风俗的盛行反过来活跃了花卉市场。《梦粱录》卷一三"诸色杂卖"条记曰："四时有扑带朵花、亦有卖成窠时花、插瓶、把花，柏、桂、罗汉、叶春、扑带朵、桃花、四香、瑞香、木香等物。"可见，桃花是当时出售的重要瓶插花卉之一，也可见人们对瓶插桃花的喜爱。而在这种对瓶插桃花普遍喜爱的行为中，宋代文人和士大夫对瓶插桃花的讲究更具有代表性。

---

① 黄杰：《宋词与民俗》中有"宋词与花卉民俗"专章，主要涉及的是梅花、海棠、牡丹、兰，对桃花民俗现象没有涉及。见黄杰《宋词与民俗》，商务印书馆 2005 年版。

② （宋）陶穀：《清异录》，见《说郛》一百卷本，卷六一。

③ 扬之水：《宋代花瓶》，《故宫博物院院刊》2007 年第 1 期，第 48 页。

④ 《梦粱录》卷一六，第 140 页。

宋代文人和士大夫对清雅生活的追求体现在各个方面，而书房布局、家具陈设是其中的重要一点。宋人的书房多是由隔断形成的一个独立的空间，小巧而精致，文房陈设如笔、笔格、砚、墨、香炉等无不如此。与这种整体的环境氛围相吻合的配置则是花瓶，质地或瓷或铜，风格仿古，以插四时新鲜花卉，这些瓶插花卉作为几案清供，如同沉香一样，与文人的诗思相伴，瓶花所护持的缕缕花香能为他们的生活带来闲适和清朗。楼钥《攻愧集》卷九《以十月桃杂松竹置瓶中照以镜屏用潇韵》中，把瓶插的一枝桃花视为逸趣，且付诸吟咏道："中有桃源天地宽，杳然溪照武陵寒。莫言洞府无由入，试向桃花背后看。"① 诗人别出心裁地把十月桃瓶插一枝，并且把它放在镜子的旁边，这样，揽镜时便可见"桃源"，顿觉天地宽广，似乎把武陵溪水也邀请到了室内，这样，谁还能说"桃源"难觅呢！宋代文人把对"格物"的偏爱关注到生活的每一个细节，使宋诗的美并不仅仅表现于意蕴丰厚，而且还表现于诗心常在，镜中的桃花就是诗心烛照下的一点玄思！

文人诗酒吟咏桃花是他们追求闲适生活的表现之一。相比而言，折枝瓶插是更为简捷便利的方法，只要有现成的桃树，即可享受这种"把春色搬回家"的感觉。正如张明中《瓶里桃花》所言："折得蒸红簪小瓶，掇来几案自生春。朱唇绛口都开了，始信桃花解笑人。"② 折来之花给文人的生活平添了无限的乐趣，是宋人追求日常生活艺术化的反映。

宋人折桃花还有一些讲究，因为是瓶插一枝，便要求其熨帖，花枝选择要得体，品种选择要适宜，以便与花瓶的风格一致，求得韵致相谐的艺术效果，如陈文蔚《以花枝好处安详折，酒盏满时撷就持为韵赠徐子融》诗中即言："寄语折花人，半开花正好……

---

① 《全宋诗》卷二五四九，第47册，第29451页。
② 《全宋诗》卷三〇八四，第58册，第36789页。

折花需惜枝，容易莫伤残。"①

钱穆《国史新论·中国文化传统之演进》说："宋以后的文学艺术，都已经平民化了，每一个平民家庭的厅堂墙壁上，总会挂有几幅字画，上面写着几句诗，或画上几根竹子……令人日常接触到的，尽是艺术，尽是文学，而尽已平民化了。单纯，和平，安静，让你沉默体味，教你怡然自得……使你身处其间，可以自遣自适。"② 这是宋人的生活情调，旖旎无限，雅韵绵绵。

据宋陈骙《南宋馆阁录》卷三"储藏"条，有《千叶碧桃蘋茹》、《桃竹黄莺》、《桃杏花》、《碧壶桃花图》各一幅的记载③，表明瓶插桃花是当时馆阁重要的生活图景，更确是当时的文人雅事。

二 折枝以赠

翻阅宋人花卉诗，我们发现"折赠"二字出现的频率很高，所涉花卉如梅花、牡丹、芍药、荷花、桂花、桃花等，史浩《花舞》云："对芳辰，成良聚，珠服龙妆环宴俎。我御清风，来此纵观，还须折枝归去。归去蕊珠绕头，一一是东君为主。隐隐青冥怯路遥，且向台中寻伴侣。"④ 可见，宋代折花赠友成为文人之间交往的常事，也是宋人追求清雅生活的表现。

折花相赠的习俗在唐代渐成风尚，中、晚唐文人如韩愈、姚合、白居易、陆龟蒙等都有这方面的诗歌作品，然所折之花主要是柳、梅、莲，而白居易《晚桃花》中虽有"春深欲落谁怜惜，白侍郎来折一枝"⑤ 的描写，然而所"折一枝"显然并非以赠友人之用，只是表达对这一枝晚开桃花的怜爱之意。宋代文人折桃枝相赠

---

① 《全宋诗》卷二七一五，第 51 册，第 31921 页。

② 钱穆：《国史新论》，（台北）东大图书公司 1981 年版，第 133 页。

③ （宋）陈骙撰，张富祥点校：《南宋馆阁录》卷三，中华书局 1998 年版，第 180、186 页。

④ 《全宋词》第 2 册，第 1258 页。

⑤ 《全唐诗》卷四五一。

的现象渐多，而且还有充满生活情趣的故事，这就是发生在范成大和朋友周必大、张恭府之间的折赠碧桃次韵唱和的几首诗歌，即《次韵周子充正字馆中绯碧两桃花》、《明日子充折赠，次韵谢之》、《明日大雨复折赠，再次韵》、《张恭甫正字折赠馆中碧桃因次韵》，均见于范成大《石湖诗集》卷八，其中《张恭甫正字折赠馆中碧桃因次韵》诗题下有注曰："次年"（按：指《明日大雨复折赠，再次韵》诗写作的"次年"）。由此我们可见，折赠的碧桃花成为这三位友人之间的感情纽带和友谊的见证。正如范成大《张恭甫正字折赠馆中碧桃因次子充韵》诗中所言："满枝晴雪照青霞，旧识桃源晕碧花。俯仰京尘来年梦，东风犹认故人家。"① 折赠之碧桃花凝聚了故人的深深情谊。

折赠桃花不仅限于朋友之间，甚至成为一种遗赠习俗。张镃《桃花》云："园翁能好客，折赠小春桃。却为开花少，翻成占格高。来年红烂漫，绕涧碧周遭。莫忘阊门外，曾将进浊醪。"② 热情的灌园老人亲手折小园桃枝给诗人，诗人顿觉感动万分，似乎老人把满园春色都赠予了他。

宋代文学中折桃以赠方面的作品虽然不像"折梅"那样的丰富，然而，它是宋代文人对桃花的新的审美态度，新的生活习尚，折桃行为丰富了桃花的民俗内涵。

三　以桃祝寿

长寿的愿望是人类本能的需求，早在《皇帝内经》和《山海经》中，就有了关于长生的神话和传说，《尚书·洪范》把"寿"列为"五福"③ 之首，《诗经》篇章还有关于祝寿祖宗的内容，宋

---

① 《全宋诗》卷二二七二，第 41 册，第 25817 页。
② 《全宋诗》卷二六八八，第 50 册，第 31580 页。
③ （汉）孔安国传，（唐）孔颖达等正义，黄侃经文句读：《尚书正义》卷一二，上海古籍出版社 1990 年版，第 175 页。

代郭茂倩所编《乐府诗集》中，保存了许多祝福君主生辰的作品，唐代就延续了这种形式，如当时把唐玄宗的生日成为"千秋节"，《新唐书》卷二二"礼乐志"："'千秋节'者，玄宗八月五日生，因以其日名节，而君臣共为荒乐，当时流俗多传其事以为盛……自肃宗以后，皆以生日为节，而德宗不立节，然止于群臣称觞上寿而已。"① 宋代祝寿风气渐浓。而在这久远的祝寿历史中，"桃"扮演了重要的角色，因为在中国文化史上，桃与仙的关系随着道教的成熟也渐渐深入人心，大约至魏晋时期，仙桃的民俗意蕴就形成了。桃也是宋代文人祝寿作品中惯用的意象之一，而在众多桃的品种中，宋人更多地以蟠桃为"不老之物"，如释绍昙《偈颂一百零四首》其四七"仙苑蟠桃不老春，三千年实荐芳新"②，因而，也就成为宋代较为常用的祝寿寿物，如王庭珪《向宣卿生日》："庭下秋风吹紫兰，蟠桃为寿菊斑斓。厌分铜虎天边郡，屡直金銮海上山。洲渚忽然生户外，岁星今却到人间。愿扶帝业须难老，稳踏龙墀尾近班。"③ 以蟠桃为寿桃的用意是极为明显的。毛滂《清平乐》"欲助我公寿骨，蟠桃等见开花"④，无名氏《水调歌头·寿范帅》"正是蟠桃开也，特向尊前为寿，一醉一千秋"⑤，张元幹《水龙吟·周总领生朝》"红妆翠盖，生朝时候，湖山摇曳……看巢龟戏叶，蟠桃着子，祝三千岁"⑥，韩元吉《水龙吟·寿辛侍郎》"南风五月江波，使君莫袖平戎手……功画凌烟，万钉宝带，百壶清酒。便留公剩馥，蟠桃分我，作归来寿"⑦ 等都是以蟠桃祝寿的描写。

① （宋）欧阳修、宋祁撰：《新唐书》卷二二"礼乐志"第十二，中州古籍出版社1996年版，第84页。
② 《全宋诗》卷三四三〇，第65册，第40767页。
③ 《全宋诗》卷一四七五，第25册，第16797页。
④ 《全宋词》第2册，第662页。
⑤ 《全宋词》第5册，第3751页。
⑥ 《全宋词》第2册，第1099页。
⑦ 同上书，第1402页。

与宋代文学中的蟠桃意象比较，唐代文学中的蟠桃意象主要用于渲染仙界的气氛，如曹唐《仙都即景》："蟠桃花老华阳东，轩后登真谢六宫。旌节暗迎归碧落，笙歌遥听隔崆峒。衣冠留葬桥山月，剑履将随浪海风。看却龙髯攀不得，红霞零落鼎湖空。"[①] 而宋代则主要用以祝寿之语，由此也可以看出唐、宋文学中桃花意象审美视角的不同。

四 节序用赏

民俗生活的一个重要方面是岁时节序，而描写这些节序也是历代文学创作的内容之一。宋代社会经济文化发达，市民阶层队伍不断壮大，因而，民俗生活较前代呈现出更为丰富多彩的特征，节序诗词的创作也就很多。而人们在庆祝节序时会使用各种物象，桃即是其中之一，桃花、桃符等都被文人纳入了民俗文化的表现视野，人们还喜欢将某些场所以"桃花"名之。

（一）辞旧迎新。

"桃符"是战国时期出现的桃木避邪形式，魏晋南北朝时期仍沿袭此风俗，南朝宗懔《荆楚岁时记》："正月一日……贴画鸡，或斫镂五彩及土鸡于户上。造桃版著户，谓之仙木。""按庄周云：'有挂鸡于户，悬苇索于其上，插桃符于旁，百鬼畏之。"[②] 唐代文学作品中桃的避邪形式主要有桃弧、桃鞭、桃枝，"桃符"仅见于韦璜《赠嫂》："赤心用尽为相知，虑后防前只定疑。案牍可申生节目，桃符虽圣欲何为。"[③] 其中的避邪意义并不明显。宋代民俗中，"桃符"成为较为重要的避邪形式。

岁末除夕，宋代民俗中以"桃符"辞旧迎新。陈骙《南宋馆

---

① 《全唐诗》卷六四〇。

② （南朝·梁）宗懔撰，宋金龙校注：《荆楚岁时记》，山西人民出版社1987年版，第4—5页。

③ 《全唐诗》卷八六六。

阁录》卷六"节物"："本省元宵，每位莲花灯五盏，球灯三盏。重午，洪州扇二，草虫扇二。岁除，桃符、门神各二副"①。馆阁如此，民间更是如此，孟元老《东京梦华录·十二月》："近岁节，市井皆印卖门神、钟馗、桃版、桃符。"② 这在诗词作品中也有表现，如向子湮《浣溪沙》："爆竹声中一岁除，东风送暖入屠苏。瞳瞳晓色上林庐，老去怕看新历日，退归拟学旧桃符。青春不染白髭鬓"③，晁补之失调名词"残腊初雪霁。梅白飘香蕊。依前又还是，迎春时候，大家都备。灶马门神，酒酹酴酥，桃符尽书吉利。五更催驱傩，爆竹起"④，赵师侠《鹧鸪天·丁巳除夕》"爆竹声中岁又除。顿回和气满寰区。春风解绿江南树，不与人间染白须。残蜡烛，旧桃符。宁辞末后饮屠苏"⑤，刘辰翁《鹧鸪天·立春后即事》"旧日桃符管送迎。灯毯爆竹斗先赢。鹿门乱走团栾久，才到城门有鼓声"⑥ 等，都是这种民俗现象的反映。南宋末年方回的《瀛奎律髓》卷十六为"节序类"，所收为唐、宋有关节序之律诗，其中写桃符的如唐庚《除夕》"南荒足妖怪，此日谩桃符"⑦，赵庚《岁除即事》"桃符诗句好，恐动往来人"⑧，所写都为这种民俗。

值得注意的是，宋代文学中的"桃符"已经不再如魏晋时期在桃木板上画神荼、郁垒，而是以纸代替桃木板，即在纸上书写"门对"，这沿袭了五代后蜀时期的形式，清代俞正燮《癸巳存稿·门对》："桃符板，即今门对，古当有之，其事始于五代见记

---

① （宋）陈骙撰，张富祥点校：《南宋馆阁录》卷六，第67页。
② （宋）孟元老：《东京梦华录》，见《笔记小说大观》第九编，第5册，台湾新兴书局1984年版，第3376页。
③ 《全宋词》第2册，第960页。
④ 《全宋词》第1册，第583页。
⑤ 《全宋词》第3册，第2081页。
⑥ 《全宋词》第5册，第3206页。
⑦ 《全宋诗》卷一三二六，第23册，第15000页。
⑧ 《全宋诗》卷二八七三，第55册，第34296页。

载耳。"① 而在内涵上，也由纯粹的避邪转向了辞旧迎新。桃符形式和内涵的变化，反映了宋代对桃木避邪的民俗内涵的继承和发展。

（二）节序供赏花卉（参见本章背景部分）。

综上所述，中国古代文学对桃花的文化认识至宋代已经臻于深入和成熟，这当然与时代背景有密切的关系，但是就桃花与人们日常生活的关系而言，它已经成为众人心爱的花卉，甚至走进了文人的书房。就政治因素而言，衰弱的国势使文人的进取激情大大减少，内敛的心态使他们走近了桃花，抒写心中的"桃源"；就思想因素而言，宋代理学兴起，使文人对桃花的自然禀性体悟更加深刻，因而赋予桃花以人格化的德行和操守之象征意蕴。宋代文学在继承前代文学和艺术成就的基础上，创造出自然意蕴和人文意蕴都很浓厚的桃花意象。

---

① （清）俞正燮：《癸巳存稿》卷一一，《续修四库全书》本，上海古籍出版社2003 年版。

下　编

第五章 桃花的美感特征
及其艺术表现

　　桃花树态优美，花朵浓密而丰腴，色彩妩媚。阳春三月，桃花嫣然，成林的桃花，更是别具一番动人的美，云蒸霞蔚、如霞似锦，是任何花卉都无法取代的。历代文人无不将枝丫上的红色咏诸诗文，伴着清风，含着妩媚，从《诗经》篇章飘到现代。宋代陆佃《埤雅》卷一三"释木"："俗云'梅华优于香，桃华优于色。'"桃花以独具的花色之美成为我国重要的园林观赏树种。而桃花独特的物色与中国传统文化结合，成为文人们抒情表意的有效凭借物，衍生出丰富的象征意蕴。因而，它从一个纯粹的自然物象上升为一种独具魅力的文学意象，以其丰富的文化意蕴有效地承载了它作为文化符号的社会功能。而这种"符号"的形成并不仅仅是社会和文化活动的结果，还与桃花本身的生物特性有着密不可分的关系。从人类认识事物的规律看，只有认识了桃的枝、叶、花的色彩、形态、习性等客观生物特征，才能理解以比喻和象征的方式所赋予桃花的观念形态意义，才能提高对桃花的审美认识层次。因而，了解桃花的基本的生物学知识是我们理解桃意象的文学和文化意蕴的前提。

第一节 桃的生物特征

　　桃是蔷薇科李属落叶小乔木。据文献资料和考古发掘报告，桃原产于我国，西部和西北部是其原产地。早在四千多年之前，桃就被人们认识、利用，可见历史之悠久。

桃树势强健，萌芽力和发枝力都很强，有多次生长的特性。一般条件下，树高2—4米，树冠直径约为4—6米。桃树生长迅速，一般二至三年即可以结果，五至六年即进入盛果期，因此，民谚有"桃三李四梅子十二"、"头白可种桃"的说法，然而，树龄极短，二十年后即进入衰老期。白居易《种桃歌》："食桃种其核，一年核生芽。二年长枝叶，三年桃有花。忆昨五六岁，灼灼盛芬华。迨兹八九载，有减而无加。去春已稀少，今春渐无多。明年后年后，芳意当如何。"① 写出了桃的这一生长规律。

桃的果实外有茸毛，称为桃毛，内有坚硬的核，称为桃核。桃的种类很多，成熟期也因品种不同而有早晚之别，成熟后的果实呈红色，外观鲜丽，多浆汁而味道甜美，食后口有余香，是果实中的佼佼者，民俗中称之为"仙桃"。

桃的叶子为长圆披针形，长度约为四五寸，边缘有锯齿。桃叶与桃花同时发芽、生长，形成红、绿相映相衬的视觉美感，唐代刘长卿《送子婿崔真父归长城》中即有"桃叶宜人诚可咏"② 的诗句。

桃春日开花，花期为清明前后，唐代诗人罗邺《东归》诗中即有"桃夭李艳清明近，惆怅当年意尽违"③ 的句子，一般而言，南方桃花清明之前即开花，北方桃花则开于清明之后。桃花、叶同发，然花较叶先茂，苏轼有诗曰"争开不待叶，密缀无枝条"④，即写出了桃花的这种习性和美感。

桃花品种多样，色彩不一，早期桃花花色为粉红色或红色，如《诗经》中即以"灼灼其华"予以形容。随着栽培技术的不断进步，产生了许多变种，如绯桃、千叶绯桃、碧桃、白碧桃等，花色

---

① 《全唐诗》卷四五三。

② 《全唐诗》卷一五一。

③ 《全唐诗》卷六五四。

④ 《全宋诗》卷八三一，第14册，第9113页。

有深红、绯红、纯白及红白混色等。

　　桃花花瓣数也因品种不同而不同。根据花卉学对桃花的分类标准，花瓣5枚的为单瓣桃花，花瓣10—40枚的为复瓣桃花，40枚以上的为重瓣①。单瓣桃花纤弱而柔美，而复瓣、重瓣桃花如百叶、千叶桃花形大而丰腴，似乎更能引人注意。文学作品中的百叶、千叶桃花较早在唐代文人笔下出现，如韩愈《题百叶桃花》以"百叶双桃晚更红，窥窗映竹见玲珑"②写出了百叶桃花玲珑的花形。宋代园艺业发达，桃树的嫁接与培育等技术也取得长足进展，千叶碧桃、千叶绯桃等新品种不断出现，其新颖优美的外形是宋代文学作品描写桃花的重要视角。宋代陶弼《途次叶县睹千叶桃花》"三月宫桃满上林，一花千萼费春心"③，其《邕州小集·桃》亦言"一花五出尚可饮，何况重重叠叠开"④。繁复的花片是春工颇费心思设计出来的，单瓣桃花的柔美已令文人诗酒酬唱了，这些重葩叠萼则足已使人沉醉。元代刘诜《和罗昌逢千叶桃花》以"异姿夺众妍，姝萼同一状。重绯杂褐袭，选彩迷下上"⑤的诗句写出了千叶桃花的重葩叠萼、美丽绝伦的姿态。明代杨基《千叶桃花》则以"春色千重与万重"、"剪裁宁不费春工"⑥来描写其优美的姿态，每一个花瓣都似乎是一层春色，而这些花瓣又似乎是春工匠心独具剪裁出来的。明代程敏政《赏王司言仪宾府千叶绯桃》言："移根曾见新培上，凝睇浑如旧倚风。重凭画阑惊岁月，不辞觞咏绕芳丛。"⑦王府中的这株千叶绯桃如含情凝睇的温柔女子，令人边酒边吟，流连不已。

---

① 陈俊愉、程绪珂：《中国花经》，上海文艺出版社2000年版，第121页。
② 《全唐诗》卷三四三。
③ 《全宋诗》卷四〇六，第8册，第4984页。
④ 同上书，第4982页。
⑤ （元）刘诜：《桂隐诗集》卷一，《影印文渊阁四库全书》本。
⑥ （明）杨基：《眉庵集》卷三，巴蜀书社2005年版，第78页。
⑦ （明）程敏政：《篁墩文集》卷七七，上海古籍出版社1991年版，第576页。

桃是落叶果树中环境适应性较强的树种，"桃李满天下"的谚语就包含这一层意思。由于桃原产于我国西部和西北部海拔较高的地区，生长于土壤深厚、地下水位较低的环境，因而，形成了桃树喜光、耐旱、忌涝、耐寒的习性，适应于空气干燥、冬季寒冷的大陆性气候，经济栽培区为北纬25°—45°，因而，我国的大部分地区均可以栽培。

早在四千多年以前，桃就开始为人类所认识、选择、采集、栽培，利用历史悠久。《诗经》、《山海经》、《管子·地员篇》、《尔雅》、《初学记》、《酉阳杂俎》、《本草纲目》、《群芳谱》、《广群芳谱》等，对桃的栽培、分布品种、医学价值等方面进行了记载，为现代桃的经济利用打下了坚实的基础。

桃全身是宝，具有多方面的经济价值。桃的果肉鲜美，甘甜芳香，老少皆宜，营养丰富。桃还具有医学价值，东方朔《神异经》有"和核作羹，食之令人益寿"[1] 的记载，这也是后代"仙桃"意蕴形成的基础。李时珍《本草纲目》中更是记载了桃实"食之解劳"，桃仁"润燥活血"，桃枭治"小儿虚汗"等，桃花具有祛痰、消积等作用，桃叶可以治伤寒、发汗等，桃的根、皮可以治黄胆病，桃胶可以和血益气等[2]。可见，桃几乎全身皆可入药。

桃的品种丰富，成熟期也各不相同，丰富了市场的需求。

桃木、桃核坚硬细密，可以雕刻成各种工艺品。

桃树姿态多样，枝形、枝色都很美，花色艳丽，花形各异，因而，既可以折枝瓶插，又可以作盆栽、庭院、园林观赏。

桃树适应强，无论南方、北方，还是平原、山地，都可以大面积栽培。同时，桃结果快，果实繁多而硕大，容易丰产。

总之，桃在果树生产中具有很高的经济地位。

---

① （汉）东方朔：《神异经》，见《太平御览》卷九六七，第4291页。

② （明）李时珍撰，李经纬、李振吉主编：《本草纲目校注》卷二九，辽海出版社2000年版，第1055—1061页。

第二节 桃花的物色美

一 花色

自然界的花卉中，"花在绿叶之前，其色常黄，花在绿叶之上，其色常赤"[1]。桃花是春日艳阳花卉，花叶同发，然而较叶先茂，花色多为粉红或深红色。桃花的美感主要体现为花色之美，这一点早就为古人认同，如宋陆佃《埤雅》卷一三"释木"："俗云'梅华优于香，桃华优于色'。"因而，翻开中国古代文学作品中历代文人对梅花、杏花等春日花卉的题咏，我们发现，对梅花的描写多着笔于花之清香雅韵，对杏花的描写多侧重于表现其雪繁粉薄，相比而言，文人对桃花或深或浅之红色表现出普遍的关注，这大概是因为：

首先，桃花花期较早，清明前后即开花，时值万物复苏的季节，阳光明媚，温度适宜，人们的户外活动开始增多。刚刚走出肃杀单调的寒冬，在周围相对单调的环境映衬下，桃花更显鲜艳，因而也更抢眼。

其次，在与桃花花期前后接近的常见花卉中，梅花色彩较淡，而且花先叶而发；杏花含苞时为红色，而盛开后渐渐变成白色，花较叶子先茂，然而叶子细小，不易引人注意；而桃花从开至落皆为红色，花、叶同发，因而，在桃花的花、叶搭配组合中，桃叶是桃花的最直接和便利的陪衬者，这种搭配组合"通过最经济的方式提供了令人满意的完满性"[2]，细长嫩绿的桃叶映衬出或粉或红桃花的鲜亮如初的视觉美感。

美学知识和生活经验都告诉我们，色彩较线条等更容易进入人

---

① 程兆熊：《论中国庭园花木》，台湾明文书局1987年版，第495页。

② ［美］阿恩海姆等著：《艺术的心理世界》，周宪译，中国人民大学出版社2003年版，第91页。

们的视野。而在所有的色彩中，红色是最艳丽、最吸引人的注意力的一种颜色。对于桃花而言，深红或粉红也是常见的花色。阳春三月，和风煦暖，桃花以如胭脂、如红霞的绚烂成为春天舞台的主角，自《诗经》篇章"桃之夭夭，灼灼其华"的绘形绘色之后，历代文人无不乐于设色敷彩，用心于描写桃花之红，于是，"红"或"粉红"成为中国古代文学中的桃花"本色"。

南朝梁简文帝《初桃》"初桃丽新彩，照地吐其芳"，写出了初发桃花的粉嫩鲜丽。庾信《奉和赵王途中五韵诗》有"村桃拂红粉，岸柳被青丝"① 的描写，篱落乡间的桃花也俨然一位红粉佳人。杜甫《江畔独步寻花绝句》之五写道："桃花一簇开无主，可爱深红爱浅红。"② 深红、浅红的桃花都那么美丽，简直令诗人不知道喜欢哪一种好了。韩愈《闻梨花发赠刘师命》"桃溪惆怅不能过，红艳纷纷落地多"③ 的满地桃花，令人感伤而不乏美丽。元稹《桃花》以"桃花浅深处，似匀深浅妆"④ 写出了桃花或深或浅的红色如美人之淡浓相宜的妆容。而吴融《桃花》更写道："满树和娇烂漫红，万枝丹彩灼春融。"⑤ 满树的桃花好像天工以巨笔特意描绘出来的，烂漫得似乎融进了人间所有的春光。杨万里《寒食雨中同舍人约游天竺得十六绝句呈陆务观》"两岸桃花总无力，斜红相倚卧春风"⑥，赵孟頫《题山堂》"推窗绿树排檐入，临水红桃对镜开"⑦ 等等，无不以不同的"红笔"描绘出桃花妍丽的花色。

与平地或平原的桃花之红相比，山间的桃花或者野生桃花则显

---

① 《先秦汉魏晋南北朝诗·北周诗》卷二，第2360页。

② 《全唐诗》卷二七。

③ 《全唐诗》卷三四三。

④ 《全唐诗》卷四二〇。

⑤ 《全唐诗》卷六八七。

⑥ 《全宋诗》卷二三一八，第42册，第26335页。

⑦ （元）赵孟頫：《松雪斋集》卷四，中国书店1991年版，第171页。

出一种野性的、夸张的"红色",如唐代庄南杰《阳春曲》"沙鸥白羽剪晴碧,野桃红艳烧春空"①,野桃广袤,红艳欲烧,渲染出野生桃花惊人的红色和旺盛的生命力。唐代陆希声《桃花谷》"君阳山下足春风,满谷仙桃照水红"②,满谷的红色简直染透了整条河水,写出了山桃无主、不可遏止的生机。而韩愈"种桃处处惟开花,川原近远蒸红霞"则成为对野桃的热烈红色描写的名句。

不仅诗歌中常见对桃花之红的渲染,在宋词中的桃花篇章中,也无不遍布着点点斑斑或如火如荼的"红色"。苏轼《殢人娇·王都尉席上赠侍人》上阕云:"满院桃花,尽是刘郎未见。于中更、一枝纤软。仙家日月,笑人间春晚。浓睡起,惊飞乱红千片。"③"乱红"比喻纷纷飘落的桃花,黄庭坚《水调歌头》上阕云:"瑶草一何碧,春入武陵溪。溪上桃花无数,花上有黄鹂。我欲穿花寻路,直入白云深处。浩气展虹霓,只恐花深里,红露湿人衣。"④以"红露"描写出桃花红色欲滴令人心神摇荡的美。向子諲《浣溪沙·连年二月二日出都门》上阕有"人意天公则甚知,故教小雨作深悲,桃花浑似泪胭脂"⑤的描写,以"泪胭脂"比喻雨中桃花之姿色,柔弱而美丽。李彭老《踏莎行·题草窗十拟后》有"桃花红雨梨花雪"⑥的句子,"红雨"显系从李贺诗中的"桃花乱落如红雨"而来,描写了桃花纷然飘洒的落红之美。南宋周紫芝《点绛唇·西池桃花落尽赋此》"燕子风高,小桃枝上花无数。乱溪深处,满地飞红雨"⑦亦是如此。由这些例子可以看出,宋词对常见桃花的红色描写呈现出与前人不同的艺术手法,以借喻的方

---

① 《全唐诗》卷四七〇。

② 《全唐诗》卷六八九。

③ (宋)苏轼撰,吕观仁注:《东坡词注》,岳麓书社 2005 年版,第 144 页。

④ (宋)黄庭坚撰,马兴荣、祝振玉校注:《山谷词》,上海古籍出版社 2001 年版,第 31 页。

⑤ 《全宋词》第 2 册,第 976 页。

⑥ 《全宋词》第 4 册,第 2970 页。

⑦ 《全宋词》第 2 册,第 888 页。

式用"红雨"、"乱红"、"飞红"等词语描写桃花花色之红，表现出宋人对桃花意象的描写更为精妙的艺术成就。

与深红色桃花相比，粉红桃花更具有娇嫩之美，如明代文征明《钱氏西斋粉红桃花》即言："温情腻质可怜生，浥浥轻韶入粉匀。新暖透肌红沁玉，晚风吹酒淡生春。窥墙有态如含笑，对面无言故恼人。莫作寻常轻薄看，杨家姊妹是前身。"① （注：该诗又作宋代胡师闵题）粉红桃花好像美女细腻剔透的肌肤，娇嫩而浥浥生香。

桃花的品种丰富多样，以上论述的是古代文学作品对常见桃花品种的花色描写与表现。在桃花栽培历史上，唐代是桃花新品种大规模增加的时代，也是植观赏桃之风始盛的时代，绯桃、碧桃、绛桃、百叶霜桃等品种纷纷出现。宋元之际，桃花的新品种不断增加，二色桃、合欢二色桃、千叶碧桃、千叶绯桃等开始出现。明清时期，则出现了人面桃、寿星桃、墨桃、白碧桃、菊花桃、红绛桃、红叶桃、鸳鸯桃等品种。由于桃花种类和名目繁多，兹择其较为常见者如绯桃、碧桃、二色桃花、千叶碧桃、千叶绯桃几种加以说明。

（一）绯桃。

唐代始出现，清代汪灏《广群芳谱》卷二五绯桃："俗名'苏州桃'，花如翦绒，比诸桃开迟，而色可爱。"② 据《花经》，绯桃"花呈大红色"③，因为它比普通的桃花开得迟，颜色较深，因而，常常引起文人的好奇，如李咸用《绯桃花歌》"茫茫天意为谁留，深染夭桃备胜游"④，就把绯桃的颜色情趣地描写为上天在夭桃上重重涂了一层红色而成。欧阳修《四月九日幽谷绯桃盛开》也极为赞赏"深红浅紫"⑤ 的绯桃。画家兼诗人的蔡襄笔下的绯桃之色

---

① （明）文征明：《甫田集》卷三，《影印文渊阁四库全书》本。
② （清）汪灏等撰：《广群芳谱》卷二五，第610页。
③ 黄岳渊、黄德邻：《花经》，上海书店1985年版，第120页。
④ 《全唐诗》卷六四六。
⑤ 《全宋诗》卷三〇二，第6册，第3610页。

更是美妙，其《后舍绯桃》中有"十年树底折香葩，蔌蔌浮光弄晚霞"① 的句子，烂漫欲动的晚霞是如诗如画的后园绯桃惊人花色的绝佳比喻。

（二）碧桃。

唐代始出现，晚唐文人作品中常见碧桃意象，然而多是将碧桃作为仙界景物，对碧桃花色没有涉及，这与道教在唐代的盛行以及碧桃和道教的密切关系有关。至宋代，碧桃花色在范成大笔下得到了充分表现，其《次韵周子充正字馆中绯碧两桃花》"碧城香雾赤城霞，染出刘郎未见花"，神仙以仙界的云霞和香雾深情地染出的绯桃和碧桃，定然是刘禹锡在玄都观从未见过的桃花。范成大不遗余力地渲染了"碧桃"宛若仙界之物，突出了这两种桃花不同凡俗的色彩美。元、明、清时期文人也同样爱写"碧桃"之不同凡俗的花色，如元代张弘范《碧桃花》："应是玄都观里仙，为嫌白淡厌红焉。故栽一棵新颜色，疑是飞仙坠翠钿。"② 把碧桃的花色来历想象成一个动人的神仙故事，玄都观里的仙人觉得白色桃花太"淡"了，而红色的桃花又太"焉"了，所以别出心裁地栽了这棵碧桃，那花色太美了，难道是漂亮的仙子坠下的翠钿幻化而成的吗？

（三）二色桃花。

清代汪灏《广群芳谱》卷二五言"二色桃花"为"粉红，千瓣极佳"③，宋、元时期的文人极爱这种桃花。邵雍《二色桃》"施朱施粉色俱好，倾国倾城艳不同"④，极言二色桃花出类拔萃的美。华镇《千瓣二色桃花》以"细攒重迭瓣，匀赋浅深红。艳质平分异，香心一点同"⑤ 描写出二色桃花之深浅合度的花色之美。周必大《以红碧二色桃花送务观》"碧云欲合带红霞，知是秦人洞

---

①　《全宋诗》卷三九一，第 7 册，第 4801 页。

②　（元）张弘范：《淮阳集》，《影印文渊阁四库全书》本。

③　《广群芳谱》卷二五，第 610 页。

④　《全宋诗》卷三七九，第 7 册，第 4468 页。

⑤　《全宋诗》卷一○九○，第 18 册，第 12323 页。

里花"①，"碧云"、"红霞"渲染出这二色桃花之不同凡俗的美。方回《二色桃花》"阮郎溪上醉腮融，蓦忽深红又浅红"② 以仙子醉酒的腮红，写出二色桃花的深红、浅红的色彩错落之美。

（四）千叶碧桃。

千叶碧桃也是宋代出现的新品种，其动人的花色也吸引了众多文人的目光，如李纲《千叶碧桃二绝句》分别有"春光欲暮碧桃开，烟露相和染玉腮"③、"每恨桃花抵死红，年年秾艳笑春风。谁知零落胭脂后，浅碧微开烟雨中"④ 的描写，千叶碧桃开花较迟，然花色不减它花，淡淡的花色，如女子浅浅的粉妆，而雨洗后的碧桃花则更显得温润可人了。

（五）千叶绯桃。

与千叶碧桃相比，千叶绯桃的红色更深些。宋代程俱《和同会舍千叶绯桃》"争春虽云晚，斗丽固当捷"⑤，明代程敏政《赏王司言仪宾府千叶绯桃》"细叶巧随金剪落，靓妆匀试玉奁空"⑥等，都写出了千叶绯桃的深红花色，艳若女子的靓妆，"丽"、"靓"、"深红"等字眼，突出了千叶绯桃的花色特征。

风柔日暖，水秀山润的春天里，桃花以艳丽的花色成为唤醒春醒的芳物。相比于桃花花色，中国古代文学作品对桃叶的描写和表现则显得较少，专题的咏桃叶之作并未见于《全唐诗》、《全宋诗》、《全宋词》等文献，但也不乏佳句，如王昌龄《古意》"桃花四面发，桃叶一枝开"，刘长卿《送子婿崔真父归长城》"桃叶宜人诚可咏，柳花如雪若为看"⑦，即写出了这种花叶映衬、相得

---

① 《全宋诗》卷二三三一，第43册，第26694页。
② （元）方回：《桐江续集》卷一九，《影印文渊阁四库全书》本。
③ 《全宋诗》卷二五六九，第27册，第17800页。
④ 同上。
⑤ 《全宋诗》卷一四二〇，第25册，第16312页。
⑥ （明）程敏政：《篁墩文集》卷七七，第576页。
⑦ 《全唐诗》卷一五一。

益彰的美感。而朱敦儒《好事近》中有"深住小溪春，好在柳枝桃叶"①的描写，以桃叶的新绿象征小溪的春意之浓。中国古代文学作品对桃叶表现较少当然是一遗憾，然而，这也正说明了桃花美感主要体现为花色之美的事实。

二　花形

桃花的花色是人们乍眼瞥见时最具有视觉冲击力的因素，而当人们凝神注视时，桃花的形态就成为审美的焦点。

桃花结构由花梗、花萼、花瓣、花蕊、花药等组成。萼片卵圆形或者三角状卵形。根据花瓣大小，桃花花形可以分为蔷薇形、铃形，花瓣形状有圆形、卵圆形、椭圆形、长圆形。花瓣又分为单瓣（五瓣，近似圆形的五瓣是比较规整的构形，与梅花相近，但梅花花瓣为正圆形）和复瓣（重瓣）。

根据生物学相关理论，桃花自花芽萌动到凋谢，共分为六个时期：花芽膨大期、露萼期、露瓣期、初花期、盛花期、落花期。由于桃树分布的广泛和桃花阳春即萌动的生物习性，其几个阶段的情态都被人们关注并形诸文字，体现了不同花期的美感。综观古代文学对桃花形态的描写，或是通过整体把握，或是通过局部描写来刻画桃花优美的外形，而局部描写时又多是着笔于花瓣，栩栩如生地展现了桃花姿态各异的美感：娇柔、纤秾、玲珑。

宋代汪藻《春日》"桃花嫣然出篱笑，似开未开最有情"②，这"似开未开"的桃花酝酿着饱满的生机，可以带给踏青寻芳的人们以惊喜和神秘的期待，因而早在南朝，大诗人谢灵运就有了"山桃发红萼"③的诗句，"萼"即花瓣下部的一圈小叶片。由此，初发的红萼、绮萼就成为后人描写桃花的一个视角，朱熹《春日

---

① 《全宋词》第 2 册，第 855 页。
② 《全宋诗》卷一四三七，第 25 册，第 16556 页。
③ 《先秦汉魏晋南北朝诗·宋诗》卷三，第 1175 页。

言怀》"春至草木变，郊园犹掩扉。兹晨与心会，览物遍芳菲。桃萼破浅红，时禽悦朝晖"①，陆游《初春纪事》"入春一再雨，喜气盈墟落。又闻湖边路，已破小桃萼。一尊倘可携，父子自酬酢"② 等，都描写了"桃萼"初发带给人们的无限惊喜。

盛开的桃花最能"物色摇情"，是历代文人泼墨挥毫、发诸吟咏的对象，佳句、佳篇不可胜数。《诗经·周南·桃夭》中的"灼灼其华"，虽然其目的不是描写桃花，但确实是抓住了盛开桃花的特征。杜甫《春日江村》"种竹交加翠，栽桃烂漫红"③，在翠竹映衬下的桃花更显妩媚。薛能《桃花》"开齐全未落，繁极欲相重"④，则以夸张的手法写出了桃花花朵浓密、繁盛，几乎使树枝不堪其重的情态。温庭筠《照影曲》"百媚桃花如欲语，曾为无双今两身"，形象地写出了桃花盛开时如娇媚的女子含情而语。蔡襄《过杨乐道宅西桃花盛开》"城隈绕舍似仙家，舍下新桃已放花。无限幽香风正好，不胜狂艳日初斜"⑤，沐浴在春风中狂艳的桃花，使诗人似乎闻到了淡淡的馨香，桃花本不以香胜，而此处言其"幽香"，表明花盛之况。

与初开、盛开的桃花相比，飘零的桃花别具一份美感。李贺《将进酒》"况是青春日将暮，桃花乱落如红雨"，感伤然而浪漫，短暂而热烈地盛开却又急遽飘落的桃花与人生美好青春的流逝是多么相似！"红雨"的比喻也成为桃花飘落的经典表述。张志和在《渔父歌》中甚至把"桃花流水鳜鱼肥"⑥ 的诱惑呈现给我们，宋代吴曾《能改斋漫录》卷一六称之为"水光山色，渔父家风"⑦，

---

① 《全宋诗》卷二三九二，第44册，第27474页。
② 《全宋诗》卷二二四一，第40册，第25288页。
③ 《全唐诗》卷二二八。
④ 《全唐诗》卷五五八。
⑤ 《全宋诗》卷三九一，第7册，第4829页。
⑥ 《全唐诗》卷二九。
⑦ （宋）吴曾：《能改斋漫录》（下）卷一六，上海古籍出版社1979年版，第473页。

这里，飘零的桃花别具一份悠闲之美。清代丘陵《桃花》："芳郊晴日草萋萋，千树桃花一鸟啼。无数落红随水去，又分春色入城西。"① 该诗可以为杜甫诗句"癫狂柳絮随风舞，轻薄桃花逐水流"的注脚，那随着一溪春水漂去的桃花，谁能说不是给在水一方的人们送去的一份春色呢？

以美女之醉态写桃花之美是文学作品中常见手法，大概是酒可以助女性娇态之故吧。如宋代曾裘父《桃花》"衣裁缃缬态纤秾，犹在瑶池午醉中"②，盛开的桃花美态如瑶池仙女的醉颜，愈显其纤秾的美感。晁端礼《水龙吟》中亦有"好似佳人半醉"的词句描写小桃秀靥如醉之态。宋代刘圻父《阮郎归》更是以较为细腻的笔触，描写了桃花之美："长条袅袅串红绡，无风时自摇。十分妖艳更苗条，殢春情态娇。"③ 缀满枝条的桃花如轻薄的红绡，无风自摇，别具一份柔美的韵致。

对桃花姿态形象的描写最为详尽的要数唐代薛能的《桃花》，"开齐全未落，翻极欲相重……乱缘堪羡蚁，深入不如蜂。有影宜暄煦，无言自冶容"④。这样的表现深得林逋的称颂，他在《桃花》诗中这样推举薛能的艺术表达："比并合饶皮博士，形相偏属薛尚书。"⑤ 桃花繁密娇美、仪态夭娆的姿容令人如此倾情！

三　花香

花卉之供人欣赏，通常是由其花色、花姿、花香供人欣赏。然而在自然界存在这样一个现象，即"花之色美姿妍者每不香，花之香者，则其色常不美，而姿亦每不妍"⑥。桃花色美姿妍，而花

---

① （清）汪灏等撰：《广群芳谱》卷二六，第635页。
② 《全宋诗》卷二一五三，第38册，第24245页。
③ 《全宋词》第1册，第419页。
④ 《全唐诗》卷五五八。
⑤ 《全宋诗》卷一〇八，第2册，第1219页。
⑥ 程兆熊：《论中国庭园花木》，第495页。

色之美是桃花美感的主要因素。然而，古代文学作品中不乏对桃花之香的形容与描绘。与桃花之色与姿倾向于视觉感受不同，桃花之香则属于嗅觉和心理感受，因而，更具一份清纯细腻的美感。

早在南朝，梁简文帝《初桃》即有"枝间留紫燕，叶里发清香"的描写。南朝文人体物细致，描写详尽，桃花之清香是他们静观默想时之心得与体悟。在长期的文学流变与发展中，"桃花香"已成为一种桃花美感的代名词。桃花之香气较淡，且需借助于空气的流动才能散发，只有用心细致地感受方可获得，如明代朱希晦《月夜放歌》言："碧桃花香夜初静，露滴衣裳怯清冷"①，碧桃之花香是在夜阑人定时脉脉袭来。赵完璧《春夜》亦言："深院秋千儿女情，桃花香暖月华清。"② 因而，古代文学作品对桃花之香的描写，或者与"水"和"风"等流动性意象结合，或者以夜深人静的环境描写传递缥缈幽微的情韵，增加诗文的美感。北朝庾信《奉在司水看治渭桥》"春洲鹦鹉色，流水桃花香"③，表达了一种浓浓的春意，同时也让人体会到桃花之美。唐代陈陶《怀仙吟》二首之二"云溪古流水，春晚桃花香"④，宋代陈襄《寄远》"步障影迷金谷路，桃花香隔武陵溪"⑤，郭祥正《留题九江刘秀才西亭》"一径二三里，流水散漫桃花香"⑥，那淙淙的小溪，似乎更契合隐隐约约的花香，潺潺的流水传递着淡淡的芬芳。卢沄《春日睡起次嘉则》"深巷无人静掩扉，桃花香暖午风微"⑦，明代顾清《为南村题蟠桃图寿喻守》"海山千里春茫茫，东风是处桃花香"⑧，若有若无的花香借着轻柔的春风，弥漫开去，渲染着宁静、

① （明）朱希晦：《云松巢集》卷三，《影印文渊阁四库全书》本。
② （明）赵完璧：《海壑吟稿》卷六，《影印文渊阁四库全书》本。
③ 《先秦汉魏晋南北朝诗·北周诗》卷三，第2374页。
④ 《全唐诗》卷七四五。
⑤ 《全宋诗》卷四一五，第8册，第5087页。
⑥ 《全宋诗》卷七七九，第13册，第8739页。
⑦ （清）胡文学编：《甬上耆旧诗》卷二三，《影印文渊阁四库全书》本。
⑧ （明）顾清：《东江家藏集》卷一一，《影印文渊阁四库全书》本。

祥和的春意。

"若夫空谷幽兰，则其香特能远闻，要不外对蜂蝶之刺激与引诱，可以招致其纷纷而来。同时，对此一类昆虫之微小生命，花之姿香与色者，能有其一，则足尽其刺激与诱惑之能事，固不必同时具备"①，与梅花以及空谷中的幽兰以香取胜的生物特性不同，桃花是在春天阳光充分照射之下的花卉，极为鲜艳，张潮《幽梦影》言："凡花色之娇媚者，多不甚香。"② 然而，桃花仅仅凭借着其醒目的花色，就足以"领袖群芳"③，而姿态的优美就更增添了其堪乱云霞、占断春光的魅力，这早已融进了人们的心里，成为桃花审美的永远的视角。

第三节　桃花的风景美

清代汪灏《广群芳谱》卷二五"花谱"条曰："桃西方之木也，乃五木之精。枝干扶疏，处处有之。叶狭而长，二月开花。有红、白、粉红、深粉红之殊。他如单瓣大红，千瓣桃红之变也；单瓣白桃，千瓣白桃之变也。烂漫芳菲，其色甚媚。花早易植，木少则花盛。种类颇多。本草云绛桃、绯桃、千叶桃、美人桃、二色桃、日月桃、鸳鸯桃、瑞仙桃，又有寿星桃、巨核桃、十月桃、油桃、李桃。"④ 种类繁多、色彩妩媚的桃花，其在初开、盛开、凋落之时，晴天、雨天、雨中、露中、平原、山区、山谷、山脚、水边、池边，庭园、庭院、馆舍、道观等地方和环境，单株、林植等均可以创造出不同的景观。

---

①　程兆熊：《论中国庭园花木》，第495页。
②　（清）张潮：《幽梦影》，见王雅红等编《才子四书》，第87页。
③　《李渔随笔全集》，第201页。
④　《广群芳谱》卷二五，第610页。

一 不同气候之美

桃花灿烂若锦，阴晴雨雪，落霞烟雾，都可显现娇艳芬芳的倩影。

桃花性喜阳光，物候期内温度越高，开放越快，也更为繁盛。晴日艳阳之桃花尽情绽放，展示着令人炫目的色彩。李白《古风》"桃花开东园，含笑夸白日"①，写出了阳光下灿然开放的桃花的骄人情态。同样是春阳之下的桃花，夕阳中桃花却有着与"白日"桃花不同的情态美，元代白珽《湖居杂兴八首》之六有"桃花含笑夕阳中"②的句子，与李白诗中的带有骄纵意味的桃花相比，"夕阳"中的桃花则显得温和而柔静。周朴《桃花》"桃花春色暖先开，明媚谁人不看来"③，王安石《春风》"春风过柳绿如缲，晴日蒸红出小桃"④，写出了丽日淑景下桃花的艳冶之容，这也是桃花春日里最动人的形象，没有人能拒绝其明媚姿容的诱惑。而唐代崔护《题都城南庄》中的"人面不知何处去，桃花依旧笑春风"的描写可能是最具魅力的了，那一树盛开如笑的桃花让人浮想联翩。

桃花花瓣薄而嫩，沐浴雨露的桃花更加润泽、剔透而另具一番佳致，与晴空丽日下桃花的张扬与热烈相比，雨中桃花姿态颇具一种阴柔之美。李峤《桃》"山风凝笑脸，朝露泫啼妆"⑤，以"啼妆"写出了雨露中桃花如美女啼妆的形态美。李白《访戴天山道士不遇》"犬吠水声中，桃花带雨浓"⑥，微雨轻洒，千株含露，媚人的桃花更添了一分莹润粉嫩之美。韦庄《庭前桃》"带露似垂湘

---

① 《全唐诗》卷一六一。
② （元）白珽：《湛渊集》，《影印文渊阁四库全书》本。
③ 《全唐诗》卷六七三。
④ 《全宋诗》卷五七七，第 10 册，第 6687 页。
⑤ 《全唐诗》卷六〇。
⑥ 《全唐诗》卷一八二。

女泪"①，雨露桃花如美丽的湘妃晶莹的泪滴，让人想象其姿态之美。而李商隐《赋得桃李无言》"得意摇风态，含情泣露痕"②，与之有异曲同工之妙。杜甫《风雨看舟前落花，戏为新句》："江上人家桃树枝，春寒细雨入疏篱。……吹花困癫傍舟楫，水光风力俱相怯。赤憎轻薄遮入怀，珍重分明不来接。湿久飞迟半欲高，萦沙惹草细于毛，"③杨万里《寒食雨中同舍人约游天竺，得十六绝句呈陆务观》之五亦云："小溪曲曲乱山中，嫩水溅溅一线通。两岸桃花总无力，斜红相倚卧春风。"④陈与义《窦园醉中前后五绝句》之五"自唱新诗与明月，碧桃开尽雨声中"⑤。雨洗桃花，幻化出千尺晴霞，足以令诗人对月歌吟了。晁端礼《水龙吟》："岭梅香雪飘零尽，繁杏枝头犹未。小桃一种夭娆，偏占春工用意。微喷丹砂，半含朝露，粉墙低倚，是谁家小女，娇痴怨别空凝睇，东风里。"⑥朝露助添了桃花的柔美，含露的夭娆小桃，低低地倚靠粉墙下，好像娇嗔的女子，含情脉脉。明代岳岱《桃花图》"尚忆春来三日醉，晓烟疏雨卧山家"⑦，桃花先叶而茂，簇簇团团的桃花与春雨如诗如画的体贴，使桃花尽显其生命的另一种美感：含蓄、温柔。

薛能《桃花》诗中的"冷湿朝如淡，晴干午更浓"是对桃花在不同气候条件下的淡若浅粉、浓若靓妆的不同美感的较好概括。

二　不同种植形式之美

桃树既可以单株种植，也可以数株甚至大规模林植，皆可创造

① 《全唐诗》卷六九九。
② 《全唐诗》卷五四一。
③ 《全唐诗》卷二二三。
④ 《全宋诗》卷二三一八，第42册，第26335页。
⑤ 《全宋诗》卷一七五八，第31册，第19505页。
⑥ 《全宋词》第1册，第419页。
⑦ （清）陈邦彦选编：《历代题画诗》卷八七，人民美术出版社1995年影印本，第3082页。

出不同的景观美。

单株、数株桃树常常植于庭院或者窗前，由于这些桃花多为主人亲手栽植，故常常附属了主观的感情，而这种感情的加入，使得这些桃花具有一份情意绵绵的韵致。李白《寄东鲁二稚子》"南风吹归心，飞堕酒楼前。楼东一株桃，枝叶拂青烟。此树我所种，别来向三年。桃今与楼齐，我行尚未旋。娇女字平阳，折花倚桃边。折花不见我，泪下如流泉。小儿名伯禽，与姊亦齐肩。双行桃树下，抚背复谁怜"①，楼前的这株桃树，牵着诗人的缱绻情思，孩子的折花相忆是最能打动人的细节所在，由此，桃花也成为家园情思主题的常见意象，如顾况《洛阳早春》："何地避春愁，终年忆旧游。一家千里外，百舌五更头。客路偏逢雨，乡山不入楼。故园桃李月，伊水向东流。"② 范成大《浙江小矶春日》"客里无人共一杯，故园桃李为谁开"③，都借故园之桃抒写浓浓之乡愁。

片植或成林种植的桃树常栽于园林、道观等公共场所，以求其烂漫的姿色渲染广大空间的春景。与单株桃花或片植桃花相比，成林桃花更能加强花色对人的视觉冲击力。李白《鹦鹉洲》"烟开兰叶香风暖，夹岸桃花锦浪生"④，"夹岸"的桃花映着明丽的春水，如大片的锦缎般明丽闪耀。韩愈《桃源图》"种桃处处惟开花，川原近远蒸红霞"，极形象地写出了遍布川原的桃花壮美的景象，如万顷霞光在蒸腾，明代彭大翼《山堂肆考》卷一九八则将韩愈的这篇作品列为"蒸霞"之例⑤，不仅如此，"锦"、"霞"成了后来描写桃花的现成比喻，如生平不太爱桃花的陆游晚年所写《泛舟观桃花》也这样描绘："花径二月桃花发，霞照波心锦裹山。"⑥ 可

---

① 《全唐诗》卷一七二。
② 《全唐诗》卷二六六。
③ 《全宋诗》卷二二七二，第41页，第25753页。
④ 《全唐诗》卷一八〇。
⑤ （明）彭大翼：《山堂肆考》卷一九八，《影印文渊阁四库全书》本。
⑥ 《全宋诗》卷二二四一，第39册，第25855页。

见，如锦似霞的桃花令多少人心醉！明仁宗《桃园春晓》"碧桃千万树，鲜妍如锦绚"①，就写出了这满园桃花共展露华、炫然如画的美感。相比而言，成林的野生桃花有如火如荼的美，如唐彦谦《绯桃》"短墙荒圃四无邻，烈火绯桃照地春"②，就形象地写出了在无人的荒郊野圃，桃花近乎疯狂地张扬着其生机的态势。司马光《洛阳少年行》"铜驼陌上桃花红，洛阳无处无春风"③，陌上桃花万树齐发，似乎宣告了整个洛阳城春天的来临。

桃花自身的美感在与同类植物搭配映衬时更能凸显出来，在特定的空间点缀其他观花及彩叶植物，如桃丛间植以松、竹、柳等观叶植物，与红桃相映，艳丽悦目，颇有特色。如桃与竹混栽，桃花与春竹不仅带来浓郁的春意，而且具有美丽的色彩效果和韵致，这在绘画艺术发达的唐代已被充分认识，如僧齐己《桃花》"拟欲求图画，枝枝带竹丛"④、李中《桃花》"只应红杏是知音，灼灼偏宜间竹阴"⑤，即言桃花与竹丛的搭配是绘画中常见的景物组合，宋代林逋《桃花》"任应雨杏情无别，最与烟篁分不疏"⑥，也说明了这一道理。

另外，数株桃花植于山石旁边或水池之畔，使桃花的艳冶与山石的单调得以平衡，收到极好的景观效果。

李白《杂歌谣辞·中山孺子妾歌》"桃李出深井，花艳惊上春"⑦，桃花以令人惊艳的物色之美，成为春日的主要角色和景观，因此也成为中国园林造景中的重要花卉。

---

① 《佩文斋咏物诗选》卷二九六，《影印文渊阁四库全书》本。
② 《全唐诗》卷六七二。
③ 《全宋诗》卷五一〇，第9册，第6009页。
④ 《全唐诗》卷八三八。
⑤ 《全唐诗》卷七四七。
⑥ 《全宋诗》卷一〇八，第2册，第1219页。
⑦ 《全唐诗》卷一六三。

第六章 桃花意象的情感与思想意蕴

第一节 桃花意象女性意味的形成及内涵的转变

在中国广袤的土地上，到处都可以见到桃树，桃花独特而优越的物候期使其成为春天的象征。开发和利用的历史悠久使桃花很早就进入了诗歌，成为诗中常见的植物意象，"桃之夭夭，灼灼其华"的描述建立了中国文学和文化中桃花与女性之间的密切关系，而这里的"女性"是指青春、美丽、健康的女子。然而，这种关系在后代的文人笔下悄悄地发生了变化，即桃花意象的女性身份呈现出泛化的特点，桃花与女性的关系也表现为明显的普遍性，甚至与女性相关的物象或事项也以桃花命名。而在这泛化的女性内涵中，又存在一个由女色到情色的转化过程。其中的原因大概有两个：一是桃花为红色或粉红，本身具有既"嫩"且"娇"的特征，很容易使人想起青春女性的容颜，因此，文人常用以描写他们眼中或心中女子的媚容绰约。二是桃花较为常见，因而不被珍视；姿色妖冶，因而显得张扬，所以文人又常常用以描写下层歌女或者妓女。在中国古代文学史上，这种现象被历代文人反复描写、强化，体现了文人群某种特定的审美情趣，影响着读者群的审美倾向和阅读期待。

一 春色的代表

桃树原产我国，其繁多而硕大的果实是古人重要的食物来源之一。人们在长期采集、种植的生活实践中，逐渐熟悉了桃的生物习性，《礼记·月令》云："仲春之月，始雨水，桃始华。"① 《逸周书·时训解》云："惊蛰之日，桃始花。"② 因此，桃花被作为"二十四番花信风"之一的惊蛰之花信。③

《周礼》曰："春者，出生万物。"④ 宋代王与之《周礼订义》卷二九："自四时言之，春者，时之始。"而桃花就在这样一个季节里展露芳姿，陆佃《埤雅》卷一三"释木"云："（桃）其性早华，又华于仲春。"其早春开放的形象和艳丽的花色极为醒目，因而，人们常把桃花作为春天的表征，甚至成为命名春天物象景观的重要媒介，如《前汉书·沟洫志》第九云："如使不及今冬成，来春桃华水盛，必羡溢，有填淤反壤之害。"颜师古注曰："《月令》'仲春之月，始雨水，桃始华'，盖桃方华时，既有雨水，川谷冰泮，众流猥集，波澜盛长，故谓之'桃华水'耳。"⑤ 后代诗文沿用这种说法，以桃花作为春天的代表景物，如宋代陈著《虞美人》即言"人间春事杏桃花"⑥。如果说梅花是报春的使者，桃花的开放则意味着春天的正式到来，尤其"小桃"之花开得更早，陆游《老学庵笔记》卷四云："放翁云欧阳公、梅宛陵、王文恭集皆有《小桃》诗。欧诗'雪里花间人未知，摘来相顾共惊疑。便当索酒花前醉，初见今年第一枝。'初但谓桃花有一种早开者耳，及游成都，始识所谓'小桃'者，上元前后即着花，状如垂丝海棠。"小桃花开给人们带来春天的气息，宋人对此颇多感触，如晏殊《胡捣练》曰："小桃花与早梅花，尽是芳妍品格。未上东风先拆。分

---

① 《礼记正义》卷一五，第 297 页。

② 黄怀信等：《逸周书汇校集注》卷六，上海古籍出版社 1995 年版，第 275 页。

③ （宋）王逵：《蠡海集》，《影印文渊阁四库全书》本。

④ 《周礼·春官·宗伯》，《周礼注疏》卷一八，第 282 页。

⑤ （汉）班固撰，（唐）颜师古注：《汉书》卷二九，中州古籍出版社 1991 年版，第 282 页。

⑥ 《全宋词》第 4 册，第 3054 页。

付春消息。"① 黄升《重叠金·除日立春》亦言"小桃先报春"②，南宋赵鼎《鹧鸪天·建康上元作》云："客路那知岁序移，忽惊春到小桃枝。"③ 同时代的李持正《人月圆令》更是直言道："小桃枝上春风早，初试薄罗衣。"④ 可以换穿单衣薄衫，说明天气已经泛暖，春天真的来了。

桃花报春，因此，文人描写春天景象时总不由自主地将桃花拈来，通过对桃花的描写渲染出有色的春意。南朝陈江总《雉子斑》"三春桃照李，二月柳争梅"⑤，北周王褒《燕歌行》"初春丽日莺欲娇，桃花流水没河桥"⑥，杜甫《春水》"三月桃花浪，江流复旧痕"⑦，苏轼《新城道中》"野桃含笑竹篱短，溪柳自摇沙水清"⑧，吴文英《水龙吟·用见山韵饯别》"怕烟江渡后，桃花又泛，宫沟上，春流紧"⑨，周邦彦《少年游》第二有"而今丽日明金屋，春色在桃枝"⑩ 的句子，由这些代表性作品可见，在中国古代文人的心里，桃花是春天的象征性物象，是春景的重要代表。

宋代李弥逊《点绛唇·富季申生日》曰："花信争先，暗将春意传桃李。"⑪ 桃李纷纷，春事相催，桃花是春天的信使，人们期盼春天而关注桃花、赞美桃花，桃花成为人们传统思维和心理中春天的象征。

---

① 《全宋词》第 1 册，第 98 页。
② 《全宋词》第 4 册，第 2998 页。
③ 《全宋词》第 2 册，第 944 页。
④ 同上书，第 983 页。
⑤ 《先秦汉魏晋南北朝诗·陈诗》卷七，第 2567 页。
⑥ 《先秦汉魏晋南北朝诗·北周诗》卷一，第 2334 页。
⑦ 《全唐诗》卷二二六。
⑧ 《全宋诗》卷八三一，第 14 册，第 9173 页。
⑨ 《全宋词》第 4 册，第 2879 页。
⑩ 《全宋诗》第 2 册，第 599 页。
⑪ 同上书，第 1061 页。

二　青春美女的比喻

在传统意象中，花卉自有一套语意系统，如梅、兰、竹、菊，被赋予的是文人风骨。桃花与之不同，它另成一宗，且性别鲜明。桃花是春天的象征，阳春三月开放，花色艳丽，花朵浓密，姿容娇媚，这种自然特质与美感表现极容易使人想到青春曼妙的女子容颜。我们都有这样的体验，春天河岸的袅袅柳丝会让人想起女子的婀娜身姿，因为柳之美主要体现为枝条的柔长；而桃花则会让人想起女性的美丽的容貌，因为桃之美感主要体现为花色的妍丽。而这种联想在《诗经》时代就产生了，典型的例子是《周南·桃夭》"桃之夭夭，灼灼其华"和《召南·何彼秾矣》"何彼秾矣，华如桃李。平王之孙，齐侯之子"的描写。

"从周代相关的记载中可以确知，中国人同世界上其他古老的民族一样，将春天认定为体现着宇宙化生万物的生命力量的季节，即使是重典的周礼意义上的婚姻结合一般也选择于春天进行——《关雎》篇中的'荇菜'，《桃夭》篇中的'桃夭'，都是春天景物的有力明示。"[1] 而汉代焦赣《焦氏易林》卷二言"春桃生花，季女宜家。受福多年，男为邦君"，则可以旁证《周南·桃夭》为婚嫁诗歌。陈子展《诗经直解》亦云《周南·桃夭》"为民间嫁娶之诗"[2]。清代方玉润《诗经原始》这样说道："桃夭不过取其色以喻之子，且春华初茂，即芳龄正盛时耳，故以为比。"[3] 而对于《召南·何彼秾矣》"何彼秾矣，华如桃李"，《诗经原始》解释说："诗不云乎，'何彼秾矣'是美其色之盛极也。"[4] 陈子展《诗经直解》："以桃李为比，男女双提。同为贵族，华丽相匹。"[5]

[1]　李山：《诗经的文化精神》，东方出版社1997年版，第139页。
[2]　陈子展：《诗经直解》（上），复旦大学出版社1983年版，第15页。
[3]　（清）方玉润撰，李先耕点校：《诗经原始》，中华书局1986年版，第82页。
[4]　《诗经原始》，第115页。
[5]　《诗经直解》（上），第65页。

那么,《诗经》篇章为何以桃花来祝福新娘、比喻女子美貌呢?这一问题更多属于约定俗成的民族思维和审美心理范畴,很难以确切的材料佐证这一现象,因此,我们只能依据相关材料作如下的推测。

(一) 桃树试花较早,桃花开放的季节是生机勃发的仲春,这迎合了古人追求生命力的心理需求。宋代陆佃《埤雅》卷十三"释木":"谚曰'白头种桃',又曰'桃三李四梅子十二',言桃生三岁便放花果,早于梅李。"这说明了桃早花果的植物特性,也是桃生机旺盛的体现。从物候角度观察梅花、杏花、桃花,梅花早春独步,冰中育蕾,雪里开放,摄氏零下 10℃左右的气温条件最佳,唐僧朱庆馀《早梅》"天然根性异,万物尽难陪。自古承春早,严冬斗雪开"①,就写出了梅花的这一特征。罗隐《杏花》"暖气潜催次第春,梅花已谢杏花新"②,写出了杏花稍迟于梅花开放的习性。宋祁《玉楼春·春景》"绿杨烟外晓寒轻,红杏枝头春意闹"③,则写出了杏花开于初春的特点。桃花开于阳春三月的清明前后,是万物复苏、生机勃发的季节。《岁时杂记》所云"二十四候"中,杏花为雨水之二候,而桃花则为惊蛰之一候④,因而,在大自然的众多花卉之中,桃花是最能代表生命和活力的花卉,这与人生的青春,尤其是女性的青春极为吻合。

(二) 在同属于蔷薇科的春日花卉中,桃花较早进入了先民的审美视野。《诗经》中有六篇作品写到"桃",其中有两篇写的即是"桃花",即《周南·桃夭》和《召南·何彼秾矣》;有四篇作品写到"梅",即《召南·摽有梅》、《秦风·终南》、《陈

---

① 《全唐诗》卷五一五。
② 《全唐诗》卷六六五。
③ 《全宋词》第 1 册,第 116 页。
④ (清)汪灏等:《广群芳谱》卷一,上海书店 1985 年影印本,第 4 页。

风·墓门》、《曹风·鸤鸠》、《四月》，描写的是"梅子"或"梅树"；《诗经》中没有出现描写"杏"的篇章。再从成书年代及内容上考察，《诗经》约编成于春秋中叶，反映的是西周至春秋时期的社会现实。由此看来，在春秋之前，梅花、杏花并未引起先民的关注。本书第一章第一节中关于《山海经》中植物分布的数据统计也显示了这一点。梅花以花卉之美引起人的注意是在战国时期。刘向《说苑》卷十二："越使诸发，执一枝梅遗梁王，梁王之臣曰韩子顾谓左右曰：'恶有一枝梅乃遗列国之君乎?"① 对于这则记载，元代方回《瀛奎律髓》卷二十"梅花类"曰："《虚谷》曰'梅见于《书》、《诗》、《周礼》、《礼记》、《大戴礼》、《左氏传》、《管子》、《淮南子》、《山海经》、《尔雅》、《本草》'，取其实而已，未以其花为贵也……惟《诗》'山有嘉卉，侯栗侯梅'，《大戴礼·夏小正》'正月梅、杏、杝桃、始华'，一言卉，一言华。《说苑》'越使诸发，执一枝梅遗梁，臣韩子顾左右曰：'恶有一枝梅乃遗列国之君乎?'由是考之，则梅以花贵自战国始。"② 而杏花以花名是在南北朝时期，如梁武帝萧衍《上声歌》有"花色过桃杏"③ 的句子，北周出现了专咏杏花的诗歌，庾信《杏花》："春色方盈野，枝枝绽翠英。依稀映村坞，烂漫开山城。好折待宾客，金盘衬红琼。"④ 因此，相比之下，桃花更早地进入了文人的视野和文学的表现领域。

（三）桃花花色和姿容与青春美丽的女子在视觉感上有相通之处，即粉嫩、靓丽，这是桃花与女性之间的关系建立的直接因素。梅花先叶而发，花朵小而色淡，由于缺少绿叶的映衬，因而视觉感

---

① （汉）刘向撰，赵善诒疏证：《说苑疏证》卷一二，华东师范大学出版社1985 年版，第335 页。

② （元）方回选评，李庆甲集评校点：《瀛奎律髓》卷二〇，上海古籍出版社1986 年版，第744 页。

③ 《先秦汉魏晋南北朝诗·梁诗》卷一，第1519 页。

④ 《先秦汉魏晋南北朝诗·北周诗》卷四，第2399 页。

不强。杏花花蕾为红色，盛开后颜色渐渐变淡，至落时已全为白色，盛开时点缀着的叶子极为细碎，因而也没有取得红绿映衬的视觉效果。桃花始终为红色或粉红色，花叶同时生发，且花先叶而茂，新翠的叶子是嫩红花儿的绝好烘托者，所以，就视觉效果而言，盛开的桃花具有无与伦比的鲜明感，而这种鲜嫩极容易使人联想起青春女子的容颜——嫣然而娇美，这种视觉感上的互通是桃花与女性关系较为密切的先天优势。

《诗经》时代，是希求生育的社会意识盛行的时代，它深刻影响着人们的生活情态，使人追求生命的精神。桃分布广泛，开发、利用较早，人们对桃的习性极为熟悉。桃树树龄较短，一般十年左右即老化，物性早花，花期约在清明前后，盛开时极为烂漫而娇媚，花落后即结子满枝，果实大而味甜，较之其他果实如梅子、杏、苹果等具有独特的优势。据此，古人以桃花为生命与生机的象征。因此，可以这样说，《周南·桃夭》篇以桃花起兴的最直接的原因就是用以预祝新娘能像桃花那样，绿叶成荫，结子满枝。蓬勃的生机与活力是春天和青春女子的共同内涵，这样，桃花就与富有活力的青春女子建立了稳固的比附关系，桃花与女性的关系也成为中国文学重要的主题之一。

三 泛化的女性比喻

《诗经》之后，中国古代文学作品中的桃花所指代的女性身份逐渐泛化，有佳人、妻、侍儿、娼女、歌妓等，桃花与女性的关系也愈益密切，甚至凡是与女性有关的物象都能引起文人的联想而以桃花命名之，这体现了中国文化传统对桃花与女性关系的普遍认同。

继《周南·桃夭》篇中美丽的新娘形象之后，春秋时的息妫是较早被形容为桃花的美人，其身份为息侯之妻，因其容貌甚美，死后葬于"桃花洞"旁，被称为"桃花夫人"。《湖广通志》引董以宁《桃花夫人祠罢赛记》："桃花洞在汉阳城北，楚人于此祀夫人者也。今不曰息夫人祠，而曰桃花夫人祠……"① 宋代徐照《题桃花夫人庙》亦明确道出："一树桃花发，桃花即是君。"② 唐代施肩吾、杜牧等人都有相关作品。南朝梁徐悱《对房前桃树咏佳期赠内》亦曰："方鲜类红粉，比素若铅华。"③ 煦暖的春日里舒展着娇媚姿容的桃花，使诗人情不自禁地想起了远方美丽的妻子。

南朝时期的审美趣尚和文人独特的生活和创作环境使得桃花与女性的关系更加密切，这不仅体现为相关作品的数量增加，也体现在桃花所喻指的女性的身份更加复杂和广泛化。

这里首先要提到的人物是东晋时期的桃叶。宋代祝穆《古今事文类聚》后集卷一六引《金陵览古》云："晋王献之爱妾名桃叶，献之歌以送之云'桃叶复桃叶，渡江不用楫。但道无所苦，若我自迎接。'④ 魏晋是风流名士尽显风神的时代，他们的落拓不羁成为时人和后人竞相模仿的标准和境界。王献之身为世家名流，其行为和事迹自然也是当时社会的重要话题。《隋书》卷二二："陈时，江南盛歌王献之《桃叶》之词。"⑤ 王献之《桃叶歌》在南朝陈时的盛行绝非一朝一夕之事，当是文化传承的结果⑥。而在这种文化传承中，桃叶作为一个历史人物形象的名字在人们心里留下了深深的印象，再加上《诗经》所形成的桃花与女性关系的影响，文人在写到下层女子的容貌时总不自觉地以与桃叶有密切关系的桃花作比喻。偏安一隅的南朝君臣对声、色的本能需求催生出了歌女与艺妓，文人在赏歌宴舞之际，总习惯性地以桃花来形容眼前女子的美貌。"风流跌宕，名高一府"⑦ 的刘缓《在县中庭看月

---

① 《湖广通志》卷一——，《影印文渊阁四库全书》本。

② 《全宋诗》卷二六七一，第50册，第31631页。

③ 《先秦汉魏晋南北朝诗·梁诗》卷一二，第1771页。

④ （宋）祝穆撰，（元）富大用辑：《古今事文类聚》后集，卷一六，第773页。

⑤ （唐）魏征撰：《隋书》卷二二，中华书局1973年版，第637页。

⑥ 高国藩：《论乐府民歌〈桃叶歌〉——兼谈宋词咏金陵桃叶渡》，《盐城师范学院学报》（哲学社会科学版）1998年第2期，第35页。

⑦ （唐）李延寿撰：《南史》卷七二，中华书局1975年版，第1778页。

诗》中有"侍儿能劝酒，贵客解弹琴。柏叶生鬓内，桃花出髻心"①的诗句，通过描写"桃花"状的发髻来形容"侍儿"之美。刘孝绰《遥见邻舟主人投一物众姬争之有客请余为咏》"此日倡家女，竞娇桃李颜"②，则以桃花来形容"倡家女"的容貌。王金珠《上声歌》亦有"花色过桃杏，名称重金琼。名歌非下里，含笑作上声"③的描写，类似的例子还有许多，不再一一罗列。

通过这些作品我们看到，桃花意象所指涉的对象并非仅仅《诗经》中的"之子"形象，而是扩大到了下层女子。从此，以桃花描写歌妓的妆容成为中国古代文学中的常用手法。

桃花意象女性意味广泛化的另外一个表现是，文人对与女性有关的某些物象和事项也以桃花命名，这种现象肇始于南朝。南朝梁简文帝《初桃》中对桃花的"悬疑红粉妆"的描写开启了以桃花比喻女性妆容的先河，施荣泰《杂诗》"赵女修丽姿，燕姬正容饰。妆成桃殿红，黛起草惭色"④，周南《晚妆》"青楼谁家女，当窗启明月。拂黛双蛾飞，调脂艳桃发"⑤等，也都是这方面的例子。这可能是因为涂了脂粉的女子白里透红的脸色与桃花花色相近的缘故吧。随着时代与文化的发展，桃花与女性的关系愈益密切，隋朝出现了"桃花面"、"桃花妆"命名的妆容。《事物纪原》卷三"妆"条："周文王时，女人始传铅粉；秦始皇宫中，悉红妆翠眉，此妆之始也。宋武宫女效寿阳落梅之异，作梅花妆。隋文宫中红妆，谓之桃花面。"⑥明代顾起元《说略》卷二一"服饰"条引《妆台记》言"美人妆"即"面既傅粉，复以胭脂调匀掌中，施之

---

① 《先秦汉魏晋南北朝诗·梁诗》卷一七，第 1850 页。
② 《先秦汉魏晋南北朝诗·梁诗》卷一六，第 1837 页。
③ 《先秦汉魏晋南北朝诗·梁诗》卷二八，第 2127 页。
④ 同上书，第 2113 页。
⑤ 《先秦汉魏晋南北朝诗·北魏诗》卷二，第 2225 页。
⑥ （宋）高承撰，（明）李果订，金圆、许沛藻点校：《事物纪原》卷三，中华书局 1989 年版，第 143 页。

两颊，浓者为酒晕妆，浅者为桃花妆"①。据后一条材料我们可知，所谓"桃花面"、"桃花妆"就是取脂粉调和后施之面容后，白赤适宜，恰如粉色桃花而名之。

至少在西晋，桃花就成为女子装饰之花，傅玄《桃赋》中即有"华升御于内庭兮，饰佳人之令颜"的叙述。唐代以后，桃花作为女性装饰物使用渐多。据蜀王仁裕《开元天宝遗事》卷一"助娇花"条："御苑新有千叶桃花，帝亲折一枝，插于妃子宝冠上曰'此个花尤能助娇态也。"桃花作为女性的装饰之花竟然受到了贵妃的青睐！宋元时期，桃花作为装饰之花普遍使用，但越来越成为身份较为低贱的女性如歌妓等的专用物，如宋代宋伯仁《佳人歌》："淡匀粉，浅画眉，鬓边羞插桃花枝。白面郎君马如箭，回头再盼情依依。"②南宋李莱老《浪淘沙》上阕云："宝押绣帘斜，莺燕谁家。银筝初试合琵琶。柳色春罗裁袖小，双戴桃花。"③元代赵禹圭《双调·风入松·思情》亦有"唤丫环休买小桃花，一任教云鬓堆鸦，眉儿淡了不堪画"的句子。宋元时期的歌女还以桃花装饰她们手中的小扇，如宋代吴龙翰《宫词》"舞罢霓裳宝髻垂，桃花扇底暖风吹。夜深内殿重开宴，手捻灯花画翠眉"④，陈允平《意难忘》"额粉宫黄。衬桃花扇底，歌送瑶觞。裙拖金缕细，衫唾碧花香"⑤，元代曾瑞《中吕·喜春来》"桃花扇影香风软，杨柳楼心夜月圆"等，这些例子中桃花扇与歌女的关系已非常明晰，所以桃花扇也成为妓女或歌女身份的重要表征。

我们不妨再从另外一个方面理解桃花与女性的关系，即桃花很早就被作为女性的美容用品，这至少要追溯到南朝时期。明代董斯

---

① （明）顾起元：《说略》卷二一，《影印文渊阁四库全书》本。
② 《全宋诗》卷三一八二，第61册，第38185页。
③ 《全宋词》第4册，第2974页。
④ 《全宋诗》卷三五九〇，第68册，第42878页。
⑤ 《全宋词》第5册，第3114页。

张《广博物志》卷四三："陶真君曰服三树桃花尽，则面色如桃花。"① "陶真君"即南朝梁陶弘景。李时珍《本草纲目》卷二九分别引陶弘景《名医别录》和苏颂《本草图经》曰桃花"悦泽人面"、"令人好颜色"②。北朝时期，桃花可以美容的秘方在社会上广为流传，甚至有上口的靧面辞，《渊鉴类函》卷三百九十九引唐虞世南《史略》曰："北齐卢士深妻崔氏，有才学。春日以桃花和雪与儿靧面，祝曰：'取桃花，取白雪，与儿洗面作光悦。取白雪，取红花，与儿洗面作妍华。取花红，取雪白，与儿洗面作光泽。取雪白，取花红，与儿洗面作华容。'"③

不仅如此，在古代文学发展史上，文人也习惯性地以"桃花"修饰女性容貌，如"桃脸"，唐代韦庄《伤灼灼》有"桃脸曼长横绿水，玉肌香腻透红纱空"④ 的描写；"桃颊"，崔涂《初识梅花》"燕脂桃颊梨花粉，共作寒梅一面妆"⑤；"桃花面"，宋代葛胜仲《蝶恋花》"灯火休催归小院，殷勤更照桃花面"⑥；"桃腮"，方千里《秋蕊香》中有"一枕盘莺锦暖。初起懒匀妆面。绿云袅娜映娇眼。酒入桃腮晕浅"⑦ 的句子，陈允平《虞美人》中亦有"春衫薄薄寒犹恋。芳草连天远。嫩红和露入桃腮。柳外东边楼阁、燕飞来"⑧ 的描写。另外，人们对某些女性也习惯性地以"桃"唤之，如唐代韩愈的爱妾就被昵称为"绛桃"，宋代寇准的妾被称为"蒨桃"等。

桃花意象的女性意味的广泛化集中体现在唐代杨思本的《桃

① （明）董斯张：《广博物志》卷四三，岳麓书社1991年版，第109页。
② （明）李时珍撰，李经纬、李振吉主编：《本草纲目校注》卷二九，第1061页。
③ （清）张英等纂修：《渊鉴类函》卷三九九，中国书店1985年影印本，第290页。
④ 《全唐诗》卷七○○。
⑤ 《全唐诗》卷六七九。
⑥ 《全宋词》第2册，第727页。
⑦ 《全宋词》第4册，第2493页。
⑧ 《全宋词》第5册，第3133页。

花赋》和皮日休《桃花赋》中，众多的身份各异的女性形象是对
《诗经》中桃花原型意义的拓展与延伸，同时也丰富了桃花意象的
文化内涵。

　　在常见的植物意象中，桃花是女性意味最充分自足的花卉。
《广群芳谱》卷二五引唐代虞通之《妒记》云："武历阳女嫁阮宣，
武绝忌家有一桃树，华叶灼耀，宣叹美之，即便大怒，使婢取刀斫
树，摧折其华。"① 美丽的桃花竟然引起善于妒忌的武氏女的愤怒，
由此可见，在中国古代传统民族审美心理中，桃花的女性意蕴已经
固化。"由于审美感觉常积淀着以往的经验、理智、情感，而这种
经验、理智、情感又使人对感觉到的对象迅即产生了特定的领会、
态度和情绪，因此，人从对象中感觉到的不仅是事物外在感性形式
特征，而且感悟到特定理智、情感的象征符号，并使人从这种对象
外在特征象征符号中，迅即把握到它所象征的特定理智、情感内
容"②。桃花在《诗经》时代即已建立的女性文化内涵成为人们对
桃花审美的基础和固有认识，桃花与女性相互之间的联想也成为自
然而然的事情。因此，桃花成为现代汉语与文学中女性的代名词而
被广泛地接受和认可，如2007年3月20日《中国新闻周刊》中的
《如何看画家笔下的桃花》一文，就引用了画家周春芽的一段话：
"2005年3月，我第一次去成都的桃花山，看见满山桃花，觉得特
别有意思，而且桃花的颜色特别奇怪，粉红的，不是很鲜艳，也不
是白的那种，很暧昧的颜色。"周春芽说："它是一种很微妙的颜
色，我受这种颜色的刺激，开始画桃花，觉得画出来特别舒服。"
桃花的这种"暧昧的颜色"与人的生命有直接的联系，人，尤其
是青春美丽的女子的皮肤、嘴唇反映出来的就是这种粉红的颜色。
在画家周春芽的眼里，在大自然的众多花卉之中，桃花是最能代表
青春女性和生命的花卉。这也是中国古代文学作品中桃花意象的主

---

① 《广群芳谱》卷二五，第611页。
② 邱明正：《审美心理学》，第149页。

流文化意蕴。

四　情色欲望的象征

桃花盛开的季节是古人所认同的男女结合的婚恋季节，这给桃花增添了原始的爱欲成分。魏晋六朝时期，桃花成为男女欢爱场所的主要景物，这在宋代以桃花为"倚门市倡"的社会背景下被强化和固定，形成了中国文学和文化中的桃花意象的情色内涵。

"农耕文化确立之后，旧石器时代人与动物的联系被人与植物的联系取代，采集生活中人与植物的联系在农耕中得到进一步强调，人类的存在和植物的生命节律循环发生类比和认同"[①]。长期的观察使古人对桃花的物候特征和规律有了深刻的认识，桃花开放于惊蛰，此后便可见万物复苏，这种不变的秩序使桃花成为人们心目中不折不扣的生命之"象"，古人看来，桃花的物候节律与人的生殖具有异质而同类的特征，即桃花的开放与男女情欲的爆发具有同样的含义。从《诗经》的《周南·桃夭》等篇章看来，春天被认为是婚嫁的最佳时节，汉代班固《白虎通义》卷（下）："嫁娶必以春者，春，天地交通，万物始生，阴阳交接之时也。诗云'士如归妻，迨冰未泮'。周官曰'仲春之月，令会男女'。令男三十娶，女二十嫁。"[②] 所以，仲春之月开放的桃花就成了古人婚姻的信号之花，这也使桃花有了两性结合的色彩，因此，在中国文学作品中，文人对桃花的观赏和描写多是有色的，甚至是艳情的。

魏晋时期，曹植、刘孝绰等人即以桃花直接、明确地比喻"佳人"、"倡家女"，这是桃花意象女性内涵转变的滥觞。声色泛滥的南朝文人续扬其波，桃花成为倡楼等场所的代表景物，如梁武帝萧纲《鸡鸣高树巅》诗云："碧玉好名倡，夫婿侍中郎。桃花全

---

① 梁一儒、户晓辉：《中国人审美心理研究》，山东人民出版社 2002 年版，第 33 页。

② （汉）班固：《白虎通德论》卷九，上海古籍出版社 1990 年版，第 71—72 页。

覆井，金门半隐堂。"① 桃花的情色意味愈益明显。沿着这样的思路下去，桃花逐步成为歌女或妓女生活的风月场的景观，如南朝陈独孤嗣宗《紫骝马》中就有"倡楼望早春，宝马度城闉。照耀桃花径，蹀躞采桑津"② 的句子，"桃花径"显然是通往倡楼的小路。那么，这里的桃花是否为实景的描写呢？通过资料考释我们发现，"桃花径"只不过是倡楼小路的代称，不必作实景描写的理解。清代秦蕙田《五礼通考》卷二〇八"采桑津"条下注曰："僖八年，晋里克败狄于采桑。杜注：北屈县西有采桑津。采桑津在今山西吉州宁乡县西大河津济处也。《水经注》'河水又南，为采桑津'。"③据此则记载可见，"采桑津"至迟在春秋时期即已经是山西一地名了。独孤嗣宗为南朝陈人，其踪迹未必真在采桑津。另外，南北朝乐府诗歌讲究对偶或对仗，既然尾句的"蹀躞采桑津"中的"采桑津"为一虚写之语，"桃花径"也极有可能是虚写，只是为了行文的需要，极言作者的行踪不定而已。所以我们可以这样说，至少在南朝时期，桃花即已被作为娼妓生活环境的代表景物，而这种文化现象成为一种积淀被历代文人传承和接受。在宋代，男女交合的场所也以桃花命名，如柳永《昼夜乐·赠妓》上阕有"秀香家住桃花径，算神仙，才堪并。层波细剪明眸，腻玉圆搓素颈。爱把歌喉当筵逞，遏天边，乱云愁凝。言语似娇莺，一声声堪听"④ 的描写，"桃花径"为柳永所喜爱的歌妓秀香住处的代称。又宋代黄昇《花庵词选》卷五云此词："丽以淫，不当入选，以东坡尝引用其语，故录之。"⑤ 这样就足以说明柳永此词中的桃花意象实为男欢

---

① 《先秦汉魏晋南北朝诗·梁诗》卷二〇，第 1912 页。

② 《先秦汉魏晋南北朝诗·陈诗》卷九，第 2604 页。

③ （清）秦蕙田：《五礼通考》卷二〇八，《影印文渊阁四库全书》本。

④ （宋）柳永撰，孙光贵、徐静校注：《柳永集》，岳麓书社 2003 年版，第 109 页。

⑤ （宋）黄昇选编：《花庵词选》，见张璋等编纂《历代词话》（上），大象出版社 2002 年版，第 158 页。

女爱场所的暗示或象征性景观。

南朝时期广为流传的汉代刘晨、阮肇入天台山采药食桃遇仙女的故事又为桃花的情色意义添上了重重的一笔。这一故事在晋代干宝《搜神记》和南朝宋刘义庆《幽明录》中都有记载。从内容和资料来源看，这一故事在汉代至南朝时期广泛流传，这至少说明了两个方面的问题：一，这是汉至魏晋时期仙桃的民俗信仰的反映；二，强调了桃花的情色意义。"符号影响着我们的信仰、我们的选择、我们的情感和我们的行动所表示的意义"①。桃是从先秦至魏晋时期一直流传于社会的仙果，是"仙"的主题符号；桃花是《诗经》时代即已确立的女性意味的意象，因而在描写神仙生活或描述仙女容貌时，桃、桃花往往是必不可少的"道具"或比喻。《三辅黄图》卷三："《汉武帝内传》曰鲁女生，长乐人。初饵胡麻，乃永绝谷，八十余，年少壮，色如桃华。"② 然而，这一主题符号的"先在规定性在复杂纷纭的情感心态、接受情境中往往出现些微的变异，新的情思在新的情境中重新陶铸了旧有意象，文学史的后起之秀在依傍前代意象的同时，赋予它所借重的符号以新的情味和价值"③。上述故事中的群女所献仙桃与祝贺刘阮二人同归、饮酒作乐、各自宿帐而眠的情境结合，便使桃花意象的内涵发生了转变，由美女的赞美性比喻转向了情色的象征。

刘晨、阮肇的故事是桃花的情色内涵生成的契机，它对后世文学的深刻影响不断强化着这一内涵，而它对后世的影响表现在其所提供的有关背景的固有意象如"刘郎"、"阮郎"、"桃花洞"，这些意象成为"情爱"的隐曲代称在作品中频频出现，如曹唐《小游仙诗》："偷来洞口访刘君，缓步轻抬玉线裙。细擘桃花逐流水，

---

① ［美］C.W.莫里斯著：《开放的自我》，定扬译，徐怀启校，上海人民出版社1987年版，第47页。

② 何清谷校注：《三辅黄图校注》卷三，三秦出版社1995年版，第189页。

③ 王立：《心灵的图景——文学意象的主题史研究》，学林出版社1999年版，第14页。

更无言语倚彤云。"① "绛阙夫人下北方，细环清佩响丁当。攀花笑入春风里，偷折红桃寄阮郎。"② 两首诗歌都用了刘晨、阮肇之典故，然而细作比较可见，第一首诗中的缓步轻抬、倚云无言的仙子似乎婉约含蓄些，而第二首诗中的仙子则显得更加直接和大胆，然而，两首诗都荡漾着浓浓的春情，"桃花"、"红桃"的情色意蕴极为明显。唐代佚名《席上歌》："洞府深沉春日长，山花无主自芬芳。凭栏寂寂看明月，欲种桃花待阮郎。"该诗题下有小注云："有少年于岩下逢女子，留与同居十日。于席上作歌赠少年云。"③ 据此，"桃花"与"阮郎"之间的暧昧关系已非常明确。同卷《白衣女子木叶上诗》："桃花洞口开，香蕊落莓苔。佳景虽堪玩，萧郎殊未来。"④ 元代文学中的"桃花"与"刘郎"的关系依然是指涉着情爱，如萨都拉《蕊珠宫》中有这样的描写："天宫仙女淡淡妆，桃花洞口逢刘郎。巫山神女弄云雨，楚台人去空断肠。"⑤ 可见，桃花的风月景观意味同样极为明显。

唐宋词是文人风流浪漫的生活表现的最佳形式，"在唐宋婉约词人心中，已由'以艳为美'和'以柔为美'的审美心理占据着'主流'或'领袖'的地位"⑥。在这种弥漫于社会及词坛上的思想潮流的影响下，桃花意象由于具有的"艳"的特质和女性意蕴就因此备受青睐，而在词中，桃花的这种意蕴也常常以"刘郎"、"阮郎"来表达。和凝《天仙子》"洞口春红飞蔌蔌，仙子含愁黛眉绿。阮郎何事不归来。懒烧金，慵篆玉，流水桃花空断续"⑦，毛文锡《诉衷情》："桃花流水漾纵横，春昼彩霞明。刘郎去，阮

---

① 《全唐诗》卷六四一。
② 同上。
③ 《全唐诗》卷八六七。
④ 同上。
⑤ （元）萨都拉：《雁门集》卷一，上海古籍出版社1982年版，第239页。
⑥ 杨海明：《唐宋词纵横谈》，苏州大学出版社1994年版，第11页。
⑦ 《全唐诗》卷八九三。

郎行，惆怅恨难平。愁坐对云屏。算归程，何时携手洞边迎，诉衷情。"① 欧阳炯《春光好》"流水桃花情不已，待刘郎"②，莫不是以"桃花"承载着女仙子浓浓的相思和情爱的内容。

同样是表达情爱的内容，宋词中"刘郎"意象多见（当然，中国古代文学作品中的"刘郎"意象还有另外的含义），如苏轼《鹧鸪天》："笑拈红梅蝉翠翘，扬州十里最妖饶。夜来绮席亲曾见，撮得精神滴滴娇。娇后眼，舞时腰。刘郎几度欲魂消。明朝酒醒知何处，肠断云间紫玉箫。"③ "夜来绮席亲曾见"即点明了女子的身份为歌女，"刘郎几度欲魂消"又是情色的描述。卢炳《鹧鸪天·席上戏作》："秋月明眸两鬓浓，衫儿贴体绉轻红。清声宛转歌金缕，纤手殷勤捧玉锺。娇娅姹，语惺忪，酒香沸沸透羞容。刘郎莫恨相逢晚，且喜桃源路已通。"④ 作者更是善于"步景设色"：秋月明眸、轻罗红衫、纤纤玉手、娇语羞容、婉转金缕，读后一股香艳温软的气息迎面而来，其中的情色意义不言自明。

以上这些作品虽然大部分都没有直接出现"桃花"字眼，然而，"刘郎"、"阮郎"充分发挥了桃花意象的象征意义，"刘郎"、"阮郎"的背后，仿佛可以看到一个个桃花美人，并且可以想象缱绻缠绵的情韵。

桃花的情色意蕴在元曲里似乎更直白了些，如马致远《南吕·四块玉》："采药童，乘鸾客，怨感刘郎下天台。春风再到人何在？桃花又不见开。命薄的秀才，谁教你回去来！"娇嗔中充满了爱恋，薄责里洋溢着真情，作品以刘晨、阮肇误入桃源的故事为题材，生动地写出了青年女子对心上人的热烈的爱⑤。这篇作品虽

---

① 《全唐诗》卷八九三。
② 《全唐诗》卷八九六。
③ 《全宋词》第 1 册，第 288 页。
④ 《全宋词》第 3 册，第 2165 页。
⑤ （元）马致远撰，瞿钧编注：《东篱乐府全集》，天津古籍出版社 1990 年版，第 53 页。

然不像以上所列作品有情色的具体场景，然而，结尾处因为没有艳遇而发出的慨叹，让人体会到的仍是那种不可遏制的情欲。

清代朱彝尊《明诗综》卷七二引王彦泓《赋得别梦依依到谢家》："名花偏作隔墙枝，爱影怜声入手迟。门第敢言非道蕴，才情端喜是芳姿。桃边未许裙题字，柳下曾将带乞诗。今日眼波微动处，半通商略半矜持。"①"爱影怜声"、轻牵裙带，逗引着蠢蠢欲动的男女春情，"桃"也许是借用了王献之爱妾桃叶之典，然而寻桃问柳的意思还是极为明显的。

以上这些作品都似乎为我们再现着一个个充满着粉红情欲的场面。刘晨、阮肇天台山艳遇的题材在诗词等文体中的绵延是桃花情色内涵形成过程中的文学因素，而宋代特殊的社会背景和文化因素则使桃花的情欲内涵固定下来。"具有稳定内蕴的意象，伴随着题材绵延、文体演进由诗入赋入词入曲，其不断为主题认同，因袭发挥，从而又保持了题材乃至主题的绵延稳定及活力"②。粉红而艳的桃花与嫩翠的绿叶给人一种性感的感官刺激，勾引着人们按捺不住的绚丽想象和情感体验，这种想象和体验被文人以精致和优雅的词句表现出来，并由于文学传承的影响而被反复摹写和强化，使桃花意象的情色内涵成为一种文学和文化积淀影响着民族的审美倾向，因此，众多文学作品中的桃花意象不无暧昧甚至情色的意味。

《历代题画诗》卷八七引明代谢承举《题桃花》和汤显祖《咏杨太宰桃花园图》，两首诗中的"日暖风柔逞艳姿，花神独立小春时"③、"吏部桃花千树秾，春风春日好颜容"④ 可以作为对桃花物色特性的抒写和文学意蕴的表达，"日暖风柔"、"春风春日"、"独立"、"小春"表明桃的物候特征。"千树秾"写出了桃花的烂漫

① 《影印文渊阁四库全书本》。
② 王立：《心灵的图景——文学意象的主题史研究》，第11页。
③ 《历代题画诗》卷八七，第3083页。
④ 同上书，第3084页。

之态。"好容颜"言桃花先天具有的美丽女性气质，而"花神"的称呼则是赋予桃花的最高荣誉。然而，"逞艳姿"又流露出桃花虽娇美却颇显妖冶张扬的意味。这两首诗并读互见，较为全面地概括了本章的内容。桃花是春日的象征，桃花意象的女性内涵自《诗经》确立后，在历代作家笔下不断出现，反复印证触发，而在这一层层累积的过程中，又产生了同一母题之下的众多个体内涵，而这些个体内涵又存在着一个从女色的比喻到情欲的象征的转变过程。

第二节 "人面桃花"的原型意义与影响

一 原型意义

"人面桃花"是中国古代文学中的经典语境之一，其文献来源是唐代崔护《题都城南庄》，唐代孟棨《本事诗》"情感第一"、宋代计无功《唐诗纪事》卷四〇都对该诗进行了故事化。我们今天对这一语境的欣赏多是出于它所留给我们的无限阔大的想象空间。目前研究领域对这一课题的探讨有两种情况：一是将"人面桃花"作为一个意象加以阐释，如周兆梅《试析中国文人的"人面桃花"情结》，从精神原型、审美韵味两个方面阐释了"人面桃花"对中国文人的影响。二是将"人面桃花"作为一种题材而探讨其被接受的情况，如赵俊玢《"人面桃花"的衍变》①、杨林夕《崔护"人面桃花"的故事在明代的演变》②，这些角度都不失为对这一课题的准确把握，但是仍然有很多的不足。比如，对"人面桃花"意象的原型探讨流于空洞的理论套用，没有落实到本质

---

① 赵俊玢：《"人面桃花"的衍变》，《西北大学学报》（哲学社会科学版）1995年第1期，第89页。
② 杨林夕：《崔护"人面桃花"的故事在明代的演变》，《求索》2003年第1期，第175页。

意义的解释；对题材的被接受的探讨还限于戏剧方面等。其实，"人面桃花"是一组合意象，对它原型意义的理解和阐释是研究这一意象的基础和前提，所以本部分拟从此入手，探讨其文学意蕴与影响。

　　首先看"人面桃花"的原型意义。崔护《题都城南庄》："去年今日此门中，人面桃花相映红。人面不知何处去，桃花依旧笑春风。"由"人面桃花相映红"中的"相"字不难看出，"人面"与"桃花"是两个各自独立的意象，"人面"指的是美丽的女子，"桃花"则首先是一花卉意象，也许这两者并非真的同时出现在诗人面前，然而这并不妨碍诗人的丰富的想象。当代著名诗人艾青在1979 年 3 月 18 日的《南方日报》谈到这一问题时说道："写诗的人常常为表达一个观念而寻找形象。"诗人在客观世界中，选择着与自己所想表达的思想或者感情相吻合的物象，而这些物象常常是心灵化的。这样，诗歌中的"人面"和"桃花"其实是一种本体和喻体的关系，由于传统文学中桃花与女性的关系，诗人由眼前娇美的"人面"想到妍丽的"桃花"也是很自然的事情，反之亦然。而唐代诗歌的意象密集性的特点更有助于我们理解这种"状难写之景如在目前，含不尽之意见于言外"[①] 的艺术效果。

　　然而，"人面"与"桃花"组合作为意象并非始自崔护笔下。托名王昌龄的《诗格》云："搜求于象，心入于境，神会于物，因心而得，曰'取思'。久用精思，未契意象，力疲智竭，放安神思，心偶照境，率然而生，曰'生思'。寻味前言，吟讽古制，感而生思，曰'感思'。"[②] 桃花与女性容颜之间固有传统意义上的比附关系，诗人"取思"于这种现成意义和习惯用法，借以表达其畅游都城南庄时的独特的心理感受，这应该是极为自然的事情。"艺术也可以说

---

① （宋）欧阳修：《六一诗话》引（宋）梅尧臣语，见（清）何文焕辑《历代诗话》（上），第267 页。
② （明）胡震亨：《唐音癸签》卷二，《影印文渊阁四库全书》本。

是要把每一个形象的看得见的外表上的每一点都化成眼睛或灵魂的住所，使它把心灵显现出来"①。隋代即流行一种女性的妆容"桃花面"，诗人触景而"感思"，以"桃花"与"人面"两个意象同时出现的方式表达眼前的美，这同样是顺理成章的事情。

我们再联系《诗经》中的《周南·桃夭》（以下简称《桃夭》），或许更能深入体会"人面桃花"的原型意义。"桃之夭夭，灼灼其华"，表达的或许是一种眼前实景，"去年今日此门中，人面桃花相映红"则可能是存在于诗人的意念中的事物。《桃夭》前两句表达的是一种源自人们直觉的、原始的、单纯的生之欣喜②，《题都城南庄》中的"相映红"句则写出了眼前所见物色的资质之美，在《桃夭》篇的对生命的欣喜之外，又增加了一种欣赏、珍惜的思想感情。

由上面的论述内容可见，"人面桃花"的原型意义首先应该是指诗人爱慕的红颜女子或者所欣赏的优美的风景。

"人面不知何处去，桃花依旧笑春风"的情感基调则急转直下。在中国的文学和文化传统中，桃意象具有自然的永恒的文化意蕴，就桃树而言，自古就流传着关于"大桃木"的故事，如汉代王充《论衡·订鬼》引《山海经》云："沧海之中，有度朔之山，上有大桃木，其曲蟠三千里。"③ 就桃的果实而言，魏晋时期即被称为"仙桃"，其中的长生之意极为明显。就桃花而言，它常常用以形容仙人的容颜，如宋代李昉等编《太平广记》卷七引《神仙传》云："伯山甫者，雍州人也。入华山中，精思服食，时时归乡里省亲，如此二百年不老……其外甥女年老多病，乃以药与之，女时年已八十，转还少，色如桃花。"④ 因此，桃

---

① ［德］黑格尔著：《美学》第一卷，朱光潜译，商务印书馆1996年版，第198页。
② 叶嘉莹：《几首咏花诗和一些关于诗歌的话》，《迦陵论诗丛稿》，第70页。
③ （汉）王充撰，黄晖校释：《论衡校释》，第937—938页。
④ （宋）李昉等撰：《太平广记》卷七，中华书局1961年版，第48页。

花也在某种意义上象征着时间和自然的永恒，这种永恒在与世事的对比中，更能反衬出人生的盛衰之感，刘希夷《代悲白头翁》中的"今年花落颜色改，明年花开复谁在"，"年年岁岁花相似，岁岁年年人不同"①，较为贴切地表述了桃花意象的这种意蕴。理解了桃花意象的这层意蕴，再来看"人面不知何处去，桃花依旧笑春风"，"人面"已不可追寻，而"桃花"依然年复一年地盛开，桃花的烂漫反衬了"人面"不再的感伤。诗句采取了意象对举的方式，形式和内容的结合体现了"人面桃花"的另外一种原型意义，即对昼夕递迁、岁月流逝的感慨。

　　由以上论述可见，崔护《题都城南庄》诗歌中"人面桃花"的原型意义包含两个方面的内容：一，是对美好境界或者美好事物的赞美；二，是对昔日美好情感的追忆和留恋。

二　孟棨《本事诗》与"人面桃花"

　　《题都城南庄》含蓄、凝练的表达影响了后世的文学创作，文人或者以诗歌为蓝本进行加工和合理推衍，改编成生动曲折的故事，表现了对传统题材的继承和发展；或者以"人面桃花"为固有意象写入诗词作品，表现了对原型意义的体认和摹写。其中晚唐孟棨《本事诗》中的"情感"篇对崔护诗歌的合理发挥想象是这一影响产生的"酵母"，从此之后，"人面桃花"意象和"人面桃花"的故事在中国文学中笙歌袅袅，不绝如缕。

　　首先看唐孟棨等《本事诗》"情感第一"："博陵崔护，姿质甚美，而孤洁寡合，举进士下第。清明日独游都城南，得居人庄。一亩之宫，而花木丛萃，寂若无人。扣门久之，有女子自门隙窥之问曰：'谁耶？'以姓字对，曰：'寻春独行，酒渴求饮。'女人以杯水至，开门设床命坐，独倚小桃斜柯，伫立而意属殊厚，妖姿媚态，绰有余妍。崔以言挑之，不对，目注者久之。崔辞去，送至

――――――――――
　　①　《全唐诗》卷八七。

门，如不胜情而入。崔亦睠盼而归，嗣后绝不复至。及来岁清明日，忽思之情不可抑，径往寻之。门墙如故，而已锁扃之。因题诗于左扉曰：'去年今日此门中，人面桃花相映红。人面不知何处去，桃花依旧笑春风。'"①

"本事"一词，较早见于《汉书·艺文志》："丘明恐弟子各安其意，以失其真，故论本事而作传，明夫子不以空言说经也。《春秋》所贬损大人当世君臣，有威权势力，其事实皆形于传。是以隐其书而不宣，所以免时难也。及末世，口说流行，故有《公羊》、《穀梁》、《邹》、《夹》之传，四家之中，《公羊》、《穀梁》立于学官，邹氏无师，夹氏未有书。"② 又《本事诗·序》云："诗者，情动于衷而行于言，故怨思悲愁，常多感慨。抒怀佳作，讽刺雅言，着于群书，虽盈厨溢阁，其间触事兴咏，尤所钟情。不有发挥，孰明厥义。因采为《本事诗》，凡七题，尤四始也。情感、事感、高逸、怨愤、征异、征咎、嘲戏，各以其类聚之……时光启二年十一月。"③

根据以上两则材料可知，"本事"就是介绍诗歌等产生的事实。孟棨《本事诗》是对诗歌产生的背景和历史进行合理的"发挥"以明"厥义"的，而把"人面桃花"的故事放于"情感"类目的意图则说明了这一故事的性质为爱情。

三　宋、元、明戏曲中的"人面桃花"

孟棨根据崔护的原诗，在《本事诗》中以生动鲜明的人物形象，曲折有趣的故事情节，讲述了一段才子和红粉佳人的旖旎恋情。通俗和娱乐的性质决定了这样的故事应该是在城市经济繁荣、

---

① （唐）孟棨等撰，李学颖标点：《本事诗》，上海古籍出版社 1991 年版，第 13 页。

② 《汉书》卷三〇，第 287 页。

③ （唐）孟棨等撰，李学颖标点：《本事诗》，第 4 页。

市民文艺兴盛的时代才能拥有广泛的群众基础。《四库全书总目提要》："《本事诗》一卷。唐孟棨撰……是书前有光启二年自序，云'大驾在襄中'，盖作于僖宗幸兴元时。"① 据此可知，孟棨《本事诗》成书年代为唐僖宗光启二年，就是公元886年②，历史上这一时代为晚唐，动乱的社会崇尚侠肝义胆，因此，这一时期的男女恋爱多是侠客和妓女的爱情，这从唐传奇中可见一斑，所以，《本事诗》中的故事模式并未在晚唐的文坛表现出任何的反响，它像一颗种子，终于在宋代找到了赖以生根、发芽的土壤。

宋代社会城市经济繁荣、市民文艺思潮兴起，民间说话艺人的"小说"是宋代社会各个阶层普遍欢迎的文艺形式，这种文艺形式的表演不限于勾栏瓦肆，还遍于宫廷、官府、酒楼茶肆、街道乡村，这决定了它必须有广大市民熟悉的市井生活和人物，有生动丰富的故事情节③。在这样的时代条件和社会心理需求下，孟棨《本事诗》中的崔护和艳若桃花的女子的爱情因为带着传奇和旖旎的色彩而成为深受欢迎的素材，于是，文人和民间艺人纷纷以各种艺术形式再现着这种传奇爱情，如宋代官本杂剧段《崔护六么》、《崔护逍遥乐》（见周密《武林旧事》），话本《崔护觅水》（见罗烨《醉翁谈录》），诸宫调《崔护谒浆》（见《董解元西厢记》）等。元代则有白朴《崔护谒浆》、尚仲贤《崔护谒浆》（均见于钟嗣成《录鬼簿》）等，但是这些作品都已经散失。明清时期，"人面桃花"的故事依然是戏曲创作较为重要的题材，如金怀玉《桃花记》、王澹《双合记》、杨之炯《玉杵记》、凌濛初《颠倒姻缘》、舒位《桃花人面》，但是这些剧目也都散佚。明清时期流传下来的"桃花人面"题材的曲目有明代孟称舜《桃花人面》、清代

<hr>

① （清）纪昀总纂：《四库全书总目提要》卷一九五，河北人民出版社2000年版，第5667页。

② 张晖：《重读〈本事诗〉："诗史"概念产生的背景与理论内涵》，《杜甫研究学刊》2007年第2期，第35页。

③ 张毅：《宋代文学思想史》，中华书局2004年版，第342—344页。

曹锡黼《桃花吟》、无名氏《金琬钗》等①。这些剧本有的沿袭
《本事诗》故事结构和模式，代表作是孟称舜《桃花人面》。另外
一种是突破《本事诗》的结构框架，增添了另外的人物和情节，
有的是与"人面桃花"故事毫不相干的，但是由于情节的复杂、
人物的众多，因而增加了故事的曲折性和戏剧的冲突性，因而更受
群众的欢迎，代表作是无名氏《金琬钗》。

四　古典诗词中的"人面桃花"

由于孟棨《本事诗》对崔护诗歌的"发挥"具有很强的故事
性，因而它较容易成为市民文艺体裁的创作素材；而崔护原诗中的
"人面"和"桃花"意象具有明显的含蓄和凝练的特征和强烈的抒
情性，因而这类意象常常成为文人雅士青睐的对象，他们以此来表
达对深情绵渺的爱的追寻或时过境迁的怅惘，这种现象在宋代及以
后的诗词中体现得较为明显。这些作品从以下两个方面的内容体现
着"人面桃花"的原型意义的影响。

第一，表达对美好景色的赞美。宋代王洋《携稚幼看桃花》
中"人面看花花笑人，春风吹絮絮催春"②的句子，就以孩子稚嫩
的脸庞和夭夭如笑的桃花互相映衬，描写出春天万物欣然的美景。
陆游《春晚村居杂赋绝句》中也这样抒写春景："一篙湖水鸭头
绿，千树桃花人面红。莿舍青帘起余意，聊将醉舞酓春风。"③俨
然人面的桃花与绿如蓝染的湖水辉映出乡村春色的浓郁气象。明胡
奎《渡江》描写的是祥和的桃花源境界："日出江头春雪消，双鬟
荡漾木兰桡。歌声唱入武陵去，人面桃花一样娇。"④兰舟上美如
桃花的女子将不休的山歌带进了武陵，令人想起那片广袤的桃花

---

① 庄一拂：《古典戏曲存目汇考》，上海古籍出版社 1982 年版。
② 《全宋诗》卷一六九〇，第 30 册，第 19042 页。
③ 《全宋诗》卷二二四一，第 39 页，第 24774 页。
④ （明）胡奎：《斗南老人集》卷五，《影印文渊阁四库全书》本。

林，和谐自足。

第二，表达对昔日恋情的追忆和留恋。这种感情倾向的作品在宋词中有较多表现。如宋代柳永《满朝欢》下阕这样写道："因念秦楼彩凤，楚馆朝云，往昔曾迷歌笑。别来岁久，偶忆欢盟重到，人面桃花，未知何处。但掩朱门悄悄，尽日伫立无言，赢得凄凉怀抱。"① 柳永一生落拓而风流，《艺苑雌黄》云："喜作小词，然薄于操行……日与獧子纵游娼馆酒楼间，无复检约。"② "彩凤"和"朝云"都是词人曾经爱恋的歌女，"人面桃花"语义双关，表达了词人对往日欢盟的深深向往。"但掩朱门悄悄，尽日伫立无言，赢得凄凉怀抱"则又表明这种欢盟只存在于无限的回忆中。宋代文人中，蔡伸是较青睐"人面桃花"意象的作家，其《友古词》中相关作品较多，代表作是《极相思》，其内容曰："相思情味堪伤。谁与话衷肠。明朝见也，桃花人面，碧藓回廊。别后相逢唯有梦，梦回时、展转思量。不如早睡，今宵魂梦，先到伊行。"③ "桃花人面"所凝聚的相思意味极为浓厚。

值得注意的是，古代诗词中的"人面桃花"意象在情感取向上较偏于伤感和迷惘，或表达对往昔美好爱情的追忆，或表达对世事变迁的感慨，总之，都表现出对这一意象的深层审美意蕴的解读和把握。宋代蔡伸《点绛唇·登历阳连云观》："人面桃花，去年今日津亭见，瑶琴锦荐，一弄清商怨。今日重来，不见如花面，空肠断。乱红千片，流水天涯远。"④ 流水天涯，好像永远消逝的美好情感；瑶琴清商，又似乎应和着断肠之人的深深叹息。袁去华《瑞鹤仙》中有"伤离恨，最愁苦。纵收香藏镜，他年重到，人面

①　（宋）柳永撰，孙光贵、徐静校注：柳永集》，第122页。
②　（宋）胡仔：《苕溪渔隐词话》卷二，见张璋等编纂《历代词话》（上），第80页。
③　《全宋词》第2册，第1022页。
④　同上书，第1021页。

桃花在否。念沉沉、小阁幽窗，有时梦去"① 的描写也是如此。而石孝友《谒金门》有"风又雨，断送残春归去。人面桃花在何处，绿阴空满路"② 的描写，明代吴宽《赴李世贤赏月》："岸帻披襟素影中，施床列坐短墙东。月宫桂树依然在，人面桃花已不同"③，其中"人面桃花"所表述的情感都是对时光匆匆归去的感慨。

崔护的《题都城南庄》诗歌经过孟棨《本事诗》的宣扬而得以广泛传播，民间艺人和墨客文人以丰富多样的艺术形式，将"人面桃花"一次次摹写和反复吟咏，淋漓尽致地表述着、诠释着传统经典，如宋代王洋《和圣求》："桃花人面共春风，人去桃花自笑红。撩乱絮飞春物后，依稀云散梦魂中。莺迁是处皆良友，蝶化知谁是主翁。莫讶求仙杳无信，卖花人过小桥东。"④ 这可以说是宋词版的崔护《题都城南庄》诗歌。"内容可以是完全不关重要的，或是如果没有经过艺术表现出来，它在日常生活中只能引起一霎时的兴趣。例如，荷兰画就能把现前的自然界飘忽的现象表现成为千千万万的境界，好像是由人再造出来似的……艺术既然把这种内容呈现给我们，它马上引起我们兴趣的也就是这种好像是由心灵创造的自然事物的外形和现象，心灵把全部材料的外在的感性因素化成了最内在的东西"⑤。历代文学和艺术家的创造成就了中国文学史上的"人面桃花"的经典语境，使人涵咏不已，回味无穷。

第三节　"桃花流水"意象的文学意蕴及形成

清代王昶《清词综·序》云："太白之'西风残照，汉家陵阙'，黍离行迈之意也；志和之'桃花流水'，《考盘》、《衡门》

① 《全宋词》第 3 册，第 1498 页。
② 同上书，第 2046 页。
③ （明）吴宽：《家藏集》卷一〇，上海古籍出版社 1991 年版，第 74 页。
④ 《全宋诗》卷一六九〇，第 30 册，第 19042 页。
⑤ ［德］黑格尔著：《美学》第一卷，朱光潜译，第 208—209 页。

之旨也。"① "志和之'桃花流水'"源于我们极为熟悉的唐代张志和《渔父歌》中的名句"桃花流水鳜鱼肥"②。《考盘》为《诗经·卫风》之篇，《衡门》为《诗经·陈风》之章。宋代朱熹云："《考盘》，刺庄公也，不能继先公之业，使贤者退而穷处。此为美贤者穷处而能安其乐之诗，文意甚明。"③ 清代黄中松《诗疑辨证》卷二云："此诗当以孔子之言为定，孔子曰：'吾于《考盘》，见遁世之士无闷于世，'"④ 宋辅广《诗童子问》卷三云："《衡门》三章，此诗以为隐居自乐而无求者之辞。"⑤ 由此可见，王昶将张志和笔下的"桃花流水"释为隐居绝世之意。这当然是对张志和作品中的"桃花流水"意象的正确理解。然而，中国古代文学中的"桃花流水"是蕴涵着丰富语义的意象，而且其文学意蕴的形成还有一个从季节景观向文学意象转变的历史发展过程。下面将以此为线索进行论述。

一　"桃花流水"意象的原型意义

在上古时期，桃花主要是作为物候之象出现在文献中的。如《吕氏春秋·仲春记》言："仲春之月，始雨水，桃李华，仓庚鸣。"⑥《礼记·月令》："始雨水，桃始华，仓庚鸣，鹰化为鸠。"这两则材料对春天的景观现象的描述有一个共同点，即都是以桃树开花和雨水始多作为表征。"中国人审美心理自发生期就表现出在感知阶段的留驻、对经验的重视、用物象进行思维等特点，这是史前先民在中国特有的生态和地理环境中长期实践的结果"⑦。由此

---

① （清）王昶等撰：《清词综》，清刻本，第3页。
② 《全唐诗》卷三〇八。
③ （宋）朱熹：《诗经集传》卷二，巴蜀书社1989年版，第118页。
④ （清）黄中松：《诗疑辨证》卷二，《影印文渊阁四库全书》本。
⑤ （清）宋辅广：《诗童子问》卷三，《影印文渊阁四库全书》本。
⑥ （秦）吕不韦撰，（汉）高诱注：《吕氏春秋》卷二"仲春记二"，第17页。
⑦ 梁一儒、户晓辉：《中国人审美心理研究》，第69页。

可见，年复一年的"始雨水"与"桃始花"给古人的印象是多么深刻！这种"深刻"我们可以这样从两方面理解：一方面是因为古代中国的疆域大部分处在北半球温带地区，降水分布的规律是冬季干旱，夏季雨水集中。我们可以很容易想象雨水对于临水而居的古人的重要性，更可以通过文献的记载加以证实。《山海经·大荒东经》、《山海经·海内北经》中都有关于河神"河伯"的记载，而《穆天子传》、《春秋传》等典籍更有关于祭祀河神的叙述。这种对水的神化和对河神的人格化充分说明了古人对水的强烈依赖的现实。而春季则是雨水开始增多的季节，从心理学角度而言，人们对雨水开始增多的春季的盼望胜过大雨滂沱的夏季的期待。另一方面，桃在古人的生活中具有非常重要的意义，人们因期待累累的桃实而关注桃花；桃花盛开于百花未放的农历清明前后，色彩鲜亮，花形美丽，这很容易引起善于对物象直观感知和整体把握的古人的注意，桃花开放于是成为一种耕稼信号，汉代崔寔《四民月令》即言："三月三日桃花盛，农人候时而种也。"① 这样，现实功利性的需要使人们在春季既得到了天赐的甘霖，又看到了灼灼桃花带来的结子满枝的希望，这两种物候现象的自然重叠给了古人以惊奇之感，而这种惊奇感一方面使人认识到"雨水"和"桃子"是他们赖以生存的基础，并且极容易把它作为一种神秘威力加以崇拜，中国文化中的祭祀水神或河神的思想、视桃子为"仙桃"的民俗观念当与此有关。另一方面，随着社会和生产力的发展，古人逐渐摆脱了原始的对自然的迫切依赖，精神上逐渐产生了要把主体感觉到的客观真实变为外在的、需要关照的对象。在这两个方面的共同作用下，"水"、"桃花"这两种基元事物就"不是以它们的零散的直接存在的面貌而为人所认识，而是上升为观念，观念的功能就获得一种绝对普遍的存在形式"②。从每年"始雨水"、"桃始

---

① （宋）李昉等撰：《太平御览》卷九六七，第4288页。
② ［德］黑格尔著：《美学》第二卷，朱光潜译，第23页。

花"的物候现象的重复与再现中，人们隐隐约约地窥见了绝对，于是就以这两种自然现象结合的形式作为关照春天的方法，"桃花"和"水"就获得了天然的"姻缘"，这也是"桃花流水"意象的最初形态和意义。

二　"桃花流水"意象的文学意蕴

"桃花"和"水"的形式结合较早出现在西汉的文献中，如三国吴陆玑《陆氏诗疏广要》卷上之上"韩诗云：'今三月桃花水下，以招魂续魄，祓除氛秽。'"《东观汉记》卷一一亦云："来歙，字君叔，南阳人也。有大志，慷慨……建武五年，持节送马援，奉玺书于隗嚣……嚣围歙于洛阳，上诏曰：'桃花水出，船盘皆至。郁夷陈仓，分部而进。'"① 《渊鉴类函》卷三六引桓谭《新论》曰："大司马张仲议曰：'河水浊，一石水六斗泥，而民竞决河溉田，令河不通利，至三月桃花水至则决，以其噎不泄也。可禁民勿复引河。'"② 我们首先来考证一下这两则材料的时间先后。第一则材料中的"韩诗"即汉代韩婴《诗外传》，汉代班固《前汉书》卷八八："韩婴，燕人也。孝文时为博士，景帝时至常山太傅。婴推诗人之意，而作内、外传数万言。"③ 据此可知，韩婴为西汉人。据班固《前汉书》卷二一（下）："光武皇帝，著纪以景帝后，高祖九世孙，受命中兴，复汉，改元曰'建武'。"④ 可知，韩婴与来歙都是西汉人，且韩婴的年代略早。而又据范晔《后汉书》卷五八（上）"桓冯列传"第十八上"桓谭传"："桓谭，字君山，沛国相人也。父成帝时为太乐令，谭以父任为郎……数从刘歆、扬雄

---

① （汉）刘珍撰，吴庆峰点校：《东观汉记》卷一一，齐鲁书社 2000 年版，第 95 页。

② （清）张英等纂修：《渊鉴类函》卷三六，中国书店 1985 年版，第 280 页。

③ （汉）班固撰，唐颜师古注：《前汉书》卷八八，第 593 页。

④ 《前汉书》卷二一，第 177 页。

辨析疑异，性嗜倡乐。"① 由此知桓谭为两汉之际人。这样就可以清楚地看出，韩婴生活和活动的主要年代是在西汉，且都早于来歙、桓谭。所以我们可以这样说，"桃花水"较早出现在西汉韩婴《诗外传》中。抛开文献的时间先后问题，就《诗外传》、《东观汉记》和《新论》中所共同使用的"桃花水"的表达方式看，它在汉代已经成为春季河水的代称。将这三则文献的记载与前一节所引《吕氏春秋·仲春记》、《礼记·月令》进行比较即可以看出，从"桃始花"、"始雨水"到"桃花水"，不仅仅是构词方式的变化，其中还存在一个从具体描述到抽象概括的发展脉络。"它们（具体的自然形式）的具有定性的客观存在在它的特殊形象里只应具有某些性质，足以暗示出一种和它们相联系的较广泛的意义"②。汉代文献中的"桃花水"与"桃花"和"雨水"具有密切的关系，《前汉书》卷二九《沟洫志》第九引唐颜师古注云："《月令》'仲春之月，始雨水，桃始花'，盖桃方华时，既有雨水，川谷冰泮，众流猥集，波澜盛长，故谓之'桃花水'耳。""桃花"盛开和"雨水"增多是"桃花水"的基本特征与表现，而"桃花水"是先秦文献中的"桃始花"、"始雨水"的内在意义与外在形象的结合，而文学意象就是客观事物的具体形象和它所具有的普遍意义的统一，因此，这种结合则成为促使"桃花水"成为文学意象的基础和潜在动力。"作为诗人的心理活动，意象的创造无非是过去有关的感受或直觉上的经验在头脑中的重现或回忆。"③ "桃花"和"雨水"年复一年的如期而至，成为春天留给人们的第一印象，"桃花水"也就成为人们头脑中的对春天的"重现或回忆"，而这种"重现或回忆"只有被呈现于文学作品时才称得上是文学意象。

———————

① （南朝·宋）范晔撰：《后汉书》卷五八（上），中州古籍出版社1996年版，第340页。
② ［德］黑格尔著：《美学》第二卷，朱光潜译，第64页。
③ 陈植锷：《诗歌意象论》，中国社会科学出版社1990年版，第147页。

　　然而，桃文化在汉代主要表现为对桃实的灵性的崇拜和对桃木可以避邪的宣扬，沉寂的文坛对桃花无暇照拂，因此，这种现象延迟了"桃花水"由自然现象向文学意象的转变过程，而真正转变时机的到来要待魏晋南北朝时期，这是文人的主体情性觉醒的时期。从那个时代的文论可见一斑，如陆机《文赋》云："遵四时以叹逝，瞻万物而思纷；悲落叶于劲秋，喜柔条于芳春。"①《文心雕龙》卷十"物色"亦曰："春秋代序，阴阳惨舒。物色之动，心亦摇焉"。② 都强调客观外物的运动和变化对人的情感的触发作用。而在"春秋代序"的"物色之动"中，春天最能给人以一年的憧憬，所谓"喜柔条于芳春"，文人莫不援以诗笔，描述这一季节的美丽，而"桃花水"是传统文化中的典型春季景观，因而也就自然成为春景用词，如南朝陈张正见《赋得岸花临水发》"漾色随桃水，飘香入桂舟"③、《赋得鱼跃水花生》"漾色桃花水，相望濯锦流"④ 的描写。"对审美对象来说，水又常以流水意象的形式表现出来，许多重要而普遍的情绪观念，在其中聚焦式地得到了别致的展示"⑤。因此，"桃花流水"成为中国古代文学作品中常见的意象，而这一意象在长期的文学发展历史中又具有了丰富的文学意蕴。

　　（一）春天景色的象征。

　　"桃花流水"是由"桃花"和"流水"两个自然物象组合而成的意象，这两个物象本来并无多少密切的联系。但是，在岁时节令上，它们同时出现在春季，正如元代方回《舟行青溪道中入歙十二首》之一所写："蕨拳欲动茗抽芽，节近清明路近家。五日缓

①　（晋）陆机、（梁）钟嵘撰，杨明译注：《文赋诗品译注》，上海古籍出版社1999年版，第4页。
②　（南朝·梁）刘勰撰，詹锳义证：《文心雕龙义证》，第1728页。
③　《先秦汉魏晋南北朝诗·陈诗》卷三，第2495页。
④　同上书，第2497页。
⑤　王立：《心灵的图景——文学意象的主题史研究》，第199页。

行三百里，夹溪随处有桃花。"① 清明之际，流水淙淙，桃花处处，一派春机！文人便按照这样的关系将二者组合起来，桃花的粉红、春流之清澈，这两个视觉意象构成一个视觉和弦，于是，它们的结合暗示了一个崭新的意象——桃花流水。而当这一新的意象呈现在文学作品中时，会暗示及唤起人们的某些感受状态，取得"超以象外，得其环中"（司空图《诗品·雄浑》）的艺术效果。而在这些"感受状态"中，春天的景色应该是一种普遍的状态，因为这一感觉的获得并不需要多少知识和文化，只凭视觉和经验即可。因此，"桃花流水"成为历代文人对美丽春色进行欣然描绘的常用文学意象。早在北周，王褒《燕歌行》中即有"初春丽景莺欲娇，桃花流水没河桥。蔷薇花开百重叶，杨柳拂地数千条"的诗句，以"桃花流水"渲染了"初春丽景"。宋代释道潜《次韵方平送李南仲赴试春闱》"拜命还家春尚好，桃花流水涨渔矶"②，郭祥正《忆敬亭山作》"桃花流水三月深，柳絮披烟辞故林"③，两篇作品虽然一是言返还家乡的喜悦，一是写辞别故土的留恋，但都是以"桃花流水"的春景衬托家乡的美好。而在这些作品中，代表作为欧阳修《送宋次道学士赴太平州》的"古堤老柳藏春烟，桃花水下清明前"④ 的描写，据《太平寰宇记》"江南西道"三"太平州"条："太平州理当涂县……太平兴国二年升为太平州，割当涂芜湖繁昌三县以隶焉。"⑤ 太平州因地近长江，桃花开于清明之前，故云。欧阳修这首诗极为确切地写出了清明之时桃花开放、河水涌动的春意。可见，"桃花流水"已经是约定俗成的春景词语。

（二）仙境的象征。

在桃文化的发展历史上，两汉、魏晋是极力张扬桃的神异和灵

---

① （元）方回：《桐江续集》卷一五，《影印文渊阁四库全书》本。

② 《全宋诗》卷九二〇，第 16 册，第 10808 页。

③ 《全宋诗》卷七七九，第 13 册，第 8896 页。

④ 《全宋诗》卷三〇二，第 6 册，第 3745 页。

⑤ （宋）乐史：《太平寰宇记》卷一〇五，《影印文渊阁四库全书》本。

性色彩的时期，这样的内容描写充斥在小说、野史笔记等文体中，
这些叙事文学作品以文体的优势，为桃的仙异意味提供了典型的艺
术真实，并且，在不自觉地继承前代桃意象意义的同时，又赋予它
以新的意味或内涵。"桃花流水"意象的仙境意味就产生在这样的
文学背景中。《太平广记》卷六一"天台二女"的故事，除了生成
了桃花意象的情色内涵——"天台桃花"外，还衍生了桃花意象
的仙境意义——桃花流水，这可以从故事的细节体现出来："山上
有桃树……噉数枚，饥止……以杯取水，见芜菁叶流下，甚鲜妍，
复有一杯流下，有胡麻饭焉……溪边有二女子，色甚美……"溪
边姿色绝美的女子，盛满杯子的胡麻饭，常春的草木，这真是仙
境！而不谢的"桃花"与常清的"流水"成为传递仙境信息的
"青鸟"！基于此，后世的文人常常以"桃花流水"意象象征福乐
无边的仙境。王维在其《桃源行》中以"春来遍是桃花水，不辨
仙源何处寻"①，表达了对神奇缥缈的仙境的向往和追寻。宋代杨
炎正《洞仙歌·寿稼轩》"带湖佳处，仿佛真蓬岛。曾对金樽伴芳
草。见桃花流水，别是春风，笙歌里，谁信东君曾老。功名都莫
问，总是神仙，买断风光镇长好"②，有着"桃花流水"的带湖风
光，犹如蓬莱仙岛，作者直欲为此抛弃功名。在这些作品中，最著
名的要数李白《山中问答》："问余何事栖碧山，笑而不答心自闲。
桃花流水杳然去，别有天地非人间。"③明代李东阳《怀麓堂诗话》
言李白此诗中的"桃花流水"句："淡而愈浓，近而愈远。可与知
者道，难与俗人言。"④"难与俗人言"的评论一方面点明李白超脱
的心态；另一方面也表明"桃花流水"的世界是"非人间"的
仙境。

---

① 《全唐诗》卷一二五。
② 《全宋词》第 3 册，第 2115 页。
③ 《全唐诗》卷一七八。
④ （清）丁福保辑：《历代诗话续编》（下），中华书局 1983 年版，第 1370 页。

不仅如此，文人还以诗歌的形式直接表达对"桃花流水"意象的仙境意义的确认，如元代库库《李景山归自南谈点苍之胜寄题一首》即曰："桂树小山招隐士，桃花流水属仙才。"① 明代袁宏道《桃花流水引》序云："花源棹返，幽思萦怀，枕上梦中，如有所得，命曰'桃花流水引'，亦仙家《竹枝词》也。"②

"桃花流水"的仙境意蕴不仅在文学作品中呈现出来，在绘画领域，"桃花流水"或者是绘画的现成题材，或者成为题画诗歌对山水等题材作品常用的题词，例如，明代胡奎《桃花流水图》即这样题道："参差烟雾隔楼台，千树桃花洞里开。春色可怜关不住，又随流水出山来。"③ 诗中隐约传达出"桃花流水"与天台山的传统文化关系，也间接表明了对这一意象的仙境意蕴的体认。又如，苏轼《书王定国所藏烟江叠嶂图》有"桃花流水在人世，武陵岂必皆神仙"④ 的题词，元代吴师道《仙居图》："云气参差青嶂，树林飘缈飞楼。谁识仙家归路，桃花流水渔舟。"⑤ 明代曹介《金碧山水图》亦有"昔日访奇处回首，但见苍烟迷又疑。天台山，桃花流水非尘寰"⑥ 的句子。对于《烟江叠嶂图》、《仙居图》、《金碧山水图》等这些画幅，我们固然缺少专业的品鉴资质，但是，我们可以通过历代的题画诗间接解读这些形象化的"桃花流水"。苏轼和吴师道的题词极为明确地将"桃花流水"意象作为仙境的象征。

（三）超脱境界的象征。

两汉魏晋南北朝时期是"桃花流水"文学意象形成和意义渐

---

① 《御选元诗》卷三二，《影印文渊阁四库全书》本。
② （明）袁宏道撰，钱伯城笺校：《袁宏道集笺校》卷三一，上海古籍出版社1981年版，第1016页。
③ （明）胡奎：《斗南老人集》卷五，《影印文渊阁四库全书》本。
④ （清）陈邦彦选编：《历代题画诗》卷九，第341页。
⑤ （清）陈邦彦选编：《历代题画诗》卷六四，第2243页。
⑥ （清）陈邦彦选编：《历代题画诗》卷七，第240页。

趋丰富的时期，如前所论，刘义庆《幽明录》所记"天台二女"的故事产生了"桃花流水"意象的仙境意蕴。晋宋之际的陶渊明《桃花源记》则以"武陵渔人"棹舟溪行，偶遇"夹岸数百步"的"桃花林"，描绘和渲染了他所向往的人间乐园。又据《后汉书·逸民列传》记载："严光，字子陵，会稽余姚人也。少有高名，同光武游学。及帝即位，光乃变易姓名，隐逝不见。帝思其贤，乃物色求之。后齐国上言有一男子，披羊裘，钓泽中。帝疑光也。"① 这段文字说明，垂钓乃中国古代隐士的社会生活的一种形式，因而，陶渊明笔下的这些意象如武陵渔人、桃花、溪水等就有了隐逸和超脱世俗的意蕴。"隐士既被社会视为'至人'，一切的一切自然有人来模仿"②。尤其是"隐逸诗人之宗"的陶渊明，其思想、行为、艺术成就和风格都引起了后世文人的纷纷效仿和追求，因此，《桃花源记》中的"桃花流水"意象便被历代具有隐逸思想和经历的文人作为超脱境界的象征。

　　唐代牟融《题道院壁》："山中旧宅四无邻，草净云和响绝尘。神枣胡麻能饭客，桃花流水阴通津。"③ "桃花流水"的源头，是一个绝尘脱俗的世界。宋代陆佃《送陈道录》："巉岩瘦骨欲成金，云锁三茅洞府深。莫遣桃花流水出，等闲应被客相寻。"④ "莫遣桃花流水出，等闲应被客相寻"，即言陈道录去的地方是一个没有被世俗污染的地方。元代张宪《青山白云图》："桃花流水春粼粼，不识人间有战尘"⑤，元代马臻《画意》十三首之一："数间草屋山烟静，夹岸桃花流水香。愁杀武陵回棹客，不知人世几斜阳"⑥，

① （南朝·宋）范晔：《后汉书》卷一三一，第798页。
② 蒋星煜：《中国隐士与中国文化》，生活·读书·新知三联书店1988年版，第81页。
③ 《全唐诗》卷四六七。
④ 《全宋诗》卷九〇六，第16册，第10682页。
⑤ （清）陈邦彦选编：《历代题画诗》卷九，第325页。
⑥ （清）陈邦彦选编：《历代题画诗》卷五二，第1774页。

都是以"桃花流水"象征着不同凡俗、摒弃喧嚣的境界。而元代王冕则将"桃花流水"的超脱意蕴直切地说了出来："我视功名等尘垢，何似忘言付杯酒。武陵岂必皆神仙，桃花流水人间有。"①

这类作品中最著名的莫过于唐代张志和《渔父歌》："西塞山前白鹭飞，桃花流水鳜鱼肥。青箬笠，绿蓑衣，斜风细雨不须归。"② 南宋周密《满江红》词中的"流水桃花西塞隐，茂林修竹山阴路。二十年，历历旧经行，空怀古"③ 的句子，是对张志和《渔父歌》中"桃花流水"的隐逸意蕴的体认和回味。宋代郭熙《林泉高致集》云："水，活物也，其形欲深静，欲柔滑，欲汪洋，欲回环……欲渔钓怡怡，欲草木欣欣，欲挟烟云而秀媚，欲照溪谷而光辉，此水之活体也……水以山为面，以亭榭为眉目，以渔钓为精神。故水得山而出，得亭榭而明快，得渔钓而旷落，此山水之布置也。"④ 西塞山前，桃花盛开，鸥鹭时起，晴笠雨蓑的渔人，恋秀色以支颐，临清流而忘归，这是一个令人旷怡的山水境界，这一境界又可用"桃花流水"描述和概括。因此，宋代拟作张志和《渔父歌》的文人很多，苏轼、黄庭坚就是著名的两位。清代王昶《清词综·序》亦云："太白之'西风残照，汉家陵阙'，黍离行迈之意也；志和之'桃花流水'，《考盘》、《衡门》之旨也。"可见，"桃花流水"意象的隐逸和超脱意蕴在中国古代文学中绵绵不绝。

（四）时光易逝、人生失意的感伤。

钟嵘《诗品》卷一云："气之动物，物之感人，故摇荡性情，形诸歌咏。"草长莺飞、行云流水，这是大自然生命纷呈的表现，而霜落露凝、落木萧萧，这又是生命终结的信息。在"感人之物"中，"桃花"、"流水"是较为鲜明突出的物象。

---

① （清）陈邦彦选编：《历代题画诗》卷六八，第2363页。
② 《全唐诗》卷二九。
③ 《全宋词》第5册，第3288页。
④ （宋）郭熙：《林泉高致集》，《影印文渊阁四库全书》本。

　　桃花开时极为明艳，然而花期短暂，前后大约十五天，之后便匆匆凋谢，轻薄的花瓣如红雨般纷纷飘落，给人的印象极为深刻，因而，其所触发的联想更为丰富。"《诗经》中的比兴，早将自然与人的感情结合在一起。而先秦的儒道两家，亦早已形成在自然中看人生的态度，把自然加以人格化了"①。桃花的凋落又常常与红颜的暗老和爱情追求的失落相联系。在中国古代文学史上，以花落寄寓情感的表达方式可以追溯到《诗经》中的《小雅·苕之华》篇，"苕之华，芸其黄矣。心之忧矣，惟其伤矣"，《毛传》："苕，陵苕也，将落则黄。"《孔疏》以"芸"为"极黄之貌"，"心之忧矣，惟其伤矣"则写出了生命由盛而倏忽转衰的深沉哀叹。这是中国古代文学中以花的凋谢表达生命流转的哀伤的渊源。而以桃花的凋落寄寓生命之慨叹的较早作品是曹植的《杂诗七首》其四："南国有佳人，容华若桃李。"② 我们可以清楚地看到，诗歌是以明喻的修辞手法，将这位倾国倾城的"佳人"之美比作桃李之花，结尾的"俯仰岁将暮，荣耀难久恃"即表达了佳人荣华短暂的悲感情韵。梁简文帝《梅花赋》"花色持相比，恒愁恐失时"③，美人迟暮之感是"物色摇情"的南朝之音，梁沈约《咏桃》"风来吹叶动，风去畏花伤……讵减当春泪，能断思人肠"，陈张正见《衰桃赋》"既而风落新枝，霜飞故叶，叹垂钓之夭童，怨倾城之丽妾"等作品，则建立了桃花飘零与女性青春易逝之间的稳固的比喻关系。

　　"中国传统思维方式是以形象中心主义为特征的，这种思维方式造成了中国人善于用直感的具体形象来表达思想的特点"④。流水的连绵不断契合了古人心目中的时间、年华等的不可复返，如

---

① 徐复观：《中国文学论集》，台湾学生书局1980年版，第53页。
② 《先秦汉魏晋南北朝诗·魏诗》卷七，第457页。
③ 《全上古三代秦汉三国六朝文·全梁文》卷八，第2997页。
④ 梁一儒、户晓辉：《中国人审美心理研究》，第64页。

《诗经·大雅·抑》中即有"肆皇天弗尚，如彼泉流"的感慨，《论语·子罕》中的"逝者如斯夫，不舍昼夜"① 的临流之叹更是痛切之言。而南朝乐舞《前溪歌》其六："黄葛结蒙笼，生在落溪边。花落逐水去，何当顺流还？还亦不复鲜。"② 则以落花逐水比喻爱情的不可追回。

这样看来，在中国古代特殊的文化背景下，"桃花"和"流水"便在时光的流逝、人生追求如理想、爱情的失落等方面具有某些相容性和共通性，因此，文人便以"桃花流水"意象含蓄地表达出这些复杂的人生情感。唐释贯休《偶作因怀山中道侣》"是是非非竟不真，桃花流水送青春"③，"桃花流水"意象的年华易逝的感伤情韵非常明显。而刘禹锡《忆江南》："春过也，共惜艳阳年，犹有桃花流水上，无辞竹叶醉樽前。惟待见青天。"④ 以对"艳阳年"的珍惜表达青春如"桃花流水"般的消逝之意。宋代魏夫人《减字木兰花》下阕："玉人何处？又见江南春色暮。芳信难寻。去后桃花流水深。"⑤ "桃花流水"表达的是爱情的缥缈之感。元代贡性之《送别》诗曰："江上船开起棹歌，离愁无奈故人何。桃花流水春三月，杨柳东风雨一蓑。"⑥ 其中的"桃花流水"则传达着浓浓的离别愁绪。

"桃花流水"意象是由"桃花"、"流水"这两个"凝聚了人类千百年来共同具有的特定感情而被不同时代、不同历史时期、不同个人所重复使用的现成意象所组成"⑦ 的复合意象。而中国古人在得天独厚的自然生态条件和成熟的农业生产实践中，培养了

---

① （汉）郑玄注，（清）刘宝楠正义：《论语正义》卷一〇，上海书店 1986 年版，第 188 页。
② （宋）郭茂倩辑：《乐府诗集》卷四五，上海古籍出版社 1993 年版，第 402 页。
③ 《全唐诗》卷八三六。
④ 《全唐诗》卷二八。
⑤ 《全宋词》第 1 册，第 268 页。
⑥ 《御选元诗》卷五八，《影印文渊阁四库全书》本。
⑦ 陈植锷：《诗歌意象论》，第 7 页。

"天地与我并生，万物与我为一"① 的思维方式，"桃花"与"流水"物候的共时性使二者建立了天然的联系，并且被赋予春天的象征这一原始意义。这一原始意义在不同时代的文学和文化背景作用下又产生了新的内涵，即仙境的象征、超脱境界的象征和人生复杂的感伤之情等意蕴。这些意蕴"既是过去的，也是现在的，包括它所蕴涵的特定环境中人类所产生的情感表现、审美情感和表达方式在内，组成了一个超越时间和空间的共存并发的独立系统"②。可见，"桃花流水"是中国古代文学中一个常见的意义丰厚的意象。

---

① （战国·宋）庄周撰，（清）王先谦集解：《庄子集解》卷一，上海书店1980年版，第13页。

② 陈植锷：《诗歌意象论》，第3页。

第七章　仙桃的文化意蕴及形成

第一节　民俗中的"桃与长生"

桃原产于我国，华北、西北的甘肃和陕西等地至今分布着大面积的野生桃树。先秦典籍对桃的记载很丰富。《春秋纬·运斗枢》云："玉衡星之精散为桃。"[1] 古人以为日月星辰是永恒的、具有神性的。宋代陈景沂《全芳备祖》自序言："尝谓天地生物岂无所自，拘目睫而不究其本原，则与朝菌为何异？竹何以虚？木何以实？或春发而秋凋，或贯四时而不改柯易叶，此理所难知也。且桃李产于玉衡之宿，杏为东方岁星之精。凡有花可赏，有实可食者，固当录之而不容后也。"[2] 这一思想可谓渊源有自。《易纬·通卦验》云："惊蛰大壮初九，桃始华，不花，仓库多火。"[3] 《逸周书·时训解》曰："惊蛰之日……桃始华，不华，是谓阳否。"[4] 可见，桃是古人常用的占卜物象之一，也说明了桃在古人心目中不同于普通果实的神圣地位。《吕氏春秋》卷五《仲夏纪·五月纪》言："是月也，天子以雏尝黍羞，以含桃先荐寝庙。"汉代高诱注曰："含桃是月而熟，故进之，先致寝庙，孝而且敬。"[5] 古代祭神是很庄严隆重的事情，人们以五月成熟的桃子来祭祀神灵，可见桃在古人心目中非同凡响的地位。

---

① （唐）欧阳询：《艺文类聚》卷八六，中华书局 1962 年版，第 1467 页。
② （宋）陈景沂：《全芳备祖》，农业出版社 1982 年版，第 9—10 页。
③ （唐）欧阳询：《艺文类聚》卷八六，第 1467 页。
④ 黄怀信等：《逸周书汇校集注》卷六，第 625 页。
⑤ （秦）吕不韦撰，高诱注：《吕氏春秋》卷五，第 39 页。

从植物学角度看，桃子与杏、梅子、李子等一样，是普通的果实。又据北魏贾思勰《齐民要术》："桃性皮急，四年以上宜以刀竖刮其皮，不刮者皮急则死。七八年便老，老则子细，十年则死。"① 言桃树的寿命较短。然而在中国传统文化中，独有桃与长寿结了缘，这是一种很奇怪的文化现象。这种现象是如何产生的呢？

"按照文化人类学功能学派的观点，认为在朴素的人类心理和生理上，有一种自发的对死亡的抗拒，认为人类具有灵魂，死亡就不是真的，既然灵魂不死，就会产生一种永生的信仰"②。延长寿命、享受现实人生是人类的本能和共同的愿望。而这一愿望在公元前四世纪的中国尤其强烈，《易·系辞》即曰："天地之大德曰生。"③ 古人重人生、重现实的文化心理可见一斑。恩格斯说："一切宗教都不过是支配着人们日常生活的外部力量在人们头脑中的幻想的反映。在这种反映中，人间的力量采取了超人间的形式。"④ 先民以幻化的方式认为现实世界之外还有一个灵魂世界，他们把长生不死的幻想寄托在时间方向上。永生的信仰是原始宗教产生的心理基础。先秦时期对于各种自然物的崇拜仪式、关于"不死"的传说，其实就是这种信仰的文化表现。《左传·昭公二十年》记载景公与晏子的对话，极为细致地说明了古人对长生的渴望："景公饮酒，乐，公曰：'古而无死，其乐若何？'晏子对曰：'古而无死，则古之乐也，君何得焉？昔爽鸠氏始居此地，季萴因之，有逢伯陵因之，蒲姑氏因之，而后太公因之。古若无死，爽鸠氏之乐，非君所愿也。'"⑤ 而在《山海经·海外南经》、《淮南子·时则

---

① （北魏）贾思勰撰，缪启愉、缪桂龙译注：《齐民要术译注》卷四，第264页。

② 罗永麟：《中国仙话研究》，上海文艺出版社1993年版，第58页。

③ （唐）李鼎祚：《周易集解》，巴蜀书社1991年版，第295页。

④ 恩格斯：《反杜林论》，人民出版社1970年版，第311页。

⑤ 《十三经注疏》整理委员会整理，李学勤主编：《春秋左传正义》卷四九，第861页。

篇》、《吕氏春秋·求人篇》分别有"不死国"、"不死之野"、"不死之乡"等的记载。《山海经·海外西经》中的轩辕之国之民"其不寿者八百岁";白民国的乘黄兽,"乘之寿二千岁";《大荒西经》有"颛顼之子,三面一臂,三面之人不死";《山海经·海内西经》中甚至有"不死之药"的记载。这些都是人们渴望长生的幻想,是神仙思想的萌芽。对"不死之药"的信仰甚至成为魏晋时期炼丹、服丹的心理依据,《抱朴子·内篇》卷四《金丹》:"夫金丹之为物,烧之愈久,变化愈妙。黄金入火,百炼不消。埋之,毕天不朽。服此二物,炼人身体,故能令人不老不死。"①

在这种普遍信仰长生的社会背景下,被人们认为具有灵性的物象,都可能用来附会和宣扬。桃子被先民美誉为嘉果,桃木也被奉为具有神性之物。到了汉代,桃的名气越来越大,一个重要的表现就是汉代关于桃的神性的传说和故事空前增多。秦、汉两朝的初期,社会安定,生活优裕,对现实人生和社会的享受成为时代的风尚,长生成为人们的美好幻想。汉代初年,朝廷奉行黄、老思想,"虽尊儒术,罢黜百家,实则五经与图纬并淆,儒生与方士合流"②,这就为人们追求长生的幻想提供了社会条件。东汉刘熙《释名》卷三"释长幼"云:"老而不死曰仙,仙,迁也,迁入山也。"③ 这样,长生不死就与"仙"联系起来了,成为"仙"的主要内容。其实,自从人类有生死意识起,就开始了"仙"的幻想和寻求,传说中的黄帝、遍尝百草的神农、巫咸、《庄子》中的"神人"、西王母、东王公等,都是先秦时期人们观念中的仙人形象。神仙信仰的形成与"不死"观念的形成和发展有直接关系,"神仙是随灵魂不死观念逐渐具体化而产生的一种想象或半想象的

---

① （晋）葛洪:《抱朴子》卷四,上海书店1986年版,第13页。
② 台静农:《台静农论文集》,安徽教育出版社2002年版,第18页。
③ （清）王先谦撰集:《释名疏证补》卷三,上海古籍出版社1984年版,第150页。

人物"①。"当人们最初创造出神仙形象时，首先突出的是其长生的特点"②。说到长生，不能不提及民间原始道教，它兴起于东汉末年，从教义上讲，它是一门现世的宗教，认为活着就要成仙，而成仙的一个重要标志就是长生。民间原始道教的产生，更加推动了人们对长生的幻想和追求。从思想体系上讲，中国古代的老庄思想、阴阳五行观念等都是道教的基础，如《尹喜内传》中就记载有"老子西游，省太真王母，共食碧桃、紫梨"的故事。关于尹喜，任继愈先生说："《庄子·天下篇》以关尹、老聃并称，盖与老子同时，亦作关令尹，后世又误作尹喜。《汉志》道家有《关尹子》九篇，早佚。今本《关尹子》出隋唐后人伪作，道教尊为《文始真经》。"③《尹喜内传》中所记老子西游事确立了桃在道教中的重要地位。又，《神农本草经》曰："玉桃，服之长生不死，若不得早服，临终日服之，其尸毕天地不朽。"④ 这是明确提出桃可以使人长寿的文献依据。关于"玉桃"，《述异记》云："昆仑有玉桃，光明润彻而坚莹，须以玉井泉洗之，便软可食。"⑤ 又《抱朴子》记曰："五原蔡诞入山而还，欺其家人，云到昆仑山，有玉桃、玉李，形如世间者，但光明洞彻而坚，以玉井水洗之，便软而可食。"⑥ 两处记载虽文字不同，然而对"玉桃"来源的说法是一致的，即产于昆仑山。古代传说和神话中，昆仑山是西王母所居之地，《山海经·西山经》曰："西南三百五十里，曰玉山，是西王

---

① 闻一多：《闻一多全集》卷一，生活·读书·新知三联书店 1985 年版，第 159 页。

② 聂石樵：《古代文学中人物形象论稿》，北京师范大学出版社 2000 年版，第 29 页。

③ 任继愈：《道藏提要》，中国社会科学出版社 1991 年版，第 4 页。

④ （清）陈梦雷编纂：《古今图书集成·博物汇编·草木典》卷二一九"桃部"，中华书局 1985 年版，第 66941 页。

⑤ （南朝·梁）任昉：《述异记》（上），（清·光绪）湖北崇文书局影印本，第 25—26 页。

⑥ （晋）葛洪：《抱朴子》卷二〇，第 100 页。

母所居也。"因此,把出产于昆仑山的桃称做"玉桃"。

关于《神农本草经》的成书年代,历来颇有争议,但一般认为是东汉年间的作品。① 这一时期,原始道教基本形成。服食玉桃可以长生的信念体现了原始道教中的神仙家思想。而道教人士为了增加道教的群众基础,扩大其影响,往往用一些绮丽的辞藻来渲染,与道教关系密切的桃被美其名曰"玉桃"。东汉统治者对原始道教的提倡和宣扬,使桃与成仙的联系愈发紧密,促使了有关桃的传说和仙话故事的诞生,加速了仙桃的文化地位的确立。

第二节 民俗中的"桃与仙"及文学表现

先秦、两汉之际,随着神仙方术思想的发展,文学领域的一个重要的现象是产生了表现神仙、灵异的小说。清代顾炎武《日知录》云:"尝考泰山之故,仙论起于周末,鬼论起于汉末,《左氏》、《国语》未有封禅之文,是三代以上无仙论也。"② 这是由于三代以前,先民"居黄河流域,颇乏天惠,其生也勤,故重实际而黜玄想"③。随着道教的发展,求仙的风气也越来越浓,与仙有密切关系的桃在仙话小说和故事中扮演了重要的角色。

论及桃的神异和有关的仙话传说,不能不提到东方朔和汉武帝。汉代应劭《风俗通义·正失》云:"朔之逢占射覆,其事浮浅,行于众僮儿牧竖,莫不炫耀,而后之好事者,因取奇言怪语附着之耳。"④ 言东方朔喜欢说奇言怪语,是当时著名方士,又是汉

---

① 王家葵、张瑞贤:《神农本草经研究》,北京科学技术出版社 2001 年版。崔锡章:《汉代医学典籍语法研究》,《医古文知识》2004 年第 4 期,第 40 页。

② (清)顾炎武撰,(清)黄汝成集释,栾保群、吕宗力校点:《日知录集释》,花山文艺出版社 1990 年版,第 1353 页。

③ 鲁迅著,周锡山释评:《中国小说史略》,上海文化出版社 2004 年版,第 16 页。

④ (汉)应劭撰,王利器校注:《风俗通义校注》卷二,中华书局 1981 年版,第 111 页。

武帝身边的人，而汉武帝是一个执著的求仙者。汉魏之际仙话的特点之一就是，主要人物或者托名者是当时的著名方士或者神仙家，这样可以增加神仙思想的可信度，如《十洲记》即署名东方朔，其实为魏晋间人作。因此，汉代仙话中常可见到东方朔和汉武帝。《汉武帝内传》云："七月七日，西王母降，命侍女索桃果。须臾，以玉盘盛仙桃七颗，大如鸭卵，形圆，青色。以呈王母，母以四颗与帝，三颗自食。桃味甘美，口有盈味。帝食，辄收其核。王母问帝，帝曰：'欲种之。'母曰：'此桃三千年一生实，中夏地薄，种之不生。'乃止。"《汉武故事》云："东郡献短人，帝呼东方朔。朔至，短人因指朔谓帝曰：'西王母种桃，三千年一着子，此儿不良，已三偷之矣。'"两则故事的情节大致相同，共同证明：在汉代，桃已经成为仙话小说最流行的题材，桃的声名空前显赫，人们对桃的认识由崇拜进而神化了。

由于时代和审美意识的发展，这些仙话和传说在魏晋南北朝获得了空前的生机。如果以前那些记载只是当时神仙家的附会和有目的的宣扬，这个时代则是以积极的姿态回应着，有关的题材以传说和异闻大量出现，葛洪《神仙传》和《抱朴子》、干宝《搜神记》、王嘉《拾遗记》、戴祚《甄异记》、刘义庆《幽明录》、宗懔《荆楚岁时记》、祖冲之《述异记》、杨衒之《洛阳伽蓝记》等都是这方面的代表作品。葛洪是促使道教由原始宗教向成熟宗教过渡的关键人物，其《神仙传》记载：原始宗教的创始人张陵率众弟子登云台山，忽遇一悬崖绝壁，上生桃树，生桃果实数百。张陵对众弟子说，谁能摘取那些桃子就把道教要义授予谁。弟子赵昇冒着生命危险，勇敢摘到了桃子，张陵遵守诺言，把道教要义传授给了赵昇。《神仙传》中还有"高丘公服桃胶而得仙"的记载。这都表现了对桃在道教中地位的肯定和宣扬。魏晋时期，随着道教的日益成熟，桃因为具有养生的功能而被大力推崇。到了北魏，人们对桃的神仙意义的认可更是明确，《洛阳伽蓝记·建春门》乃曰："（华林园）景阳山南，有百果园，果列作林，林各有堂，又有仙人桃，其色赤，表里照澈，得霜乃熟，云出昆仑山，一曰王母桃也。"①
这是关于"仙桃"的较早的文献记载。可见，"仙人桃"的说法并
非突然，它是在历代有关桃的神话和故事的基础上出现的。

　　桃为仙果在文学作品中也有反映，代表作是西晋傅玄《桃
赋》："有东园之珍果兮，承阴阳之灵和；结柔根以列树兮，艳长
亩而骈罗。""承阴阳之灵和"的桃被奉为了"珍果"。桃至少在秦
朝就已被用来祭奉神灵，《桃赋》以当时流行的"赋"体写出了桃
的珍奇和灵异，这在桃花题材文学史上是新颖的。此后，桃赋渐
多，历代皆有佳作，如伍辑之《园桃赋》、独孤授《蟠桃赋》、杨
思本《桃花赋》、皮日休《桃花赋》、吴淑《桃赋》、宋濂《蟠桃
核赋》等。这些赋作，继承傅玄之作，都篇幅不同地写到了桃的
仙话色彩。

　　魏晋时期，桃的文化内涵在各种领域的呈现，表明了桃的神话
地位已被广泛认可。而从宗教领域看，这一时期是道教逐步成熟的
关键时期，葛洪的《抱朴子》是道教摆脱原始宗教的巫术形态而
独立的标志。魏晋时期是"人的觉醒"（李泽厚《美的历程》中
语）时期，原始宗教的仪式和方法，只能满足人们对肉体不灭的
幻想，但是无法满足觉醒了的士大夫的精神需求，因此，在士大夫
对宗教需要有解释世界和人生的宗旨的要求下，道教便迅速成熟起
来了。然而，当道教崛起之时，外来的佛教也渐趋兴盛，两大宗教
在争取各自的社会地位方面展开了激烈的斗争。道教摆脱粗浅的原
始形式，将老庄的道家思想和巫术仪式结合，并吸收了佛经的有益
成分，终于使自己走向了成熟。由于特定的社会心理、习俗、文化
取向等因素的影响，与道教关系密切的"桃"也在这一时期而被
宣扬为仙品。唐代段成式《酉阳杂俎》载："九疑有桃核半扇，可
容米一升，及蜀后主有桃核杯，容水五升，良久如酒味，可饮。此

---

① （北魏）杨衒之撰，周祖谟校释：《洛阳伽蓝记校释》卷一，上海书店出版社
2004年版，第67页。

皆桃之极大者，昔人谓桃为仙果，殆此类欤"①！这是较为明确、直接提到的"桃为仙果"，"昔人谓桃为仙果"即言在唐代以前，桃早已被认为是仙果了。联系前面的论述，我们会得出桃在魏晋时期被确认为仙品的结论。

第三节　仙桃的意义与影响

在桃的仙话地位确立之后，随着时代的发展和人们审美认识水平的提高，桃与仙的关系也发生了变化，即由汉魏晋时的食桃可以成仙的观念演变成仙凡之间的美好爱情的寄托，南朝宋刘义庆辑《幽明录》、晚唐诗人曹唐"游仙"系列组诗、元代王子一《刘晨阮肇误入桃源》剧等都是这方面的代表作品。

神话是人类社会现实生活的反映，《山海经》、《十洲记》、《西京杂记》等典籍中的记载瑶台之桃、西王母之桃、老子西游所见碧桃等，都是人们对桃优良品种的想象，包含着人们对桃的美好期望。至少在秦朝时期，人们即用桃来供奉神了，此后成为一种风俗，历代传承，桃成为祝寿时约定俗成的仙果，如在今天百姓家的中堂可以见到的《寿星图》、《麻姑献寿图》、《八仙庆寿图》等祝寿图中，画面内容都离不开桃子。民间传说的三月三日王母娘娘的寿辰，蟠桃园里也是以大而美味的桃大宴众仙。

民俗生活中，用桃表示庆贺只是一种形式，其实是借具有仙文化内涵的桃表达心中美好的希冀。如明代倪岳《寿程詹事母夫人》诗中曰"青鸾忽报仙桃至，春色红酣映春容"②，显然是借仙桃表示祝福之意。当今生活中，我们就延续了这种用桃在生日或寿辰时表达祝福的形式，即使没有桃子，人们也会用面粉或米粉等做成桃

---

① （唐）段成式撰，方南生点校：《酉阳杂俎》卷一〇，中华书局1981年版，第100页。

② （明）倪岳：《青溪漫稿》卷七，《影印文渊阁四库全书》本。

形物代替。

人不仅是生物性的生命个体存在，还是有意识的社会性存在，因此可以感受社会和文化。卡西尔认为，人除了一般生命体所具有的感受系统、效应系统外，还具有一种称之为"符号系统"的第三系统，因此人就不仅是生活在单纯的物理世界中，而且还生活在一个符号世界中，这个符号世界包括神话、语言、艺术、宗教、历史、科学等。① 人通过这些符号系统传递社会信息，成为文化的载体。当外部的社会文化信息如时代审美风尚、艺术风格和社会风俗习惯等的某些方面重复作用于他，并且"当这种重复达到一定数量时，外部的社会心理内化到他的脑中，就成为一种概括化的、言语化的、简缩化的情结"②。桃与仙的关系被反复地再现于古代神话和小说等领域，以至于这种看似荒诞不经但又有很广的接受面的认识积淀成一种民族审美心理倾向和集体无意识。在原始社会中，最先被赋予巫术力量的往往是那些最贴近人类生活的动物或者植物。桃在先民生活中有极其重要的地位而较早地被关注，方士的夸张和宣传迎合了秦始皇、汉武帝的求仙心理，对桃的仙化起到了推波助澜的作用。上有所好，下必甚之。于是桃与仙、桃为仙果的观念便被人接受了，这种观念会在古代人的心中逐渐固定而成为一种信仰。

在民族意识中，那些流传广泛的民间信仰往往有着深刻的文化渊源，仙桃也是如此。首先，桃实本身具有医疗价值，桃的神灵性获得了人们普遍的认同。其次，方士、神仙家的附会和宣扬更加强了这一认识。方士的宣扬接近原始宗教。宗教的本质是窃取人和自然的一切内涵，转而赋予一个彼岸的神的幻想，而神又从它丰富的内涵中恩赐若干给人和自然，因此，它可以带给人们某些精神的慰藉。总之，仙桃信仰是由于对桃的崇拜而形成的一种民俗认识，是人们精神世界的一种寄托，是民俗生活中的一种仪式和礼节。

---

① ［德］卡西尔著：《人论》，甘阳译，上海译文出版社1985年版，第33页。
② 童庆炳：《文学艺术与社会心理》，高等教育出版社1997年版，第70页。

第八章 "桃花源"题材、意象及其文化意蕴

　　文学和文化对陶渊明的关注形成了琳琅满目的陶渊明文化，如有关的传说、诗文、典故、文学主题和题材等，"桃花源"即是其一。"桃花源"是陶渊明在《桃花源记》并诗中所想象的理想和睦的人间社会，它宁静、富饶、淳朴，引起了历代文人和艺术家的注意：他们或者追加相关的神话和传说，或者附会有关古迹，或者创作大量的咏叹诗文，或者将有关题材付诸绘画等，而刘义庆《幽明录》中的刘晨、阮肇天台山食桃遇仙故事被当成爱情的"桃花源"。可以说，"桃花源"题材在历代的接受过程中，意义不断衍生，也渐渐丰满。研究领域对"桃花源"也多有探讨，本章将在综合已有成果的基础上，以主题学的研究方法，分析"桃花源"思想产生的条件，探究古代文学史上不同时代、不同文人笔下的"桃源"风貌和特色，以此来呈现"桃花源"主题的不断演进和变化的态势，从另一角度展现"桃花源"意象的绵绵不绝的艺术魅力。

第一节　中国古典文学"桃花源"思想的渊源

　　中国文学中的"桃花源"主题思想包含两个方面的内容：一是陶渊明《桃花源记》中的"桃花源"所蕴涵的哲学和社会理想图景；二是刘义庆辑《幽明录》中所记刘晨、阮肇天台山遇仙而发生的人仙之间美好爱情的故事。在历代文学发展和传承的过程中，陶渊明的"桃花源"与刘、阮的爱情"桃花源"这两个文学

主题和文学意象被作为避世隐居和求仙艳遇的文化符号而再现着绵绵不绝的生命力。

一　陶渊明的"桃花源"——理想的生活世界

　　陈寅恪先生《桃花源记旁证》说："陶渊明《桃花源记》寓意之文，亦纪实之文也。"① 正是因为桃源之"纪实"成分，所以历来对桃花源究竟在何地的探讨较多。如明代吴宽《家藏集》卷四六《送刘武陵诗引》云："盖古桃源实在武陵境内，今则别自名县矣。"② 清余良栋等修《桃源县志》卷一三引杜维耀《桃源洞说》认为桃源洞去桃源县邑治三十里。其实，这些皆为附会之说。对于陈寅恪先生在《桃花源记旁证》一文中将桃源的原型认定在北方弘农县的看法，龚斌《陶渊明集校笺》中即认为"此殆臆说而已"③。而当今的研究领域，关于桃源到底是在武陵还是别处的争论也呈众说纷纭状态。其实，在现实生活中，找到与陶渊明笔下的桃源地貌和环境近似之处当不是一件困难的事情，正如《广群芳谱》卷二六引《纪谈录》所云："陶渊明所记桃花源，人谓桃花观即是其处，不知公盖寓言也。"④ 《桃花源记》首先是一篇文学作品，若刻板地在现实中寻找真实的桃花源，其实是在某种程度上将文学作品等同于现实纪闻了，有损于文学的艺术性，因为"艺术的意义是一种想象出来的情感和意绪，或是一种想象出来的主观现实"⑤。

　　当然，桃花源的构想也是有着现实的成分的。桃花源人居山自

---

① 　陈寅恪：《陈寅恪集·金明馆丛稿初编》，生活·读书·新知三联书店 2001 年版，第 188 页。

② 　（明）吴宽：《家藏集》卷四六，上海古籍出版社 1991 年版，第 412 页。

③ 　（晋）陶潜撰，龚斌校笺：《陶渊明集校笺》，上海古籍出版社 1996 年版，第 409 页。

④ 　（清）汪灏等：《广群芳谱》卷二六，第 641 页。

⑤ 　[美] 苏珊·朗格著：《艺术问题》，滕守尧等译，中国社会科学出版社 1983 年版，第 109 页。

保是当时社会现实的反映，如陈寅恪先生在《桃花源记旁证》中所列举《三国志·田畴传》、《晋书》苏峻、祖逖等人传记等就是这一方面的内容。程千帆先生在《古诗考索》中《相同的题材与不同的主题、形象、风格——四篇桃源诗的比较研究》一文中引用唐长孺《读〈桃花源记旁证〉质疑》一文的观点可与之互读。①徐志啸《"桃花源"="乌托邦"》一文也有大致相同的观点（见《中国文学研究》1995年第1期）。《桃花源记》结尾所云南阳刘子骥之事，《世说新语》"栖逸"第十八："南阳刘骥之，高率，善史传，隐于阳岐。于时苻坚临江，荆州刺史桓冲将尽吁谟之益，征为长史，遣人船往迎，赠贶甚厚。骥之闻命，便升舟，悉不受所饷，缘道以乞穷乏。"②又《太平御览》卷五〇四引《晋中兴书》曰："刘骥之字子骥，一字道民。好游于山泽，志在存道，常采药于名山，深入忘返。见有一涧水，南有二石囷，一囷开，一囷闭，或说囷中皆仙方秘药，骥之欲更寻索，终不能知。桓冲请为长史，固辞，居于阳岐。"③《初学记》卷五所引臧荣绪《晋书》与此略同，《晋书·隐逸传》从之。今人余嘉锡《世说新语笺疏》中也这样认为："《初学记》卷五引臧荣绪晋书略同。惟名山作衡山，今晋书隐逸传从之。案此叙骥之所见，颇类桃花源，盖即一事而传闻异辞。陶渊明集五桃花源记，正太元中事，其末曰：'南阳刘子骥，高尚士也。闻之，欣然规往，未果，寻病终。后遂无问津者。'据记，骥之盖即卒于太元间。晋书谓骥之为光禄大夫耽之族。而渊明作其外祖父孟嘉传，言耽与嘉同在桓温府，渊明从父太常夔尝问嘉于耽，则渊明与耽世通家，宜得识骥之，故知其有欲往桃源事，惟不知与晋中兴书所记，孰得其真耳。嘉锡又案：搜神后记卷

① 　程千帆：《古诗考索》，上海古籍出版社1984年版，第27页。

② 　（南朝·宋）刘义庆撰，（梁）刘孝标注：《世说新语》卷（下），上海古籍出版社1982年版，第348页。

③ 　（宋）李昉等：《太平御览》卷五〇四，第2300页。

一兼载桃源及衡山二事，其书即托名陶潜。但易桃花源记中之南阳刘子骥为太守刘歆，作伪之迹显然。然亦梁以前书也。"① 余嘉锡先生根据陶渊明所作《孟嘉传》，认为刘骥之与南阳光禄大夫刘耽为同一宗族，陶渊明从父陶夔曾问孟嘉于刘耽，因而应知刘骥之之事，写《桃花源记》时采取了刘骥之入山采药之传说。这是较为可信的说法。

总之，桃花源是陶渊明笔下的一个文学意象，并非实有其地，而是以当时社会现实和传闻为素材，寄寓自己理想的虚实浑涵之境。那么，陶渊明的"桃花源"思想是怎样产生的呢？

《桃花源记》以武陵渔人所见为线索，描写出一幅这样的田园风光："土地平旷，屋舍俨然，有良田、美池、桑竹之属。阡陌交通，鸡犬相闻。其中往来种作，男女衣着，悉如外人。黄髪垂髫，并怡然自乐。"②《桃花源诗》亦云："相命肆农耕，日入从所憩。桑竹垂余荫，菽稷随时艺。春蚕取长丝，秋熟靡王税。荒路暖交通，鸡犬互鸣吠。俎豆犹古法，衣裳无新制。童孺纵行歌，斑白欢游诣。草荣识节和，木衰知风厉。"③ 俨然一幅上古时期的农耕图。丹纳《艺术哲学》这样认为："作品的产生取决于时代精神和周围的风俗。"④ 这其中包含了两层意思，即艺术创作体现出艺术品产生的时代性和地域性的文化特征。晋末大乱，各个政治集团之间互相倾轧，大肆杀戮异己，百姓居无定所，道路断绝，千里无烟。在残酷的现实背景下，本欲大济苍生的诗人深深叹息："哀哉，士之不遇，已不在炎帝帝魁之世。"于是"逃禄而归耕"、"甘贫贱以辞荣"，憧憬着"汩以长分"的"淳源"⑤，在陶渊明的心里，远古帝王时期"悠悠上古，厥初生

---

① 余嘉锡：《世说新语笺疏》，中华书局1983年版，第658页。
② （晋）陶潜：《陶渊明集》卷六，线装书局2000年版，第1页。
③ 同上书，第4页。
④ ［法］丹纳著：《艺术哲学》，傅雷译，人民文学出版社1988年版，第32页。
⑤ （晋）陶潜：《感士不遇赋》，《陶渊明集》卷五，第111页。

民。傲然自足，抱朴含真"① 的生活永远是值得怀恋的，《桃花源诗》和《桃花源记》中所描写的有着古朴民风的桃花源就是这种思想的体现。

魏晋时期，隐逸之风盛行。"由于农业工商业之日益发达，政治机构之日益庞大，发生了人口集中都市的现象，隐士才感觉到江上风清与山间明月那种恬静的环境，是如何地值得留恋，于是情不自禁地在抒情的诗歌中加进了很多描写自然风物的成分。那时代的代表人物是陶潜"②。而魏晋时期的隐逸又呈现出鲜明的时代特色：超然物外，内在自足。嵇康《难自然好学论一首》中的一段话具有代表性："洪荒之世，大朴未亏。君无文于上，民无竞于下。物全理顺，莫不自得。饱则安寝，饥则求食，怡然鼓腹，不知为至德之世也。"③ 嵇康在司马氏专权以前也是致力于自然与名教的调和。他以道家的观点和方法去追求像唐虞之世那样完美的理想社会，他所理解的自然与名教的关系问题其实就是社会秩序以及社会的根本原则问题。嵇康认为，只要帝王具有民胞物与的情怀和精神境界，以道家自然无为的思想来治理天下，就能达到君臣相安、百姓富足的社会状态。但是，在高平陵政变以后，现实的黑暗使嵇康的太平之世的构想变成了茫然缥缈的梦想。然而他并未与现实妥协，按照道家的宇宙发生论的逻辑，嵇康虚构了一个自然状态的"洪荒之世"，其中所流露出的对"洪荒之世"的缅怀是基于"物全理顺，莫不自得"的恬淡怡然。这是与庄子的无为平易思想一脉相承的。《庄子·刻意》第十五云："故曰，夫恬淡寂漠，虚无无为，此天地之平，而道德之质也。故曰，圣人休休焉，则平易矣。平易则恬淡矣，平易

---

① （晋）陶潜：《劝农》，《陶渊明集》卷一，第 21 页。
② 蒋星煜：《中国隐士与中国文化》，第 83 页。
③ 《全上古三代秦汉三国六朝文·全魏文》卷五〇，第 1336 页。

恬淡则忧患不能入，邪气不能袭，故其德全而神不亏。"① 而
"作为隐士的陶渊明，他不是巢父、伯夷的再生，他在精神上更
多地秉承了庄子、嵇康的一脉，而又极鲜明地表现出了自己独立
的隐逸人格"②。陶渊明无论从思想上还是从行动上，似乎较庄
周和嵇康更遥慕唐尧之世的淳朴和自然适性，因此，他在《桃花
源记》中畅想着怡然自足的人间乐园：远离尘嚣、宁静富饶、古
朴和睦。充满人间平实幸福的"桃花源"就这样产生了。

二　天台山"桃花源"——理想的情爱世界

刘义庆《幽明录》中也有与《桃花源记》类似的情境故事。
《太平广记》卷六一引《神仙传》"天台二女"条："刘晨、阮肇
入天台采药，远不得返。经十三日，饥，遥望山上有桃树，子
熟。遂跻险援葛至其下，噉数枚，饥止体充，欲下山以杯取水，
见芜菁叶流下，甚鲜妍。复有一杯流下，有胡麻饭焉。乃相谓
曰：'此近人矣。'遂渡山。出，一大溪，溪边有二女子，色甚
美……因邀还家……酒酣作乐。夜后，各就一帐宿，婉态殊绝。
至十日，求还。苦留半年，气候草木常是春时，百鸟啼鸣，更怀
乡，归思甚苦。女遂相送，指示还路。乡邑零落已十世矣。"③

故事产生的时代为政权更替频繁、灾难不断的南朝，人们的
生存受到了极大的威胁，而作为生命本能的情爱，无疑也是受到
压抑的，这反过来可能更能激发起人们对爱的自由和美好境界的
向往。而这种向往使创作主体对现实和自身有一种超越的内在要
求，主体在这种超越中得到了虚幻的满足，"幸福的人决不会幻
想，只有那些得不到满足的人才会幻想。得不到满足的愿望是幻

---

① （清）王先谦集解：《庄子集解》卷四，第96页。
② 罗小东：《古典文学与传统文化》，北京文化艺术出版社2001年版，第124
页。
③ （宋）李昉等：《太平广记》卷六一，第383页。

想的驱动力，每一个幻想都是一个愿望的满足，一个对不予人满足的现实的矫正"①。因此，《幽明录》故事的理想性显而易见。刘、阮二人偶遇的女子是资质双绝的仙女。美丽的女性一直是中国男性作家情感和生活失意的慰藉，是他们创作的灵感。在中国古代文人心目中，美丽多情的女子是纯真自然的代表，是与现实政治相悖的美好存在。故事中的两位仙女不仅婉态殊绝，而且温柔体贴，使身处异境的刘晨和阮肇体会到了无私的爱。而这种无私的爱无疑是作家自我的心理需求，是对他们遁世思想的包容和寄托。另外，还应注意的是，故事中的人神相恋是以性爱的需求为基础的，仙女是虚幻的形象，但是，她们主动示爱的行为其实是作家心理欲望的反映。也正是基于以上的两点，我们可以说，无论是陶渊明的笔下的那个恬美舒适、无税无捐的桃源社会，还是刘晨、阮肇与仙女的爱情，都是理想中的极致，它们都太瑰丽完美，因而令人无限倾情地追寻，并借以寄托对自由和无碍世界的欣羡和希冀。因此，在后代的诗文创作中，刘晨和阮肇的这次天台艳遇被看成爱情的"桃花源"。这种现象的出现无疑是陶渊明《桃花源记》的深刻影响的结果。

总之，在后代的文学创作中，这两种意义上的"桃花源"都因为具有着深厚的文化底蕴而吸引着历代文人反复吟咏，无限追索，从而形成了意蕴丰富、形式多样的"桃花源"文化。

第二节 《桃花源记》(并诗)中的 "桃花"意象

"桃花源"具有浓厚的思古之幽情。对于陶渊明这种尚古的思想感情的形成，研究者曾经予以深入的探讨，如孟二冬先生

---

① ［奥地利］弗洛伊德：《创作家与白日梦》，见《美学译文》3，中国社会科学出版社1984年版，第331页。

《中国文学中的"乌托邦"理想》一文，从中国文学"乌托邦"的历史传统为切入点，认为中国文学"乌托邦"早在先秦时期即已经萌芽，《诗经·魏风·硕鼠》所表达的对"乐土"的追求和呼唤，《老子》描写的"小国寡民"的绝圣弃智的生活，《列子》中对华胥国的寓言式描写等都对陶渊明的桃花源思想产生了深刻影响，因此，桃源思想是中国文学的典型的"乌托邦"。研究领域的代表论述如刘明华《理想性·神秘性·历史真实——对〈桃花源记并诗〉的多重解读》等，从历史与文化的角度分析了桃花源思想的实质，为我们进一步研究提供了重要的参考资料。如果我们从文学意象的角度来探讨陶渊明的桃花源思想将是一个较为新颖的角度。《桃花源记》中写到的意象很多，其中植物意象较为丰富，如桃、桑、竹、菽、稷、豆、草、木等，而陶渊明却以"桃花"命题其文，这其中一定有着深刻的思想和文化背景。那么，桃花意象在陶渊明的《桃花源记》中有什么作用呢？我想大概有以下三个方面。

一　人间仙乡的象征

"在那（生活）源泉深处，有着艺术的社会意义，它不断在培育着时代精神，因为它要产生那些时代最急需的形式。艺术家退出了他所不满的现实以后，他的渴求便来到无意识——以便最适于弥补时代精神的不足与片面性的原初意象——之中。艺术家抓住这种意象，并把它从无意识深渊中提取出来，与此同时，使之与意识值产生联系，从而改变其形态，直到它能为同时代人所接受。"①《桃花源记》中的"桃"是一个凝聚了丰富悠久的传统文化内涵的意象。在上古时期的神话传说中，它是神仙世界或仙境中的重要景物。《春秋运斗枢》即言桃为"玉衡星之精"散布

---

① ［瑞士］C. G. 荣格著：《人，艺术和文学中的精神》，卢晓晨译，晏玄校，工人出版社1988年版，第92页。

各地而成。《山海经》中的《西山经》、《北山经》、《大荒西经》等篇章中，有着诸如桃山、桃水的丰富记载。夸父之山就是因为覆盖着幅员三百里的桃林而闻名遐迩的。西王母的园圃也以三千年一结果的蟠桃装点着神秘的天国。众多的仙境也常常冠之以桃花之名，如桃花洞等，陶渊明的桃花源之名的由来当不无这方面的因素。"为什么一定社会的人正好有着这些而非其他的趣味，为什么他正好喜欢这些而非其他对象，这就决定于周围的条件"①。因此，对作品中的桃意象进行诠释不失为理解"桃花源"思想内涵的一个新角度。

桃，从"木"，"兆"声，可见，古人在最初即认为"桃"含有吉祥之意。因此，在先秦神话中，桃木是避邪的用具，即可以"扫不祥"、"除凶邪"。两汉之后，与中国传统文化中的五行说、道教神仙之说结合，原来在神话中只是作为巫术之用的桃，又衍生出仙桃长生之意。魏晋南北朝时期，"随着道教活动的逐步展开，各种神仙道人故事不断产生，以此为内容的传记体小说也日渐增多"②。如葛洪《神仙传》、张华《博物志》等都有相关故事和传说，这对陶渊明的《桃花源记》的构思不无影响，如宋代王观国《学林》卷四即云："渊明所记，但言晋武陵人捕鱼，从溪而入。既出，迷，不复得路，而不着其姓名，与《博物志》言近世有人居海上同，皆无姓名、实迹。"③又由于桃与道教的密切关系，关于桃的仙化小说和传闻也在这一时期蔚为大观。生活于这一时代的陶渊明也受这种文化的影响，取意桃被时代所赋予的文化内涵当是极自然的事情。在中国文化史上，对仙界的描写主要有两个途径：一个是从《山海经》而来，另一个是对两汉神仙小说的继承，都

---

① 〔俄〕普列汉诺夫著：《论艺术·没有地址的信》，曹葆华译，生活·读书·新知三联书店1973年版，第28页。

② 卿希泰主编：《中国道教》，东方出版中心1994年版，第55页。

③ （宋）王观国撰，田瑞娟校点：《学林》卷四，中华书局1988年版，第122页。

是用以表达逍遥与长生的美好愿望。陶渊明《读山海经》其八就表达了这种长寿之愿："自古皆有没，何人得灵长。不死复不老，万岁如平常。赤泉给我饮，员邱足我粮。方与三辰游，寿考岂渠央。"① 在《读山海经》中，陶渊明也表达了对桃林的神话意蕴的认可，如其九："夸父诞宏志，乃与日竞走。俱至虞渊下，似若无胜负。神力既殊妙，倾河焉足有。余迹寄邓林，功竟在身后。"② 龚斌《陶渊明集校笺》云："邓林，地名，即桃林。《山海经·海外北经》郝懿行笺疏：'《列子·汤问篇》云：邓林弥广数千里'。"③ 袁珂《山海经校注》："郭璞云：'桃林，今宏农湖县阌乡南谷是也，饶野马山羊山牛也。'珂按：桃林，毕沅说即桃林，是神话中夸父弃杖所化而成林者。"④

但是陶渊明似乎不愿沉湎于对虚无之乡的幻想，其《连雨独饮》曾言："运生会归尽，终古谓之然。世间有松乔，于今定何闻。"⑤ 所以，尽管陶渊明所憧憬的"桃花源"是一个融合了历史、神话等内容的虚拟所在，然而，这个虚拟之所的幸福生活场景却充满了浓郁的人间烟火气息，我们看到，桃花源内是一个"秋熟靡王税"的地方，人们的生活节奏应和着自然的律动，没有人为意味的历法，人们在草荣木衰中感受生命的周期。茂密的桑竹则洋溢着浓浓的田园风情，黄发垂髫、怡然而乐的场景又充满了温馨的人间亲情。所有这些平常事、平常情、平凡人的描写都告诉我们，陶渊明笔下的桃源乐土不在仙界，而是立足于人间，因此，艺术表现的视角仍然是人间化的。

---

① （晋）陶潜：《陶渊明集》卷四，第 105 页。
② 同上。
③ （晋）陶潜撰，龚斌校笺：《陶渊明集校笺》，第 347 页。
④ 袁珂校注：《山海经校注》，上海古籍出版社 1980 年版，第 140 页。
⑤ （晋）陶潜：《陶渊明集》卷二，第 42 页。

二 古朴乐园的烘托

从人们对桃花意象的审美认识发展过程看，晋宋之际，已经开始了实用兼审美的历史，陶渊明以缘溪百步的桃花点缀这个古朴的村落即是桃花实用和审美价值兼具的明证。首先，桃花是桃源村的物候历志。上古时期，桃花是重要的春季物候之花，《夏小正》、《礼记·月令》中都有相关记载。桃源村人"相命肆农耕，日入从所憩。桑竹垂余荫，菽稷随时艺……俎豆独古法，衣裳无新制……草荣识节和，木衰知风厉，虽无纪历志，四时自成岁"。单单凭着植物荣枯，即能安排稼穑，而其中最能承担起"节和"、"风厉"标志的无疑是桃花。其次，桃花景观是这一古朴村落的亮点。"语言借以重新组织形象的一个基本手段，就是语词之间的空间关系"①。陶渊明心中乐园的背景是夹岸而生的桃花与淙淙潺潺的溪水，桃花的粉红与邻色——流水的明丽——相互求索对方的方式，对人们的视觉极具一种积极的吸引力，素朴的村落因而显得烂漫之至。

三 和平色彩的渲染

"桃林"自古就是和平、幸福的象征。《尚书·周书·武成》"桃林"："（武王）乃偃武修文，归马于华山之阳，放牛于桃林之野，示天下弗服。"对于这段记载，宋代蔡沈《书经集传》云："知武王之不复用兵也。此当在万姓悦服之下。"②郭璞《山海经》卷五注曰："桃林，今弘农湖县南谷中是也，饶野马、山羊、山牛也。"前面已有论述，"桃林"地名的来由是因为当时那里生长着大面积桃树林。"万姓悦服"，水草丰美，牛羊肥硕，广袤的桃林

---

① ［美］鲁道夫·阿恩海姆著：《艺术心理学新论》，郭小平、翟灿译，商务印书馆1996年版，第123页。
② （宋）蔡沈：《书经集传》卷四，上海古籍出版社1987年版，第73页。

因而具有和平幸福的色彩，使桃花源洋溢着恬淡宁静祥和的气氛。

文化和典故意义的注入，丰富了"桃花源"中的"桃花"意象的内涵，即使我们不具备对以上这些典故的理解能力，仅仅凭着那"芳草鲜美，落英缤纷"①的色彩的和谐以及生命的润泽，也足以让我们感受到那其乐融融的气氛了。如果再对比一下《晋诗》卷十九"吴声歌曲"中同样写桃之落花的诗，我们就更能体会到这一点了，诗曰："春桃初发红，惜色恐侬摘。朱夏花落去，谁复相寻觅。"一种落花，两种心境。这首诗歌着笔于眼前的桃花之初发，珍爱着其当下的娇嫩之美，然而却向后想到了它终将衰败的将来，因而涌发出隐隐的感伤之意。而陶渊明则只是驻足于眼前桃花的缤纷之美，让落花的刹那绚丽在审美视野中定格，尽情领略飘若红雨的美感。

总之，通过《桃花源记》中的"桃花"意象我们看到，桃源村里，鸡犬桑麻，淳古之极；桃花流水，自在自得，一如《庄子·天地》第十二所云："朴素而天下莫能与之争美。"②道家"天人合一"的思想，庄子的美感哲学，文人的乐感文化心理，都在"桃花源"得到了充分具体的表现。正如明代张岱《桃源历序》所云："天下何在无历？自古无历者，惟桃花源一村。人以无历，

---

① 此处"落英"之意为落花，而"缤纷"之意为繁盛貌。班固《前汉书》卷五七（上）《司马相如传》第二十七（上）有"垂条扶疏，落英幡缅"的描写，唐代颜师古曰："扶疏，四布也。英，谓华也。幡缅，飞扬貌也。"又梁沈约撰《宋书》卷二二"志"第十二"乐"四有"百草凋索花落英"的乐名，亦为落花之意。同书卷二九"志"第十九"符瑞"下记曰："大明五年正月戊午，元日，花雪降殿庭，时右卫将军谢庄下殿，雪集衣，还白，上以为瑞。于是，公卿并作花雪诗。史臣按：诗云：'先集为霰'，韩诗曰：'霰，英也'。花叶谓之'英'。离骚云：'秋菊之落英'，左思云：'落英飘飘'是也。"龚斌《陶渊明集校笺》"芳草"条的校记认为："'草'，曾本、苏写本作'华'。按，若作'华'，与下句'落英缤纷'词义重复，当做'草'是。"（见龚斌《陶渊明集校笺》，第403页）明代陈第《屈宋古音义》卷二释"佩缤纷以繁饰，芳菲菲其弥章"之"缤纷"为"盛貌"。南朝范晔《后汉书》卷七〇（上）《班彪传》亦释"红罗飒缅，绮组缤纷"中"缤纷"为"盛貌也"。

② （清）王先谦解：《庄子集解》卷四，第82页。

故无汉无魏、晋；以无历，故见生树生，见死获死，有寒暑而无冬夏，有稼穑而无春秋；以无历，故无岁时服腊之扰，无王税催科之苦，鸡犬桑麻，桃花流水，其乐何似？桃源以外之人，惟多次一历，其事千万，其苦千万，其感慨悲泣千万。乃欲以此历历我桃源，则桃源之人亦不幸甚矣。"① "乐"是桃源人生活的基调和境界。"泛览周王传，流观山海图。俯仰终宇宙，不乐复何如？"② 生活的贫寒与忧苦，都被诗人委运任化的生命态度一笑置之，展现着平凡现实的乐感色彩，而"桃花源"即是他"乐"感人生哲学的绝好体现。陶渊明借这远离尘嚣的桃源之乐化解现实生活和压力和痛苦，这便是《桃花源记》创作的思想意图和主题思想。

第三节 《桃花源记》(并诗)的隐逸和避世主题

"艺术是创造出来的表现情感概念的表现性形式。这样一种表现性形式本身是一个恒量，然而，对这种表现性形式的创造方式却是一种时时改变的变量……而其中最重要的变化性因素是艺术家意在表达的概念"③。历代慕陶、崇陶的文人和士大夫，无不以自己独特的方式诠释着"桃源"内涵，由此产生了大量关于"桃花源"的神话传说和附会之古迹、咏叹诗文、绘画作品等，形成了丰富多彩的"桃源"文化，而历代以"桃花源"为题材的文学作品成为其中的亮点之一，并且引起了研究领域的关注，主要的研究成果如下。

程千帆《相同的题材与不同的主题、形象、风格——四篇桃源诗的比较研究》、戴伟华《超越与回归——从〈桃花源记〉、〈游

---

① （明）张岱撰，夏咸淳校点：《张岱诗文集》，上海古籍出版社1991年版，第115页。

② （晋）陶潜：《读山海经》其一，《陶渊明集》卷四，第102页。

③ ［美］苏珊·朗格著：《艺术问题》，滕守尧等译，第108页。

仙窟〉到〈仙游记〉》、刘中文《异化的乌托邦——唐代"桃花源"题咏的承与变》、刘明华《桃源望断无寻处——论"桃花源"及其变体》、何胜莉《桃源母题的异代阐释》等。

这些论文都是将"桃源"视为一种文学题材而进行研究的。戴伟华、刘中文、何胜莉、刘明华之文大致是按照程千帆先生的构思模式写的，只不过戴伟华《超越与回归》一文是从通俗文学的角度切入的，刘中文《异化的乌托邦》一文是从唐代诗歌中的"桃源"题材谈的，刘明华之文是将《桃花源记》作为一篇叙事小说，主要讨论了宋代几篇与之有着大致相同构思程式的小说。而将"桃源"作为一种原型意象进行探讨的主要有赵山林《古代文人的桃源情结》、李红霞《论唐代桃源意象的新变》等，这些无疑都对我们的进一步研究提供了重要的参考价值。

然而，这对纷繁复杂的"桃花源"题材和意象文学作品的研究还是不够的，仍然缺少一个在系统梳理和考察基础上的深入细致的研究工作。通过对历代有关的文学作品进行解读和分析，我们发现这些作品大致是在两个方面继承和发展了陶渊明的"桃花源"原型意象：一是以"桃花源"的传说和故事为题材进行文学或艺术如绘画等创作，生发出对陶渊明笔下的"桃花源"构思的各种解读。二是直接以"桃花源"、"桃源"或者"武陵源"等意象写入作品，在表现出对"桃花源"原型意义的认可和接受的同时，也显示出对"桃花源"原型意义的发展和丰富。

综观古代文学中的"桃花源"题材作品，大致有三个方面的主题：一是避世、隐逸主题，主要源自于陶渊明《桃花源记》；二是桃源题材的仙化主题，呈现出陶渊明笔下的"桃花源"与刘义庆《幽明录》中的天台"桃花源"分、合兼具的现象；三是情爱主题，主要源自于《幽明录》中的刘晨、阮肇天台山艳遇的故事。

英国心理学家布劳用"心理的距离"解释审美现象，使心理距离说成为西方现代美学中最有影响的审美心理学说之一。朱光潜对此观点进行了明确解释："（距离）就消极的方面说，它抛开实

际的目的和需要；就积极方面说，它着重形象的观赏。它把我和物
的关系由实用的变成欣赏的。就我说，距离是'超脱'。就物说，
距离是'孤立'。"① 这就是说，审美欣赏需要和实际生活、实际行
为目的有一定的距离，要摆脱现实的羁绊、摈除欲望，以超脱的、
无功利的态度去欣赏客观事物，才能获得美感。《桃花源记》中的
"武陵渔人"与"桃花源"的相遇，具体形象地阐释了这一理论。
渔人之所以能幸遇那片牧歌般恬淡的田园风光，是因为他尘心顿释
的超然，而他幻想再次寻求桃源却"不复得路"的怅惘又从反面
论证了桃源世界的纯净与本真，也说明了桃源是与世俗"异源"
的理想之地。

　　"武陵人"的身份也是桃源意象超凡脱俗意义的重要砝码。中国
的隐逸文化源远流长，《诗经》中《卫风·考槃》即褒扬了隐逸的
行为。隐者的形象多姿多彩，如《高士传》所载巢寝之"巢父"，
披裘负薪之"披裘公"等，而《庄子·渔父》、屈原《渔父》篇则
奠定了"渔父"高士形象的基础。庄、屈笔下"渔父"形象的遗风
流韵成为魏晋文人清谈的重要话题②，形成了氛围浓厚的隐逸文化，
"渔父"形象在这一时期被认定为清静无为、无执无待、任真率性的
人格精神的象征，如《晋书》卷八七李玄盛《述志赋》中有"蔑玄
冕于朱门，羡漆园之傲生。尚渔父于沧浪，善沮溺之耦耕"③的表
达，同书卷九二云："安期解褐于秀林，渔父摆钓于长川。如斯则化
无不融，道无不延。风澄于俗，波清于川。"④《桃花源记》中的
"武陵渔人"也常被作为隐者的形象，如吴景旭《历代诗话》就这
样讲道："古来三渔父，一出庄子，一出屈子，一出《桃花源记》，
皆其洸洋迷幻，感愤胶葛，因托为其辞以寄意焉。岂必真有其人

①　朱光潜：《朱光潜美学文集》第 1 卷，上海文艺出版社 1982 年版，第 22 页。
②　赵山林：《渔父形象与古代文人心态》，《河北学刊》2002 年第 5 期，第 98 页。
③　（唐）房玄龄等：《晋书》卷八七，岳麓书社 1997 年版，第 1509 页。
④　（唐）房玄龄等：《晋书》卷九二，第 1595 页。

哉?"① 中国文学中的渔父是作为隐士形象而出现的，他们的行为体现了一般隐士的价值追求。武陵渔人的形象与这一景色相结合，生成了桃花源的超脱现实、追求隐逸的文学意蕴。

钱锺书《管锥编》言："（事物）非止一性一能，遂不限于一功一效。取譬者用心别裁，着眼因殊，指同而旨则异，故事物之象可以孑立者应多，守常处变。"② 因而，出于某种心理需要，历代身处逆境的文人不约而同地将桃源作为澡雪人生失意的精神家园，以不同的文体形式和风格表达他们对桃源避世或隐逸意义的独特理解，而这种现象在隐逸文化发达、隐逸现象普遍的唐、宋时期表现较为明显。主要体现在以下两方面。

一　唐代文学中"桃源"的隐逸主题

桃源的隐逸意蕴早在南北朝时期就被关注，南朝陈徐陵《山斋诗》即云："桃源惊往客，鹤桥断来宾。复有风云处，萧条无俗人。"③ 以"桃源"比喻"山斋"，是因为山斋"无俗人"，这其实是对桃源隐逸意趣的体认。北齐尹义尚《与徐仆射书》亦有"自国祚中绝，行李不通，等避世于桃源，同留寓于仙岭"④ 的句子，其中"桃源"的避世意义更为明显。

而基于《桃花源记》的隐逸主题并以之为题材进行创作、表达思想感情的，较早体现在李白的作品中，其《桃源》二首其一云："露暗烟浓草色新，一番流水满溪春。可怜渔父重来访，只见桃花不见人。"清新流丽的语言表达出淡淡的思古情怀。而桃源的隐逸意趣更集中体现在中唐文人的笔下，萧瑟落寞的社会使那个时期的文人更加怀恋如梦的开元、天宝盛世，然而，就如林庚先生所言：（中唐

① （清）吴景旭：《历代诗话》卷一〇，中华书局1958年版，第110—111页。
② 钱锺书：《管锥编》，第39页。
③ 《先秦汉魏晋南北朝诗·陈诗》卷五，第2530页。
④ 《全上古三代秦汉三国六朝文·全北齐文》卷八，第3872页。

文人)"追摩盛唐,却终是有心无力"①。因而发出世事苍茫如烟而又无可奈何的慨叹,这种心理在诗歌中的反映就是对隐逸文化的赞赏和追怀。陶渊明的崇尚自然、率性任真的人格,在追求个性价值的唐代被高标推举,"桃花源"的高尚隐逸情趣自然成为大历诗人的精神所向。施肩吾《桃源词二首》即云:"夭夭花里千家住,总为当时隐暴秦。归去不论无旧识,子孙今亦是他人。""秦世老翁归汉世,还同白鹤返辽城。纵令记得山川路,莫问当时州县名。"② 元代辛文房《唐才子传》"隐逸"云:"施肩吾,字希圣,睦州人,元和十五年卢储榜进士。登第后,谢礼部陈侍郎云:'九重城里无亲识,八百人中独姓施'。不待除授即东归……而少存箕颍之情,拍浮诗酒,摩挲烟霞。初读书,五行俱下,至是授真箓于仙长,遂知逆顺颠倒之法,与上中下精气神三田反复之义,以洪州西山十二真君羽化之地,慕其真风高蹈于此。"③ 《唐摭言》卷八"及第后隐居"条亦云:"(施肩吾)以洪州西山乃十二真君羽化之地,灵迹俱存,慕其真风,高蹈于此。"④ 将这两首《桃源词》和施肩吾的高蹈情怀联系,其中所流露出的对桃源隐逸意趣的肯定是极为明显的。而大历诗人卢纶的《同吉中孚梦桃源》更从形式上表露出中唐文人对陶渊明桃源境界的渴望:"春雨夜不散,梦中山亦阴。云中碧潭水,路暗红花林。花水自深浅,无人知古今。""夜静春梦长,梦逐仙山客。园林满芝术,鸡犬傍篱栅。几处花下人,看予笑头白。"⑤ 碧水环绕、红花掩映的地方就是诗人梦想的桃源。

同样是以桃源为隐逸之题材,李白的诗歌基本继承了《桃花源记》的模式和情节,只是语言风格一改陶渊明的自然质朴为流

---

① 林庚:《中国文学简史》,北京大学出版社1988年版,第258页。

② 《全唐诗》卷四九四。

③ (元)辛文房撰,傅璇琮主编:《唐才子传校笺》卷六,中华书局1987年版,第141页。

④ (五代)王定保:《唐摭言》卷八,上海古籍出版社1978年版,第92页。

⑤ 《全唐诗》卷二七七。

丽优美，体现着盛唐文人的浪漫情怀以及以隐逸为雅趣的精神风貌。施肩吾诗歌是截取陶渊明《桃花源记》中渔人入住桃源的情节，但是将"渔人"换成了"秦世老翁"——桃源主人之一，以老翁回乡的真实感受强调世事变幻之沧桑，子孙的谢世、乡邑的零落，无不带着中唐社会现实的萧索和寂寞色彩。而卢纶诗歌则选取了《桃花源记》中武陵人初入桃源时的片段，将"夹岸数百步，中无杂树，芳草鲜美，落英缤纷"的现实描写，改换成绿潭碧水、花林幽深的虚幻憧憬，并且辅之以熠熠生辉的"芝术"与万年之花等神奇而新颖的道教意象，表现出唐代诗歌意境追求的唯美色彩，文学意象与道教意象的契合编织成了卢纶的桃源之梦，而梦幻的美丽与自由恰恰反证了中唐社会现实的局促与压抑。

总之，唐代文学作品对桃源隐逸主题的描写有着较强的抒情色彩，体现出对隐逸意趣的追寻和向往。

二 宋代文学中"桃源"的避世主题

理学发达的宋代，外患如阴霾般浓而不散，艰危的时局使文人借古抒怀的思想日益强烈，于是，文人以古刺今、议论时事的现象极为普遍，如北宋诗文革新运动的领导欧阳修《与张秀才第二书》即强调："君子之于学也务为道，为道必求知古，知古明道，而后履之以身，施之于事，而又见于文章而发之，以信后世。"①"江西诗派"则主张涵咏古人之作并抒发心机等。总之，无论是强调文学的社会功用还是追求文学艺术之美的创造，都表现出文学主体对古事的无限倾情。在这样的时代因素和文学背景下，宋人对桃源的避世、隐逸主题表现出异于唐代文人的理性思考和认识。如果说唐代文人对桃源隐逸意蕴表现出的是追怀和崇尚之情且带着几分浪漫幻想的话，那么，宋代文人则表现出从政治角度出发将桃源视为与

---

① （宋）欧阳修撰，陈新等选注：《欧阳修选集》，上海古籍出版社1986年版，第269页。

黑暗现实对立面的时代特色。

　　宋代以桃源题材进行创作、表达对桃源隐逸主题的认识和见解的首先是梅尧臣，代表作诗《桃花源诗》，"鹿为马，龙为蛇，凤凰避罗麟避罝。天下逃难不知数，入海居岩皆是家。武陵源中深隐人，共将鸡犬栽桃花"①，将武陵之人来桃源隐居与现实政治的混乱联系起来，表明了桃源的本意即是与黑暗社会对立的地方，渲染了桃源的避世色彩。然而，与陶渊明《桃花源诗》相比较，梅尧臣《桃花源诗》已经不再有陶渊明笔下桃源恬淡、平静的惬意，而明显带着"石齿漱寒濑"②的清切平淡，正如朱自清《宋五家诗钞》中所说："平淡有二：韩诗云：'艰穷怪变得，往往造平淡。'梅平淡是此种。朱子谓：'陶渊明诗平淡出于自然。'此又是一种。"③由此可知，梅尧臣诗歌的平淡是从韩愈奇峭风格而变化得来的。陶渊明《桃花源记》中武陵渔人进入桃源之前的夹岸桃林景色描写、桃源中人生活和劳动的自得自适、桃源人对渔人的热情等充满祥和愉悦情调的场景都被略去，因为它与清切之风格不太吻合，相应地，增加了对时局的议论内容，体现了北宋诗文革新运动的经世致用、关注社会和政治的时代特色。

　　结合现实政治来议论桃源之事在王安石《桃源行》中表现得更为直切："望夷宫中鹿为马，秦人半死长城下。避时不独商山翁，亦有桃源种桃者。此来种桃经几春，采花食实枝为薪。儿孙生长与世隔，虽有父子无君臣。渔郎漾舟迷远近，花间相见因相问。世上那知古有秦，山中岂料今为晋。闻道长安吹战尘，春风回首一沾巾。重华一去宁复得，天下纷纷经几秦。"④该诗立足于北宋的现实，以桃源中"种桃者""儿孙生长与世隔，虽有父子无君臣"

---

　　①　《全宋诗》卷二六一，第5册，第3200页。
　　②　（宋）欧阳修：《水谷夜行寄子美圣俞》，《全宋诗》卷三〇二，第6册，第3596页。
　　③　朱自清：《宋五家诗钞》，上海古籍出版社1981年版，第1页。
　　④　《全宋诗》卷五七七，第10册，第6503页。

的生活环境描写，表达了对社会太平、君主贤明的期望，这其实已经超出了对桃源为避世和隐居之地的向往意义而带有强烈的现实色彩。北宋后期，内乱外患迭起，王安石极力上书革新，但终致失败，且遭到反对派的打击和排挤。此诗体现了王安石善于"以故事记实事"① 的风格，政治上的失意借桃源古题委婉地表现出来，暗示着北宋即重蹈亡秦之覆辙。宋代李壁《王荆公诗注》卷六亦云："据公诗意，既言秦事，实探祸乱之始末而互着之。"② 所以，诗歌虽是沿用陶渊明桃源题材的隐逸主题却能独出心裁，正如程千帆先生所言："王安石的这些见解，显然不仅和他自己的政治思想有关，也同时受到了陶渊明原作的影响，但比陶渊明更为彻底。"③ 如开头"望夷宫中鹿为马，秦人半死长城下"点明桃源人避世背景，就比陶渊明"嬴氏乱天纪，贤者避其世"的表述显得更为直接。"避时不独商山翁，亦有桃源种桃者"，较陶渊明"黄绮之商山，伊人亦云逝。往迹浸复湮，来径遂芜废"更表达出隐逸之现象的普遍，也表明桃源是存在于现实中的避世之地。"此来种桃经几春，采花食实枝为薪。儿孙生长与世隔，虽有父子无君臣"，将《桃花源记》中对桃源人古朴生活场景的描写进行了凝练的概括。"儿孙生长与世隔，虽有父子无君臣"，则比陶渊明的"春蚕收长丝，秋熟靡王税"更痛快鲜明地道出了桃源社会的性质。清代金德瑛曾对王安石这篇作品这样评价："单刀直入，不复层次叙述。此承前人之后，故以变化争胜。"④ 王安石《桃源行》对《桃花源记》隐逸主题的处理方式除了时代因素的影响之外，还与他的文学主张有关，《蔡宽夫诗话》云："荆公尝云：'诗家病使事太多。

---

① （宋）胡仔：《苕溪渔隐丛话》前集卷三五，人民文学出版社1984年版，第237页。

② （宋）王安石撰，（宋）李壁注，李之亮补笺：《王荆公诗注补笺》卷六，巴蜀书社2002年版，第114页。

③ 程千帆：《古诗考索》，第35页。

④ （清）陆以湉：《冷炉杂识》卷七，中华书局1984年版，第399页。

概皆取其与题合者，类之如此，乃是编事，虽工何益。若能自出己意，借事以相发明，情态毕出，则用事虽多，亦何所妨。"① "自出己意"、"借事以相发明"是这首诗歌新颖别致的艺术原因。

《苕溪渔隐丛话》曰："王介甫作《桃源行》，与东坡之论暗合。"② 苏轼在处理桃源题材避世主题时除了"暗合"王安石的命意外，更表达了对桃源境界的独特理解，其《和桃花源诗》（并序）云："世传桃源事多过其实。考渊明所记，止言先世避秦乱来此，则渔人所见似是其子孙，非秦人不死者也……蜀青城山老人村有见五世孙者，道极险远，生不识盐酰，而溪中多枸杞，根如龙蛇，饮其水故寿。近岁道稍通，渐能致五味，而寿亦益衰。桃源盖此也欤？使武陵太守得而至焉，则已化为争夺之场久矣！尝思天壤之间，若此者甚众，不独桃源。余在颖州，梦至一官府，人物与俗间无异，而山川清远，有足乐者，顾视堂上榜曰'仇池'……他日，工部侍郎王钦臣仲至谓余曰：'吾尝奉使过仇池，有九十九泉，万山环之，可以避世如桃源也。'"可见，苏轼更倾向于认为桃源中人是避世之人。"尝思天壤之间，若此者甚众，不独桃源"，在现实生活中，如陶渊明笔下桃源之境的地方很多，如蜀青城山老人村，这些地方"道极险远"，"山川清远"，无俗人如武陵太守的介入，因而得以远离争夺之场。不仅如此，苏轼更认为桃源其实是一种精神境界，即如其《和桃花源诗》云："凡圣无异居，清浊共此世。心闲偶自见，念起忽已逝。欲知真一处，要使六用废。桃源信不远，藜杖可小憩。"③ 随遇而安、淡泊宁静的心态与陶渊明的桃源初衷极为接近，这种思想的产生与苏轼的人生经历有关。苏轼晚年谪居岭南、海外，他以达观的态度迎接着接二连三的政治迫

---

① （宋）胡仔纂集，廖德明校点：《苕溪渔隐丛话》后集卷二五，人民文学出版社1984年版，第179页。

② （宋）胡仔纂集，廖德明校点：《苕溪渔隐丛话》前集卷三，第13页。

③ 《全宋诗》卷八三一，第14册，第9531页。

害，心理上更走近了"不为五斗米折腰"的陶渊明，别出心裁地创作了大量的"和陶诗"。这些诗歌格调清雅，形式新颖，《和桃花源诗》（并序）即其一。而关于这些诗歌的用意，苏辙《追和陶渊明诗引》引苏轼之语云："吾前后和其诗凡一百有九篇，至其得意，自谓不甚愧渊明。今将集而并录之，以遗后之君子，其为我志之。然吾于渊明，岂独好其诗也。如其为人，实有感焉……平生出世，以犯世患。此所以深愧渊明，欲以晚节师范其万一也。"① 苏辙《亡兄子瞻端明墓志铭》云："公诗本似李、杜，晚喜陶渊明，追和之者几遍。凡四卷。"② 苏轼《江神子》上阕亦云："梦中了了醉中醒，只渊明，是前生。走遍人间，依旧却躬耕。"③ 对于陶渊明人格的认同和激赏，使苏轼笔下的桃源意蕴与《桃花源记》中的桃源思想极为接近。陈寅恪先生曾言："古今论桃花源者，以苏氏之言最有通识。"④ 苏轼的《和桃花源诗》（并序）是对陶渊明桃源题材的具体化解读，而其将桃源视为摈弃一切世俗欲望之后的境界的认识，无疑深得桃源隐逸意蕴之本真。

苏轼《和桃花源诗》（并序）中对桃源题材和主题的独特感悟得到了后世文人的广泛认同。如南宋时期李纲《桃源行》（并序）云："桃源之事，世传以为神仙，非也。以渊明之记考之，特秦人避世者，子孙相传，自成一区，遂与世绝耳。今闽中深山穷谷，人迹所不到，往往有民居，田园水竹鸡犬之音相闻，礼俗淳古，虽斑白未尝识官府者，此与桃源何以异。感其事，作诗以见其意。"此序无论内容还是形式与苏轼《和桃花源诗》（并序）基本相同，"我观闽境多如此，峻溪绝岭难攀缘。其间往往有居者，自富水竹

---

① （宋）苏轼：《苏东坡全集·续集》卷三，中国书店1986年版，第70页。
② （宋）苏辙撰，曾枣庄、马德富校点：《栾城集》（下）卷三七，上海古籍出版社1987年版，第1410页。
③ 《全宋词》第1册，第298页。
④ 陈寅恪：《陈寅恪集·金明馆丛稿初编》，生活·读书·新知三联书店2001年版，第198页。

饶田园。耄倪不复识官府,岂惮黠吏催租钱。养生送死良自得,终岁饱食仍安眠。何须更论神仙事,只此便是桃花源"①,现实生活中水草丰茂、田园富饶、养生终岁、没有官府的地方就是桃源!这与苏轼对桃源的理解何其相似!王十朋《和韩桃源图》则沿袭韩愈创作《桃源图》的旨意表达对苏轼观点的认同,"世有图画桃源者,皆以为仙也。故退之《桃源图诗》诋其说为妄。及观陶渊明所作桃花源志,乃谓先世避秦至此,则知渔人所遇,乃其子孙,非始入山者能长生不死,与刘阮天台之事异焉。东坡和陶诗尝序而辨之矣,故予按陶志以和韩诗,聊证世俗之谬云"②。这样,以综合韩愈和苏轼两位前贤观点的方法表达了自己对桃源题材的避世主题意义的理解。吴芾《和陶桃花源》则从内容和形式上都极为接近苏轼之作,"贻我万株桃,漫山迷眼界。却胜武陵溪,草树相蒙蔽。相去复不远,只在吾庐外。人号小桃源,景物适相契"③,这种在现实中体认桃源的思想与苏轼出处淡泊、心志高远的境界一脉相承。

南宋对桃源题材的避世主题的阐释最为新颖独特而又浑然无迹的是汪藻《桃源行》。汪藻(1079—1154),生活于南北宋之交的靖康、建炎年之间,时值金兵攻陷汴京,宋高宗渡南下,民族矛盾加剧,因此他直谏现实,痛哀国难,以汪洋恣肆的行文讽喻现实,《桃源行》也体现了他的文学思想。诗云:"祖龙门外神传璧,方士犹言仙可得。东行欲与羡门亲,咫尺蓬莱沧海隔。那知平地有青云,只属寻常避世人。关中日月空万古,花下山川长一身。中原别后无消息,闻说边尘因感昔。谁教晋鼎判东西,却愧秦城限南北。人闲万事愈堪怜,此地当时亦偶然。何事区区汉天子,种桃辛苦求

① 《全宋诗》卷二五六九,第23册,第17061页。
② 《全宋诗》卷二〇四二,第36册,第22672页。
③ 《全宋诗》卷一九六五,第35册,第21841页。

长年。"① 将土宇日蹙、生灵涂炭的现实以人们所熟知的桃源题材表现出来。释惠洪《南昌重会汪彦章》云:"看君落笔携风雷,涣然成文风行水。坐令前辈作九原,子固精神老坡气。"② 钱锺书《宋诗选注》说:"北宋末南宋初的诗坛差不多是黄庭坚的世界,苏轼的儿子苏过以外,像孙觌、叶梦得等不卷入江西诗派的风气里而倾向于苏轼的名家,寥寥可数,汪藻是其中最出色的。"③ 因而,汪藻不仅文章风格与苏轼极为接近,文学思想也受苏轼的影响很深,"那知平地有青云,只属寻常避世人",这既寄寓着对崎岖兵乱的社会现实的慷慨,又表达了自己对桃源避世主题的体悟,而这种体悟显然与苏轼《和桃花源诗》的认识是一致的。也正是因为这一点,《庚溪诗话》对汪藻的这首诗这样评价:"语意新妙,王摩诘、韩退之、刘禹锡、王介甫诸人所未道。"④

唐宋时期的文人,由于不同的时代因素和个人性格、人生经历,各自选取了表达自己对桃源的避世和隐逸这一传统文学主题的独特理解的最合适的形式和手法,他们之间既有继承又有发展,虽然其具体用意不同,但都对桃源景色和桃源中人的生活进行了形象性的描绘。

第四节 "桃花源"题材作品的仙化主题

陶渊明《桃花源记》和刘义庆《幽明录》中的"桃花源"是红堤绿岸、桃花流水的世界,欣慰无限、幸福无垠,是代代文人共同的精神追求,而视桃源为仙境则是这一追求的极致反映,这一现象在唐代文人笔下体现得比较明显。唐代社会和政治环境的变化以

---

① 《全宋诗》卷一四三七,第 25 册,第 16561 页。
② 《全宋诗》卷一三四四,第 23 册,第 15082 页。
③ 钱锺书:《宋诗选注》,第 120 页。
④ (宋)陈岩肖:《庚溪诗话》(下),见(清)丁福保辑《历代诗话续编》(上),中华书局 1983 年版,第 177 页。

及道教的深刻影响，文人的隐逸意识和道情日益浓厚，对道教、神仙故事也很熟悉。在这种时代条件下，一些有文学素养的道士作道教诗词，文人也对神仙世界产生了浓厚的兴趣，"桃花源"被当做神仙世界的代称在不同文人笔下呈现出不同的仙化风格。包融《桃源行》曰："武陵川径入幽遐，中有鸡犬秦人家，家傍流水多桃花。桃花两边种来久，流水一通何时有。垂条落蕊暗春风，夹岸芳菲至山口。岁岁年年能寂寥，林下青苔日为厚。时有仙鸟来衔花，曾无世人此携手……多君此去从仙隐，令人晚节悔营营。"①诗歌以描写桃源中景物为主，既有陶渊明《桃花源记》中的风物再现，如鸡犬人家、夹岸芳菲、垂条落蕊等，渲染出古朴寂绝的境界，然而，结尾处的"仙隐"又表明了该诗的"桃源"已不再是陶渊明笔下的"桃花源"的理想世界，而是变成了诗人理想中的仙隐之处，主题与意境都发生了变异。

王维则将"桃花源"的仙界氛围进行了极致的想象和表现。其《桃源行》仍然沿用了《桃花源记》的写景模式，然而，诗中的意象带着浓浓的佛道色彩，缥缈的云烟，空灵的山水，这片天地已不再是陶渊明笔下的有着人间生活气息的恬淡的田园风光，而是远隔尘俗的仙境！从诗歌的设色方面而言，陶渊明淡泊宁谧的心境使"桃花源"的整体色调呈现出自然朴质的特点，一切都是自然风物的本色，这也是其诗歌素朴风格的体现。而王维是生活在盛唐的诗人和画家，因此，对于诗歌的色彩技巧较为讲究，更有着独特的造诣，以青溪红树、桃花流水点染出灵境的优美，对此，清代张谦宜曾言："比靖节作，此为设色山水，骨格少降，不得不爱其渲染之工。"② 同样是对自由之境的向往和想象，因为时代因素和个人性格和气质的不同，陶渊明的"桃花源"是一理想的古朴祥和

---

① 陈尚君辑校：《全唐诗补编》，中华书局 1992 年版，第 787 页。

② （清）张谦宜：《岘斋诗谈》卷五，见郭绍虞编《清诗话续编》，上海古籍出版社 1999 年版，第 844 页。

的田园，洋溢着温馨的人间真情。而王维心中的"桃源"则是绮丽邈远的仙界风情，迷离如梦幻般幽美。无论是哪一种风格的桃源，都是存在于作者精神世界的天地，自得自适、无拘无束！

王维凭着深厚的文学造诣使其《桃源行》成为唐代歌咏桃源的杰作，清代翁方纲《石洲诗话》云："古今咏桃源事者，至右丞而造极。"① 唐代的《桃源行》还有刘禹锡同题之作："清源寻尽花绵绵，踏花觅径至洞前……俗人毛骨惊仙子，争来致词何至此。须臾皆破冰雪颜，笑言委曲问人间。因嗟隐身来种玉，不知人世如风烛。筵馐石髓劝客餐，灯爇松脂留客宿。鸡声犬声遥相闻，晓色葱笼开五云……桃花满溪水似镜，尘心如垢洗不去。仙家一出寻无踪，至今流水山重重。"② 将桃源的仙界意蕴渲染得淋漓尽致，以"俗人"的见闻写出"仙子"生活的不凡：种玉餐馐、灯爇松脂，这显然不是陶渊明"桃花源"中人的种桑树麻的农耕生活了。诗歌采用的叙述和描写的模式与《桃花源记》是一致的，然而，诗歌的大部分篇幅是渲染仙界的文字，与王维《桃源行》相比较，稍显刻意雕琢。刘禹锡在《桃源行》中极力渲染仙界之景观显然是中唐的社会现实和自身坎坷经历共同作用的结果。

唐代的桃源题材作品除了《桃源行》之外，还有刘禹锡《游桃源一百韵》、李群玉《桃源》、张乔《寻桃源》、章碣《桃源》、李宏皋《题桃源》等篇。这些作品都是从题材上对陶渊明《桃花源记》进行了接受和变异，吟咏仙境、追慕仙界生活，流露出浓郁的道教文化的气息。

唐代还有另一种形式的桃源题材作品，即将陶渊明笔下的"桃源"与刘晨、阮肇天台山遇仙故事相结合，体现出亦仙亦隐的思想追求，代表作是权德舆《桃源篇》："小年尝读桃源记，忽睹良工施绘事。岩径初欣缭绕通，溪风转觉芬芳异。一路鲜云杂彩

---

① （清）翁方纲：《石洲诗话》卷一，人民文学出版社 1981 年版，第 30 页。
② 《全唐诗》卷三五六。

霞,渔舟远远逐桃花。渐入空濛迷鸟道,宁知掩映有人家。庞眉秀骨争迎客,凿井耕田人世隔。不知汉代有衣冠,犹说秦家变阡陌。石髓云英甘且香,仙翁留饭出青囊。相逢自是松乔侣,良会应殊刘阮郎。"① 诗歌选取的是《桃花源记》中的景物描写部分,又增加了一些细腻的感觉体验的成分,沿溪吹来的轻风,似乎带着淡淡的芳香,一路的桃花更像是美丽的云霞,崎岖的山间小路在雨汽空濛中蜿蜒明灭,人家也应在白云的深处吧?这些都渲染出桃源的古朴之美。而诗歌的后半部分以"良会应殊刘阮郎"等句子将刘晨、阮肇的仙境桃源自然融入,增加了诗歌的瑰丽色彩,体现着中唐文人既希望隐逸又憧憬着仙界的思想。由此看来,原本高尚深邃的桃源理想,在唐代特殊的崇道氛围中被加入了宗教式的体验与幻想,雅与俗的结合使"桃花源"成为中国文化中的仙隐世界的象征。

而在这些对陶渊明"桃源"题材仙化变异的"同声大合唱"中,韩愈《桃源图》堪称是异音突起,孤心独诣。诗云:"神仙有无何渺茫,桃源之说诚荒唐……种桃处处惟开花,川原近远蒸红霞。初来犹自念乡邑,岁久此地还成家。渔舟之子来何所,物色相猜更问语……人间有累不可住,依然离别难为情。船开棹进一回顾,万里苍苍烟水暮。世俗宁知伪与真,至今传者武陵人。"② 诗歌的描写模式依然是沿用《桃花源记》,从"架岩凿谷开宫室"至"万里苍苍烟水暮",极尽描写仙界的景观、仙人的生活以及仙人离别人间时的矛盾和感慨。然而,诗歌内容、风格、主题都发生了很大的变化,诗的开头即旗帜鲜明地对将视为仙境的观点和桃源理想社会模式予以坚决否认,洪迈《容斋随笔》云:"诗人多赋《桃源行》,不过称赞仙家之乐。唯韩公云'神仙有无何渺茫,桃源之说诚荒唐。世俗那知伪与真,至今传者武陵人',亦不及渊明所以

---

① 《全唐诗》卷三二九。
② 《全唐诗》卷三三八。

作记之意。"① 韩愈《桃源图》对视桃源为仙境的传统认识的否定又恰恰反映了唐代文人将桃源题材仙化处理现象的普遍。

桃源意象的仙化现象自南朝即初露端倪，题材的仙化却是从唐人开始的，而且这些作品大都出现在中晚唐。通过这些作品我们可以解析唐代文人的心理世界和人生经历。盛唐时代以隐逸为高尚的氛围，使诗人憧憬桃源世界的逸趣。中唐文人因仕途的坎坷或者政治上的失意，以桃源作为解脱痛苦的精神慰藉。晚唐没落的社会现实使文人彻底失去了进取的信心，内敛的心境使他们自觉地皈依桃源，寻找那个避世逍遥的自由境界。相比而言，晚唐文人的桃源之思更具一份真诚。这些是唐代文人乐于走近桃源的心理因素和时代因素。清代王先谦云："《桃花源》章，自陶靖节之记，至唐，乃仙之。"② 那么，唐人又将桃源仙化的原因又是什么呢？我想原因大概如下：一是桃与桃花在传统文化中与宗教的深远的关系。史学家吕思勉曾这样说道："古人于植物多有迷信，其最显而易见者为桃。"③ 源远流长的桃与仙的文化，深刻影响着人们的心理和思维。二是唐代浓厚的道教气氛。从社会学的角度而言，"道教的影响可能消弭了人的活力，窒息了人的进取热情，造成了人的灰色的人生情趣，使人们沉醉于一种虚假的心理满足中。但从文学的角度来说，它却带来了积极的批判精神，丰富的想象力，浪漫的审美理想以及色彩绚丽、神奇诡谲的意象"④。陶渊明笔下的"桃花源"完美近乎梦幻，本来就为后世的神仙境界的表现提供了蓝本；烂漫的桃花林更是唤起了留在唐人记忆中的仙境的想象，无论陶渊明《桃花源记》中的桃花是否有道教的影响痕迹，都无妨兼容并纳的唐人取之为遐想的仙景而形诸诗文。

---

① （宋）洪迈：《容斋随笔》卷一〇，上海古籍出版社1995年版，第536—537页。
② 北京大学中文系编：《陶渊明诗文汇评》，中华书局1961年版，第359页。
③ 吕思勉：《吕思勉读史札记》，上海古籍出版社1982年版，第1307页。
④ 葛兆光：《人生情趣·意象·想象力》，见《文史知识》编辑部《道教与中国传统文化》，中华书局1992年版，第125页。

当然,后世如宋、元、明、清等时代也有仙化桃源题材的作品,然总体构思大概不出唐人的藩篱。在唐代文人笔下,桃花源披上了道教想象的美丽外衣,具有着深刻隽永的心灵体验和人生情趣。唐代文人创造性地接受桃源,使陶渊明笔下的桃源不仅是理想社会的代称,更是脱俗、美丽如童话般的仙境的象征。

第五节 "桃花源"题材作品的情爱主题

《幽明录》中记载的刘晨、阮肇天台山艳遇,是美丽仙媛与凡人的恋爱故事,那美妙的仙境是情爱之处的象征,是男女相爱的"桃花源"!无拘无束的男欢女爱是这个故事最动人之处,因此,它也成为后世诗、文、剧作者乐于援用的题材,中晚唐的游仙诗、宋词以及元代戏曲等文学形式中,刘、阮天台山桃源演绎着一幕幕令人神往的爱情故事。

一 情感内涵的深入挖掘

《太平广记》卷六一"天台二女"条对刘晨、阮肇仙缘经历过程描写其实很简单,这是由于南朝时期的小说篇幅都较短小,且以叙述事件为主,而对于情感的抒发和表现则着笔不多。然而,这种仙女与凡夫的邂逅本身即具有理想性,它以时空的无限延伸性发展满足了写作者主体与后世文人强烈的情感需求,瑰丽的仙界景物,资质曼妙且情深绵绵的仙子,满足了欣赏者无限膨胀的情欲;从文学主题思想角度而言,它不仅能够表达男女爱恋的理想之境,而且能够表达超越现实的幻想。这种高蹈飘逸的艺术表现成为人们表达理想爱情主题时的心理定势,在后世的文学作品中,这一主题得到了淋漓尽致的表现和发挥。

晚唐诗人曹唐是较早对桃源情爱主题进行发挥的诗人。"曹唐,字尧宾,桂州人。初为道士,工文赋诗……唐始起清流,志趣澹然,有凌云之骨,追慕古仙子高情,往往奇遇,而己才思不减前人，遂作《大游仙诗》五十篇，又《小游仙诗》等，记其悲欢离合之要，大播于时"①。晚唐社会的衰乱现实使文人有着普遍的避世隐居的经历，曹唐固然也不例外，"唐末文人的避世祈向则主要表现为避祸全身的特点……于淡漠政治的同时又颇注重个人生活，因而更多地体现出市井俗趣"②。"市井俗趣"的文学表现就是轻艳风调盛行，而这一点在曹唐作品中体现为对刘、阮天台桃源恋情的瑰丽想象和细致描写，其《大游仙诗》中以一组五首的组诗形式渲染了这一古老的人、仙恋爱故事。第三首《仙子送刘阮出洞》和第四首《仙子洞中有怀刘阮》是代表作。《仙子送刘阮出洞》："殷勤相送出天台，仙境哪能却再来。云液既归须强饮，玉书无事莫频开。花当洞口应长在，水到人间定不回。惆怅溪头从此别，碧山明月闭苍苔。"③ 仙子的临别叮嘱，无限留恋、无限缠绵，在《仙子洞中有怀刘阮》中，桃源的情爱意蕴更显深切："不将清瑟理霓裳，尘梦哪知鹤梦长。洞里有天春寂寂，人间无路月茫茫。玉沙瑶草连溪碧，流水桃花满涧香。晓露风灯零落尽，此生无处访刘郎。"④ 玉沙瑶草、流水桃花的仙界春天，勾起仙子对刘郎深深的思念和期待，"洞里有天春寂寂，人间无路月茫茫"二句将鹤梦之缠绵哀怨表达了出来，黄子云《野鸿诗的》云："曹唐《游仙诗》有'洞里有天春寂寂，人间无路月茫茫'，玉溪《无题》诗，千娇百媚，不如此二语缥缈销魂。"⑤ 在这两首诗歌中，曹唐对刘、阮天台桃源故事情感因素进行了深入挖掘，以仙、凡恋情为表达重点，艺术地强调了这一故事的情感内涵。

尚理趣的宋诗绝少仙篇，而以咏叹个人情感为主的倚声合乐的

---

① （元）辛文房撰，傅璇琮主编：《唐才子传校笺》卷八，第489页。
② 许总：《论唐末社会心理与诗风走向》，《社会科学战线》1997年第1期，第124页。
③ 《全唐诗》卷六四〇。
④ 同上。
⑤ （清）黄子云：《野鸿诗的》，见《清诗话》，第865页。

词里则不乏其类。刘晨、阮肇天台山艳遇的传说成为宋词专门词调——《阮郎归》，又名《醉桃源》，"《阮郎归》以刘晨、阮肇入天台山采药，遇二仙女，留住半年，思归甚苦。既归则乡邑零落，经已十世的传说为调名的"①。由此可见，《阮郎归》词调大概包含三个方面的内容：一是表达男女相思之苦，二是表达思乡之浓，三是表达时光流逝、物是人非的沧桑之感。因其本身具有的情爱成分给宋代文人抒写个人情感留下了广阔的空间，所以文人以词调《阮郎归》为体式，对桃源题材情爱主题进行了淋漓尽致的表现。宋词《阮郎归》情爱主题的作品大都是以仙子的口吻，表达对"阮郎"的相思之情。如张先《阮郎归》："仙郎何日是来期，无心云胜伊。行云犹解傍山飞，郎行去不归。强匀画，又芳菲。春深轻薄衣。桃花无语伴相思，阴阴月上时。"② 词以仙子对情人阮郎因爱生恨的心理活动为表达重点，将"仙郎"与"行云"对比，表达出欲爱不得的百般无奈，春日芳菲，又惹春恨，无语桃花，伴着仙子度过孤独凄凉的山居生活。秦观《阮郎归》："碧天如水月如眉，城头银漏迟。绿波风动画船移，娇羞初见时。银烛暗，翠帘垂。芳心两自知。楚台魂断晓云飞。幽欢难再期。"③ 碧天如水，银漏迟迟，相思之感渐渐袭来，那曾经的幽会欢爱何日重现？词以环境描写烘托出相思主人公孤独无聊的内心世界。吴文英《阮郎归》："惊旧事，问长眉。月明仙梦回。凭阑人但觉秋肥，花愁人不知。"④ 该词以心理描写见长，临水自怜，回味往事，不禁愁绪满怀，柔肠寸断。谢逸《阮郎归》中亦有"坐间谁识许飞琼，对郎仙骨清"，"多情多病懒追随，玉人应恨伊"，"一尊浊酒为谁倾，梅花相对清"⑤ 的句子，贯穿其中的仍旧是男女离别相思之情。

---

① 马兴荣：《词学综论》，齐鲁书社 1989 年版，第 23 页。
② 《全宋词》第 1 册，第 81 页。
③ 同上书，第 461 页。
④ 《全宋词》第 4 册，第 2896 页。
⑤ 《全宋词》第 2 册，第 651 页。

"新岁梦，去年情，残宵半酒醒。春风无定落梅轻，断鸿长短亭"①。吴文英《阮郎归》中的这句话可以作为宋词中桃源题材作品情爱内容的概括。

二 故事情节的反复渲染

由以上的论述不难看出，在唐诗和宋词中，桃花源题材的情爱主题作品的情感表达凝练含蓄，风格偏于雅致和婉约。而在元代杂剧中，由于文学体裁的变化而引起表达方式和风格的变化，元杂剧以篇幅较长的优势和强烈的抒情性而使这一题材和主题得到了充分彰显。

在中国古代文学发展史上，从元代初年至明代中叶，是中国文学中古期的第三段。这一节段文学史最明显的特点是叙事性文学第一次居于文坛的主导地位。元代的商业经济在宋代的基础上有了新的发展，城市人口更加集中，一般侧重于表现作者个人意趣胸襟的诗词，不再符合市民的需要，而通俗明白的话本、说唱等艺术得以进一步繁荣，特别是戏剧艺术，它以急管繁弦的节奏和曲折跌宕的故事情节再现社会各阶层人物和社会各方面的生活，赢得了广大市民群众的青睐。对于元代杂剧的审美情趣，王国维先生这样说："元曲之佳处何在？一言以避之，曰：自然而已矣。"② 此处的"自然"是指不事藻绘，自然地抒写社会和人生百态。但是从当时文坛的创作倾向看，许多剧作家还表现出淋漓尽致、酣畅彰显的风格。在剧本的情节安排方面，元代剧作家喜爱把简单的故事写得波澜起伏，极尽地表现悲欢之情；在人物刻画方面，曲尽形容出主人公的内心世界和个性特征。总之，元代杂剧作家往往毫无遮拦地让剧中人物尽情宣泄爱与恨。元代的神仙道化剧较多，罗锦堂《现存元人杂剧本事考》说："元人杂剧取材于宗教者，道教多于佛

---

① 《全宋词》第4册，第2938页。
② 王国维：《宋元戏曲史》，百花文艺出版社2001年版，第98页。

教。盖自太祖成吉思汗礼遇邱处机而受其教后，有元一代，历朝君主，皆尊崇之；至元中叶以后，佛教势力始渐兴盛。当时文士，志不得伸，内心空虚，厌恶现实，而又不能潜修佛理，安于寂灭，故所受道教影响尤甚。"① 在这样的文学和社会背景下，刘晨、阮肇天台山桃花源故事因本身蕴涵着道教的求仙成分而成为剧作家喜爱的题材，较为著名的有马致远《晋刘阮误入桃源》、王子一《刘晨阮肇误入桃源》。

马致远《晋刘阮误入桃源》现仅存残剧——第四折②，剧云："筵前一派仙音动，摆列着玉女金童。脱离了尘缘凡想赴瑶宫，谁想采药天台遇仙种。" 著名元杂剧研究家罗锦堂认为《误入桃源》属于道释剧，剧情"出自《列仙传》卷三及《太平广记》等，并杂取唐人曹唐诗以为点缀"③。由《晋刘阮误入桃源》残剧的这几句描写我们可知，这篇作品的风格确实是充满着仙界瑰丽色彩和浪漫想象的神仙道化剧。

更能体现元代特色的天台桃源题材的剧作是王子一《刘晨阮肇误入桃源》。该剧大概是言天台山桃源洞二仙子，为紫霄玉女，但因为凡心萌动，上帝将她们降至尘世。而刘晨、阮肇则原本就有仙风和道骨，太白金星引见他们于二位仙女。刘、阮二人由洞天返回尘世之后渐感尘世之龌龊和局促，于是重回洞天。文学体裁的发展变化而引起了主题表达范式的变化。"元杂剧中，无论是偏于抒情性还是偏于戏剧性的作品，都具有强烈的抒情效果……杂剧毕竟是一种戏剧形式，作为剧曲的抒情套曲和抒情诗歌毕竟又有所不

---

① 罗锦堂：《现存元人杂剧本事考》，中国文化事业股份有限公司1960年版。

② 傅丽英、马恒君校注《马致远全集校注》云："此剧残本仅《太和正音谱》和《北词广正谱》收录，《太和正音谱》题，简名《误入桃源》。天一阁本《录鬼簿》著录剧正名为《晋刘阮误入桃源》，简名为《误入桃源》。孟本《录鬼簿》著录简名《桃源洞》；曹本《录鬼簿》著录正名《刘阮误入桃源洞》。"见傅丽英、马恒君校注《马致远全集校注》，语文出版社2002年版，第196页。

③ 罗锦堂：《现存元人杂剧的题材》，收于吴国钦等编《元杂剧研究》，湖北教育出版社2003年版，第179页。

同……而为了充分展示剧中人的心事情境，杂剧中的意境，常常不像诗境那样崇尚蕴藉凝练，而是反复渲染，务尽务透"①。相比于唐诗宋词中的刘、阮天台桃源故事题材的作品，王子一《刘晨阮肇误入桃源》能够利用篇幅的优势，通过语言描写、动作描写、心理描写等充分展开情节等，因此，桃源题材的情爱内容在元杂剧中较为充分地展开了，如第二折对刘、阮二人见仙女的描写引曹唐《刘阮洞中遇仙人》诗曰："天和树色霭苍苍，霞重岚深路渺茫……桃花洞里乾坤别，红树枝边日月长。愿得花间有人出，免令仙犬吠刘郎。"这是典型的抒情戏，文情并茂，情景交融。在那水天相接的地方，是别有洞天的桃源，雾霭苍苍，霞重岚深，渺绝人世，这一切与仙女殷殷期待、孤独寂寞和刘郎焦急期盼的心情结合起来，令人想象出他们相会时的情意绵绵和风韵无限。再如《楔子》部分描写刘阮离别天台、仙子相送的情景，引用曹唐《仙子送刘阮出洞》诗，"殷勤相送出天台，仙境哪能却再来"、"惆怅溪头从此别，碧山明月闭苍苔"，这是诗歌的语言，含蓄凝练，而剧本接着以仙女的内心独白显化了这一情感："他二人去了也，我等本待与他琴瑟相谐，松萝共倚，争耐法缘未了，蓦地思归。虽然系是夙因，却也不无伤感。倘若天与之幸，再与他相见，亦未可知。"并在其下附曹唐《仙子洞中有怀刘阮》诗："不将清瑟理霓裳，尘梦哪知鹤梦长。洞里有天春寂寂，人间无路月茫茫。玉沙瑶草连溪碧，流水桃花满涧香。晓露风灯零落尽，此生无处访刘郎。"仙家离别的孤寂落寞丝毫不减人间！"然元剧最佳之处，不在其思想结构，而在其文章。其文章之妙，亦一言以蔽之，曰：有意境而已矣。何以谓之有意境？曰：写情则沁人心脾，写景则在人耳目，述事则如其口出是也。"② 这本剧作通过反复引用曹唐同类题材诗歌，淋漓尽致地刻画出桃源仙女的内心世界，丰富了曹唐诗

① 钟涛：《元杂剧艺术生产论》，北京广播学院出版社 2002 年版，第 24—25 页。
② 王国维：《宋元戏曲史》，第 99 页。

歌的抒情意趣和审美境界，充分渲染和演绎了刘义庆《幽明录》中刘、阮天台艳遇故事的情爱故事，构成了这个剧作最为动人之处。

元代神仙道化剧的产生是当时知识分子苦闷绝望情绪的曲折反映，是元代社会背景下的汉族文人力求摆脱红尘纷争和功名利禄的困扰而高蹈世外的人生追求的反映，通过令人神往的仙、凡之爱，元代文人在备受压抑的现实社会中找到了精神的宣泄方式。

《幽明录》中桃源题材的情爱主题原型为后人的创作留下了充分的想象空间。从创作方式方面而言，唐人如曹唐等主要以游仙诗的形式表达对这一主题的接受和再创作，他主要截取刘晨、阮肇和天台仙女之间的邂逅、相爱、相思、重逢、离别几个片段为主题，以七律的格式表达了桃源境界之美和仙、凡恋人的跌宕起伏的心绪，增加了原作中的意境之美和情感之美。"游仙主题文化意义上的延伸深化，心理线索上的递进迁移，从一个非礼教、非正统的角度，增强与补充了文学的讽喻传统，干预生活意识。因为游仙主题毕竟吸收并发展了道教对天命、自然的抗争精神……成为世俗文化理想愿望的艺术载体。虽离不开道家与道教的神秘色彩，在文学史的长河奔流中又裹挟着愈来愈多的仙话传说材料，却愈来愈逼近人间"①。因而，曹唐对桃源情爱主题的表达为宋代文人提供了可资借鉴的情感宣泄的路径。所以，宋人就以《阮郎归》词牌为形式，借这一传统题材的情感内涵表达个人缠绵缱绻的离别之思和相爱之欢。而元代文人则利用元杂剧的文体优势，尽情渲染在唐诗和宋词中尚未得以充分展现的情爱内容，结构上呈现出向《幽明录》回归的特征，即通过情节的描写和对话等刻画人物形象，而在具体表达方式上，则又呈现出对《幽明录》的超越，即情节更加复杂，描写更加具体、细致等，因而，成为对刘、阮天台桃源这一传统题

---

① 王立：《中国古代文学十大主题——原型与流变》，辽宁教育出版社1990年版，第197页。

材和主题演绎的最高成就的代表。

第六节　桃源意象的文学意蕴

　　中国古代文学作品中的桃源意象有两个来源：一个是陶渊明《桃花源记》中的"桃花源"；另一个是南朝宋刘义庆《幽明录》中的刘晨、阮肇去天台山采药而偶遇的天台"桃花源"。由于陶渊明被钟嵘《诗品》论为"古今隐逸诗人之宗"①，因而，前者常被人们视为隐逸世界的象征；而后者由于故事的道教性质及其所蕴涵的男女之情愫，常被后世作品引以为仙界和情色的象征。又因为隐逸和求仙有着共同的精神指向，即远离世俗、追求超脱现实，因而在某些文学作品中，桃源意象又呈现出仙、隐合流的文学和文化现象。这来自于两个途径的"桃花源"都具有对未来的憧憬的理想性，因而被称为中国文学中的"乌托邦"，"乌托邦的伟大使命在于，它为可能性开拓了地盘，以反对对当前现实事态的消极默认。"② 因此，历代仕途困顿的文人莫不将视野投向那片乐园，以桃源意象承载着他们的美好希冀。

一　南朝文学中桃源意象的仙景内涵

　　自陶渊明笔下的和谐自足的桃源世界产生之后，桃源意象便以特有的魅力进入了南朝文人的审美领域，桃花源的远离世俗、宁静超逸的自由境界成为追求山水自然的南朝文人向往。梁沈君攸《赋得临水》诗云："开筵临桂水，携手望桃源。花落圆文出，风急细流翻。光浮动岸影，浪息累沙痕。沧波自可悦，濯缨何用论。"③ "桃源"即是诗人翘首遥望的乐园，在那里，凌波泛舟、沧

---

① 钟嵘：《诗品》卷二。
② ［德］卡西尔著：《人论》，甘阳译，第 107 页。
③ 《先秦汉魏晋南北朝诗·梁诗》卷二八，第 2111 页。

浪濯缨，无所不适。徐陵《山斋诗》则将桃源的脱俗意蕴直接道出："桃源惊往客，鹤桥断来宾。复有风云处，萧条无俗人。"北周庾信由于自己深切的乡关之思对桃源则情有独钟，有着独特的领悟，如其《徐报使来止得一相见》诗中写道："一面还千里，相思哪得论。更寻终不见，无异桃花源。"身在异国、心念故园的诗人只能寄希望于报使与亲人传递音讯，而路途的遥远使对报使的期盼成为美好却又渺茫的"桃花源"。

尤其重要的是，南朝文学的桃源意象已经表现出仙化意蕴。张正见《神仙篇》这样描写神仙世界："玄都府内驾青牛，紫盖山中乘白鹤。浔阳杏花终难朽，武陵桃花未曾落。已见玉女笑投壶，复睹仙童欣六博。同甘玉文枣，俱饮流霞药。"① 很明显，"武陵桃花"与"浔阳杏花"、"青牛"、"白鹤"、"玉文枣"、"流霞药"都是古代文学作品中常见的仙界意象。"武陵"一词最早见于《汉书》，该书卷二八"地理志"第八有"武陵郡"② 的记载，陶渊明《桃花源记》中的"武陵"即指武陵郡。张正见这首诗中的"武陵桃花"显然是化用陶渊明《桃花源记》中武陵渔人发现桃花林而入桃源之事。其实，后代文献或文学作品也是将"武陵"与陶渊明的《桃花源记》联系起来的，如明代章潢《图书编》卷六三"大酉山"条云："楚之西洞庭之北，有武陵桃花源，即昔人避秦处也。"③ 李贤《古穰集》卷二四《桃花源》诗中亦有"武陵桃花源，邈矣隔人世"④ 的句子。

魏晋南北朝时期，道教经过内部的不断改革，逐渐从原始的民间宗教发展为较为完备和成熟的官方意识形态的正统宗教，而得道成仙的终极目标也在这一时期得以增饰渲染，神仙信仰从此深入人

---

① 《先秦汉魏晋南北朝诗·陈诗》卷二，第2482页。
② （汉）班固撰，（唐）颜师古注：《汉书》卷二八"地理志"第八，第268页。
③ （明）章潢：《图书编》卷六三，《影印文渊阁四库全书》本。
④ （明）李贤：《古穰集》卷二四，上海古籍出版社1991年版，第744页。

心。道教神仙说曾经给予中国文学和艺术以相当深远的影响。被收入道藏的神仙传说作品如汉代刘向《列仙传》、东晋葛洪《神仙传》、唐代杜光庭《墉城集仙录》等，都以活泼的散文笔法，描写了光怪迷离的神仙世界。可见，神仙传说在魏晋六朝时期的流行曾经激发了那一时代许多诗人的幻想，如曹植、郭璞等人的"游仙诗"就是在这样的宗教背景中产生的。张正见《神仙篇》显然是在这种文学风气影响之下的产物。当然，桃源的这种仙化的现象，可以从陶渊明《桃花源记》本身的构设条件上找到本质上的原因。关于这一点，本章第一节已有阐释，不再重论。

二 唐代文学中桃源意象的个性化内涵

南朝文学中桃源的仙化意蕴在唐代特殊的时代背景下得到了文人较为普遍的认同。初唐诗歌中的桃源意象的仙化认识不太普遍，仅在文德皇后、王绩诗中偶见，如文德皇后《游长宁公主流杯池二十五首》之一中有"凭高瞰险足怡心，菌阁桃源不暇寻。余雪依林成玉树，残霙点岫即瑶岑"[①] 的句子，显然是将"桃源"视为仙境的。王绩《游仙四首》其三云："结衣寻野路，负杖入山门。道士言无宅，仙人更有村。斜溪横桂渚，小径入桃源。玉床尘稍冷，金炉火尚温。心疑游北极，望似陟西昆。逆愁归旧里，萧条访子孙"[②]，将道士所居之地美誉为犹如仙人之村的"桃源"，表达了诗人对方外之情的崇尚。但是在初唐的文坛上，仙境意蕴并非桃源意象的主流内涵，多数文人将桃源视为出尘超脱之境，表现出对陶渊明"桃花源"思想追求的认同和接受，如陈子良《夏晚寻于政世置酒赋韵》诗即云："聊从嘉遁所，酌醴共抽簪。以兹山水地，留连风月心。长榆落照尽，高柳暮蝉吟。一返桃源路，别后难追

---

① 《全唐诗》卷五。
② 《全唐诗》卷三七。

寻。"① "桃源"是诗人理想的嘉遁之所。卢照邻《酬杨比部员外暮宿琴堂朝跻书阁率尔见赠之作》"闲拂檐尘看，鸣琴候月弹。桃源迷汉姓，松径有秦官。空谷归人少，青山背日寒。羡君栖隐处，遥望在云端"②，以"桃源"比喻"琴堂"和"书阁"环境的幽静和超逸。崔湜《奉和幸韦嗣立山庄应制》中的"竹径桃源本出尘，松轩茅栋别惊新"③ 则直接道出了桃源意象的出尘意义。此外，李峤《送司马先生》"蓬阁桃源两处分，人间海上不相闻"④，骆宾王《畴昔篇》"时有桃源客，来访竹林人"⑤ 等，都表现出对陶渊明笔下"桃源"的隐逸意义的认同。

盛唐时代，儒、释、道的融合使思想领域极为开放与自由，文人精神气质和个性得到了充分的彰显，因而，桃源意象的文学和文化意蕴在不同文人笔下也呈现出不同的个性特征和独特的精神内涵。

盛唐文坛早期的诗人孟浩然较早表现出对仕途的厌倦而追寻桃源的思想倾向，其《南还舟中寄袁太祝》诗云："沿溯非便习，风波厌苦辛。忽闻迁谷鸟，来报五陵春。岭北回征帆，巴东问故人。桃源何处是，游子正迷津。"⑥ 仕途的风波使得诗人精神疲惫，因此，渴望寻得那片能够栖息身心的桃源。显然，此处的桃源意象与陶渊明笔下的桃花源有着相同的精神内涵，即对现实的否定和超越。他的《游精思题观主山房》："误入桃源里，初怜竹径深。方知仙子宅，未有世人寻。舞鹤过闲砌，飞猿啸密林。渐通玄妙理，深得坐忘心。"⑦ 爱静尚柔的精神气质使他以"坐忘心"渐渐领悟

---

① 《全唐诗》卷三九。
② 《全唐诗》卷四二。
③ 《全唐诗》卷五四。
④ 《全唐诗》卷六一。
⑤ 《全唐诗》卷七七。
⑥ 《全唐诗》卷一六〇。
⑦ 同上。

了桃源的"玄妙理",表现出对桃源理想的追求由道教式的外在寻求转向道家思想的内在超越。

浸染道教思想而又深通佛理的王维,将孟浩然诗中桃源意象内在超越的精神继续发挥,其《桃源行》向我们诠释着他心目中的桃源世界,"春来遍是桃花水,不辨仙源何处寻",直视桃源为"仙源"。"王维的《桃源行》是一个神仙世界,他避开写实的细节,通过静谧、虚幻、奇妙的境界,表现一个属于宗教的、哲学的乌托邦,一个仙人的乐土"①。然而,王维笔下的桃源又带着佛教的空灵缥缈色彩,因而,表现出由道教向佛教皈依的思想倾向,这也是其《桃源行》被诗家盛誉为"古今咏桃源事者,至右承而造极"的原因之一。

陶渊明《桃花源记》中的洞中天地为盛唐人提供了充分的想象素材,道教的盛行更刺激了文人的想象,使得桃源成为仙界的洞天景观。宋代张君房《云笈七签》卷二七"洞天福地"引《司马承祯集》中"十大洞天"和"三十六小洞天"之说,并云:"太上曰:十大洞天;其次三十六小洞天,在诸名山之中,亦上仙所统治之处也。"而"桃源山洞"位居第三十五。"周回七十里,名曰白马玄光天,在朗洲武陵县,属谢真人治之。"② 桃源意象的仙化现象在文学作品中也多有反映,这明显体现在具有仙风气质的李白的作品中。其《拟古十二首》其十一云:"仙人骑彩凤,昨下阆风岑。海水三清浅,桃源一见寻。遗我绿玉杯,兼之紫琼琴。杯以倾美酒,琴以闲素心。二物非世有,何论珠与金。琴弹松里风,杯劝天上月。风月长相知,世人何倏忽。"③ 仙人彩凤、玉杯琼琴、松风伴奏、明月劝酒,这就是李白盛赞的仙境桃源!"五岳寻仙不辞

---

① [新加坡]王润华:《桃源勿遽返,再访恐君迷》,《唐代文学研究》第五辑,广西师范大学出版社1994年版,第144页。

② (宋)张君房撰,蒋力生校注:《云笈七签》卷二〇,华夏出版社1996年版,第153—155页。

③ 《全唐诗》卷一八三。

远，一生好入名山游"① 的诗人对桃源的追求有着不同于王维的方式，带着诗人飘逸浪漫的气质和个性，李白总是将追寻的名山赞赏为具有仙境意蕴的桃源，尽情享受山景带来的超脱闲逸。

　　杜甫诗歌中的桃源意象，则是其民胞物与情怀的折射，表达出对万物各遂其性、各得其所的美好希冀，具有浓厚的现实主义色彩，如《春日江村五首》其一："农务村村急，春流岸岸深。乾坤万里眼，时序百年心。茅屋还堪赋，桃源自可寻。艰难贱生理，飘泊到如今。"② 清仇兆鳌《杜诗详注》卷一四云："鹤注：此当是永泰元年春归溪后作，公自乾元二年冬入蜀，至此已经六年矣。江村，即浣花溪，前有'长夏江村事事幽'之句。""首章叙春日江村，有躬耕自给之意。……'万里眼'，蜀江所见，'百年心'，春事又逢，赋茅屋、草堂托居，寻桃源、花溪览胜，漂泊到今，故愿为老农，以资生计也。"③ 诗人将春日江村视为"桃源"，一如陶渊明的躬耕稼穑的桃花源，祥和而闲适！生活于战乱时代的杜甫更将桃源描写为和平之地，如《北征》这样写道："乾坤含疮痍，忧虞何时毕。靡靡逾阡陌，人烟眇萧瑟。所遇多被伤，呻吟更流血……缅思桃源内，益叹身世拙。"④ 宋代黄鹤《补注杜诗》卷三："鲍曰：'至德二载，公自贼窜，归凤翔，谒肃宗，授左拾遗。时公家在鄜州，所在寇多……视八月之吉，公始北征，徒步至三川迎妻子，故有是诗。'""洙曰：'桃源，秦俗避乱之所。'"（宋代黄希）"补注曰：'桃源山在鼎州。渊明记，晋太元中，武陵人捕鱼，忘路，忽逢桃林，夹岸数百步，无复杂果，人云秦时避世至此。'"⑤ 北征途经桃源山的诗人，感慨战乱带来的萧条凄惨的现实，不禁深

　　① 李白：《庐山谣寄卢侍御虚舟》，《全唐诗》卷一七三。
　　② 《全唐诗》卷二二八。
　　③ （唐）杜甫撰，（清）仇兆鳌详注：《杜诗详注》卷一四，上海古籍出版社1992年版，第475页。
　　④ 《全唐诗》卷二一七。
　　⑤ （宋）黄鹤：《补注杜诗》卷三，《影印文渊阁四库全书》本。

切缅怀陶渊明笔下的避秦之乱的桃花源，表达了诗人对和平生活的真诚向往。

中晚唐时期日趋黑暗、大厦将倾的社会现实瓦解了文人的乐观文化心理，这一点也反映在文人的桃源意识上。中晚唐文人渐趋内敛的心态使他们对桃源的认定呈现出两极状态：一是桃源的现实生活化，即文人大多将园林或山居视为栖息身心的桃源，悠游而自适；二是桃源的情色化，即在刘、阮天台桃源里任情恣性而不无哀感。

唐代社会经济的发展使园林和别业的兴建盛极一时，皇家园林、寺院园林、郊野园林、地宅园林、士人园林和别业大量涌现，"在功用上，无论出处穷达，也无论天南地北，园林都已是士大夫生活不可缺少的组成部分。没有它，就谈不上他们对人生和宇宙的认识"①。不仅如此，唐代园林的"构园"艺术水平趋于成熟，山光水色的冲融营造出和谐的自然山野气息，悠游其间，便可体会玩花鸟以忘归、对林泉而独得的生活情调。"隐逸文化和士人园林是士大夫在集权制度制约下保持自己相对独立而采取的手段，因此它的基调本是避世的……（唐代士人园林）表现出一种以前和以后都难见到的超旷豪迈之气。"② 唐代文人不仅可以在园林中欣然而忘忧，他们甚至认为，只要身处的地方有着芬芳的花草，清澈潺潺的溪水，静谧的小径，他们便可体会出闲适淳朴的情致，那便"胜景类桃源"③，即如"荷芰香而酒气添浓，洲渚隐而榜歌闻曲。船移鸟下，岸静蝉鸣"，他们便可"沿流溯洄，坐得桃源之趣矣"④。

在这些"胜景"中，寺观或山居之所的冲淡幽静甚至孤寂的氛围与尘世的喧嚣纷扰形成了鲜明的对比，"山人对兴，即是桃花

---

① 王毅：《园林与中国文化》，第 117 页。
② 同上书，第 123 页。
③ （唐）李君何：《曲江亭望慈恩寺杏园花发》，《全唐诗》卷四六六。
④ （唐）达奚珣：《游济渎序》，（清）董诰等《全唐文》卷三四五，中华书局 1983 年版，第 3505 页。

之源；隐士相逢，不异菖蒲之涧"①，极为契合中晚唐文人希求隐逸的心理，因而寺观或隐士的山居之所是唐代文人频频造访之处，并且常被视为现实中的"桃源"，这一点突出体现在钱起、刘长卿的诗歌中。这是因为，"大历之初，绿林狂寇，作祸斯邑，居人万户，冰裂瓦解，暴骸骨于郊野，注膏血于丘壑。桃源化为战地，羽客倏以蓬转"②。如钱起《中书王舍人辋川旧居》以"几年家绝壑，满径种芳兰。带石买松贵，通溪涨水宽。诵经连谷响，吹律减云寒。谁谓桃源里，天书问考盘。……片云隔苍翠，春雨半林湍。藤长穿松盖，花繁压药栏"③，描写王舍人之旧居，芳兰苍翠，梵呗穿云，真是一派幽寂的桃源！笔调古朴深微，抒发了诗人寄情山水的隐逸情怀。再如刘长卿《过郑山人所居》云："寂寂孤莺啼杏园，寥寥一犬吠桃源。落花芳草无寻处，万壑千峰独闭门。"④ 郑山人所居的寂寂寥寥的杏园，莺啼犬吠，花草自开自落，宁谧而闲适，令诗人欣羡不已，于是誉之为"桃源"。

中晚唐文人笔下的桃源有时是友人的私家亭园，如吕温《道州春游欧阳家林亭》"主人虽朴甚有思，解留满地红桃花。桃花成泥不须扫，明朝更访桃源老"⑤，苗发《寻许山人亭子》也有"桃源若远近，渔子棹轻舟。川路行难尽，人家到渐幽。山禽拂席起，溪水入庭流"⑥ 的描写；有时是私人书院，如杨发《南溪书院》"茅屋住来久，山深不置门。草生垂井口，花发接篱根。入院将雏鸟，攀萝抱子猿。曾逢异人说，风景似桃源"⑦；有时甚至是自家庭院，如韦庄《庭前桃》"曾向桃源烂漫游，也同渔父泛仙舟。皆言洞里千株好，

① （唐）王勃：《山亭兴序》，《全唐文》卷一八〇，第1836页。
② （唐）李观：《道士刘宏山院壁记》，《全唐文》卷五三四，第5423页。
③ 《全唐诗》卷二三八。
④ 《全唐诗》卷一五〇。
⑤ 《全唐诗》卷三七一。
⑥ 《全唐诗》卷二九五。
⑦ 《全唐诗》卷五一七。

未胜庭前一树幽"①，吴融《山居即事四首》之四更直接云："无邻
无里不成村，水曲云重掩石门。何用深求避秦客，吾家便是武陵
源"②。这些描写都是以身边现实生活的环境作为具有闲逸、纯真的
桃源天地，体现了中晚唐文人追求超脱境界的思想倾向。

中晚唐朝政腐败、社会动乱的现实引发了人们纵情享乐的心
理，寓含情色内容的刘晨、阮肇天台遇仙被文人想象为温香软玉的
世界，成为这一时期文人无限向往的宣泄情感的"桃花源"，这方
面的代表诗人是曹唐，其《游仙诗》将刘、阮天台艳遇写入作品，
绮艳缠绵中略带惆怅，如《小游仙诗九十八首》之一云："玉皇赐
妾紫衣裳，教向桃源嫁阮郎。烂煮琼花劝君吃，恐君毛鬓暗成
霜。"③ 温柔乡的抚慰使诗人不禁渴望柔情的永恒。而《刘阮再到
天台不复见仙子》诗曰："再到天台访玉真，青苔白石已成尘。笙
歌冥寞闲深洞，云鹤萧条绝旧邻。草树总非前度色，烟霞不似昔年
春。桃花流水依然在，不见当时劝酒人。"④ 萧条冥寂的桃花洞，
笙歌散尽，苔石成尘，让人想起昔日的欢爱和缠绵。

情色内涵的桃源还成为专门的词牌——《宴桃源》、《忆仙
姿》，文人用以抒写对男欢女爱的追寻和回味，如白居易《宴桃
源》云："前度小花静院，不比寻常时见。见了又还休，愁却等闲
分散。肠断，肠断，记取钗横鬓乱。"⑤ 李存勖《忆仙姿》："曾宴
桃源深洞，一曲清歌舞风。常忆欲别时，和泪出门相送。如梦，如
梦，残月落花烟重。"⑥ 桃源意象成为男女销魂的象征。

综上所述，在唐代精神领域的开放、道教的兴盛、园林艺术的
成熟等文化背景下，传统文学中的桃源意象在不同文人笔下呈现出

---

① 《全唐诗》卷六九九。
② 《全唐诗》卷六八四
③ 《全唐诗》卷六四一。
④ 《全唐诗》卷六四〇。
⑤ 曾昭岷等编：《全唐五代词》卷一，第73页。
⑥ 曾昭岷等编：《全唐五代词》卷三，第445页。

彼此有别的思想内涵，但无论各个时期的诗人在作品中如何艺术性地诠释，桃源意象都成为遭受现实挫折、心慕林泉烟霞的唐代文人的精神慰藉，体现着他们渴望高蹈世外的主观情怀。

三 宋代文学中桃源意象的情感内涵

关于宋代文学中的桃源意象主要出现在宋词中，本书的第四章第五节已有详细阐述，不复重论。

四 元、明文学中桃源意象的情色内涵

元代文学中的桃源意象表现出鲜明的情色追求，这在元曲中体现得较为普遍。这与元代文人独特的社会处境和心态有着密切的关系。在异族统治下，汉族文人人生失衡，生活窘迫，"更多的元代文人甚至缺乏可以遁世归隐的山林田园……不得不栖身于农舍、田间，浪迹于长街、陋巷，掩埋于书会、勾栏……流连于行院、妓馆、舞榭、青楼之间"①。在青楼、酒肆中放浪形骸，使文人找到了心灵的慰藉，如马致远〔四块玉〕即云："彩扇歌，青楼饮，自是知音惜知音。"这种依红偎翠的生活使元代杂剧具有着浓重的情色成分，桃源意象即是这种追求情色思想的载体之一。

翻开元人杂剧和散曲，我们便极易看到，出自于刘晨、阮肇天台山遇仙故事的"桃源"意象的情爱欲望，在元代文人笔下赤裸裸地出现了，如吴昌龄《张天师断风花雪月》第一折〔油葫芦〕："俺和您回首瑶台隔几重，早来到书院中，怕甚么人间天上路难通……（正旦唱）想当日那天孙和董永曾把琼梭弄，（桃花仙云）可再有何人？（正旦唱）想巫娥和宋玉曾做阳台梦……他若肯早近傍，我也肯紧过从。拼着个刘晨笑入桃源洞。"大胆真率的语言，写出了桃源洞即是男女相爱的风月场地。李好古《沙门岛张生煮

---

① 刘彦君：《元杂剧作家心理现实中的二难情结》，《文学遗产》1993年第5期，第77页。

海》第一折〔青歌儿〕亦唱道："甜话儿将人、将人摩弄，笑脸儿把咱、把咱陪奉。你则看八月冰轮出海东，那其间、雾敛晴空，风透帘拢，云雨和同……对对双双，喜喜欢欢，我与你笑相从，再休提误入桃源洞。"贾仲明《铁拐李度金童玉女》第一折〔寄生草〕"（铁拐云）贫道昨日蕊珠宫醉倒，今日却在这里。（正末笑科）（唱）你昨霄个夜沉沉醉卧蕊珠宫，今日暖融融误入桃源洞。"桃源意象的情色意蕴极为明显。元代散曲中的桃源意象亦不乏情色的热烈追求，如于伯渊套数〔仙吕〕点绛唇〔幺〕："情尤重，意转浓，恰相逢似晋刘晨误入桃源洞，乍相逢似楚巫娥暂赴阳台梦，害相思似庾兰成愁赋香奁咏。你这般玉精神花模样赛过玉天仙，我待要锦缠头珠络索盖下一座花胡同。"

元曲中桃源意象的情色意蕴在明清时期的传奇、小说等文学体裁中依然有所表现，如明代话本选集《今古奇观》卷四二《宿香亭张浩遇莺莺》这样描写二人相爱："莺笑倚浩怀，娇羞不语。浩遂与解带脱衣，入鸳帏共寝。但见：宝炬摇红，麝烟吐翠。金缕绣屏深掩，绀纱斗帐低垂。并连鸳枕，如双双比目同波；共展香衾，似对对春蚕作茧。向人尤殢春情事，一搦纤腰怯未禁。须臾，香汗流酥，相偎微喘，虽楚王梦神女，刘、阮入桃源，相得之欢，皆不能比。少顷，莺告浩曰：'夜色已阑，妾且归去。'浩亦不敢相留，遂各整衣而起。"[①] "刘、阮入桃源，相得之欢，皆不能比"即以否定的方式点明了桃源意象的情色意义。明代罗懋登《三宝太监西洋记通俗演义》第九十一回《阎罗王寄书国师，阎罗王相赠五将》云："孟沂拿着玻璃盏在手里，口占一律，说道：'路入桃源小洞天，知红飞去遇蝉娟。襄王误作高唐梦，不是阳台云雨仙。'"[②] 语言较为雅致，然而桃源的情爱意义也是明确的。

---

① （明）抱瓮老人：《今古奇观》卷四二，人民文学出版社 1957 年版。

② （明）罗懋登：《三宝太监西洋记通俗演义》第九十一回，上海古籍出版社 1985 年版。

在清代的文学中,桃源意象还呈现出两种意义上的桃源"合流"的现象,如《聊斋志异》卷一〇:"若毛大者,刁猾无籍,市井凶徒。被邻女之投梭,淫心不死;伺狂童之入巷,贼智忽生。开户迎风,喜得履张生之迹;求浆值酒,妄思偷韩掾之香。何意魄夺自天,魂摄于鬼。浪乘槎木,直入广寒之宫;径泛渔舟,错认桃源之路。遂使情火息焰,欲海生波。刀横直前,投鼠无他顾之意;寇穷安往,急兔起反噬之心。越壁入人家,止期张有冠而李借;夺兵遗绣履,遂教鱼脱网而鸿罹。风流道乃生此恶魔,温柔乡何有此鬼蜮哉!即断首领,以快人心。"①"径泛渔舟,错认桃源之路"即结合了桃源意象的两种内涵,突出了毛大的十恶不赦的品质。《玉梨魂》第二十四章有"情爱偏从恨里真,生生世世愿相亲。桃源好把春光闭,莫遣飞花出旧津"②的句子,其中的"桃源"意象则融合了陶渊明《桃花源记》中的"桃源"和《幽明录》中的刘、阮"桃源",表现出桃源爱情的美好却难以追寻的怅惘。

五 清代文学中桃源意象的意境追求

如果说元、明两代的文学中桃源意象偏于刘、阮天台山艳遇的情色想象和追求,清代文学中的桃源意象则体现出对陶渊明笔下的桃花源意境理解和诠释。沈复《浮生六记》卷三:"华名大成,居无锡之东高山,面山而居,躬耕为业,人极朴诚,其妻夏氏,即芸之盟姊也。是日午未之交,始抵其家。华夫人已倚门而待,率两笑女至舟,相见甚欢,扶芸登岸,款待殷勤。四邻妇人孺子哄然入室,将芸环视,有相问讯者,有相怜惜者,交头接耳,满室啾啾。芸谓华夫人曰:'今日真如渔父入桃源矣。'华曰:'妹莫笑,乡人

---

① (清)蒲松龄:《聊斋志异》卷一〇,上海古籍出版社1998年版。
② 徐枕亚著:《玉梨魂》,江西人民出版社1986年版,第150页。

少所见多所怪耳。'自此相安度岁。"① "面山而居，躬耕为业，人极朴诚"、"款待殷勤"，这是沈复笔下的华大成，俨然陶渊明笔下的桃源中人，作者对桃源意象的解释明显秉承了陶渊明笔下的桃花源原意。《隋唐演义》第三十七回云："宇文弼、宇文恺得了旨意，遂行文天下，起人夫，吊钱粮，不管民疲力敝，只一味严刑重法的催督，弄得这些百姓，不但穷的驱逼为盗；就是有身家的，被这些贪官污吏，不是借题逼诈，定是赋税重征，也觉身家难保，要想寻一个避秦的桃源，却又无地可觅。"② "避秦的桃源"是作者对桃源意象的和平意义的认定，这也是陶渊明笔下的桃花源的本原内涵。《桃花扇》第三十六出《逃难》［前腔］中亦有"桃源洞里无征战"的唱词，明确道出了桃源意象的和平象征意义。而《儒林外史》第五十五回则这样写道："荆元道：'古人动说桃源避世，我想起来，那里要甚么桃源！只如老爹这样清闲自在，住在这样城市山林的所在，就是现在的活神仙了。'"③ 体现出对陶渊明桃源意象的避世隐逸意蕴的独特理解，而这种理解与宋代苏轼的桃源思想极为相近，即视桃源为一种超逸自得的心境。

清代文学还从对桃花源景观的接受方面体现出对陶渊明笔下桃源意境的理解。《梦中缘》第二回："但见夹堤两岸，俱是杨柳桃杏，红绿相间，如武陵桃源一般。"④ 夹岸的桃林即是桃源的景观特征。《隋唐演义》第三十四回："原来这清修院，四围都是乱石，垒断出路，惟容小舟，委委曲曲，摇得入去。里面许多桃树，仿佛是武陵桃源的光景。二人正赏玩这些幽致，忽见细渠中，漂出几片

---

① （清）沈复著，傅仁波注：《浮生六记》卷三，黄山书社2003年版，第88—89页。

② （清）褚人获：《隋唐演义》第三十七回，山西人民出版社1994年版，第314页。

③ （清）吴敬梓著，李汉秋辑校：《儒林外史》（汇校汇评本），上海古籍出版社1984年版，第605页。

④ 李修行编次，傅德林、李晶点校：《梦中缘》，北京师范大学出版社1993年版，第14页。

桃花瓣来。"① 也是将桃花盛开、曲径通幽的洞天视为武陵桃源之境，体现出对《桃花源记》文本中桃源景观特征的认同和接受。

总之，中国古代文学中的桃源意象在不同时期、不同文人作品中呈现出不同的诠释和理解，这与作者所处的时代、自身的经历等因素有关，也正是因为这些不同的理解和解释，才形成了中国古代文学中意蕴丰厚、魅力无穷的桃源现象。

综上所论，如果说陶渊明笔下的"桃花源"是一种艺术符号，那么，历代文人作品中的"桃花源"就是一种"艺术中使用的符号"。对于二者，苏珊·朗格在《艺术问题》中这样区分："（艺术中使用的符号）是一种暗喻，一种包含着公开的或隐藏的真实意义的形象。"而"艺术符号""是一种终极的意象——一种非理性的、不可用言语表达的意象，一种诉诸直接的知觉的意象，一种充满了情感、生命和富有个性的意象，一种诉诸感受的活的东西。因此，它也是理性认识的发源地"②。这些作品中的感知、想象、理解、情感等既近似又有差异，而这种现象的意义在于，陶渊明笔下的桃花源意象原型在诉诸后人的情感感受的同时又在不断陶冶着人们的情感，使人们的情感变得更为复杂、细致、丰富和深沉，这样也就充实、发展了桃花源意象的原型意蕴。

---

① （清）褚人获：《隋唐演义》第三十四回，第288页。
② ［美］苏珊·朗格著：《艺术问题》，滕守尧等译，中国社会科学出版社1983年版，第134页。

结　　语

　　桃是中国古代文化史上重要的植物。与梅、杏、荷、兰、桂、竹等受地域限制的植物相比，桃的地域适应性强，分布较为广泛。在利用历史方面，与梅、杏、荷、兰、桂、菊、竹、松、杨、柳等众多植物相比，桃的利用价值较大，其果、木、花都在古人的生活中发挥了各自不同的重要作用。与古人生活的密切关系奠定了桃在中国传统文化中的重要地位。

　　桃是中国古代文学作品中重要的植物意象。笔者对《诗经》、《文苑英华》、《全唐诗》、《全宋词》、《全芳备祖》、《古今图书集成》等典籍所收作品中植物意象在正文中出现的次数进行统计，结果显示，桃分别位居第 7 位，第 7 位，第 6 位，第 4 位，第 8 位，第 9 位。而在《佩文韵府》所收以植物为主字的词汇数量中，桃居于第 8 位。在《骈字类编》所收以植物为修饰语的词汇数量中，桃位居第 11 位。这些数据都有力地证明了桃意象在中国古代文学中的重要地位。

　　先秦时期对桃的开发和利用是桃的文学和文化意义形成的基础。《诗经》篇章中确立的桃花与女性的关系，是中国古代文学作品以桃花歌咏美人或以桃花比喻女性的文学传统的渊源。而在桃题材文学作品发展历史上，魏晋南北朝、唐代、宋代是三个极为重要的阶段。

　　魏晋南北朝出现了专题的咏桃赋和咏桃诗。咏桃赋的代表作是晋傅玄《桃赋》和南朝宋伍辑之《园桃赋》，强调桃的神异性，有浓厚的宗教和神话色彩是这一时期桃赋的共同特征。咏桃诗出现在南朝时期，然而大多数作品是从整体着眼，对桃的花、叶、枝、果等进行全局把握，并未形成明确的桃花审美意识。这一时期的咏桃作品中，南朝梁沈约《咏桃》诗和陈张正见《衰桃赋》艺术成就较高，作品赋予桃花以美丽无常、世事多变的感伤意蕴，突破了对桃花机械描摹的写作格局，对唐代的咏桃诗歌和桃花赋创作产生了深刻影响。而这一时期出现的"桃花源"成为中国古代文学史上的重要题材和主题。陶渊明描写的"桃花源"，成为一种理想的社会模式在王维、韩愈、苏轼、王安石等人笔下表现出生生不息的魅力；《幽明录》中的天台山"桃花源"，则成为一种理想爱情境界而在后世的《醉桃源》（或《阮郎归》）、《误入桃源》等标题的词、曲作品中被反复吟咏。

　　唐代则是桃题材作品的繁盛时代。数量众多的文人以多种多样的专题咏桃作品和丰富多样的文化活动等形式，对桃花的花卉特色和景观特征进行了细致的观察和描写，淋漓尽致地表现出了桃花的物色之美。不仅如此，唐代文人还深刻挖掘出桃花意象的情感意蕴，并以成熟的艺术手法如象征、寄托等，表达出复杂多样的身世之感和理想追求。总之，唐代桃题材文学作品在数量和质量上都呈现出较为繁盛的特征。

　　宋代桃题材和意象文学作品对桃的认识趋于深化。宋人对花卉的认识表现出透过物色而探究花卉的人格化象征的特点。桃极为常见、花期短暂、花色艳丽的特性，在宋代花卉审美风尚的影响下，被赋予了"俗"与"妖"的内涵，审美地位较之唐代明显下降。然而，色彩素雅的白色桃花以及碧桃花因为迎合了宋人的雅趣而备受青睐；桃花开花无语而下自成蹊的现实又被宋人视为"花德"而大加褒扬。因而，宋代对桃花的认识呈现出一种矛盾状态。集大成之文化背景下的宋代文人悖逆了唐代桃花意象艺术表现的情景相生的原则，遗貌取神，在内容、表现方式、艺术特色方面都具有不同于唐人的创新，从而表现出对桃的文学和审美认识深化和成熟的特征。

　　元明清桃题材和意象作品除了体裁的变化外，内涵上大抵未出前代的窠臼，因而，本书对桃题材和意象作品的梳理也是以宋代之前的作品为主。

桃易植而子繁，花落即结实，果味甜美，自古被奉为"五果"（桃、李、枣、杏、栗）之首，民俗中美称为"仙桃"。桃木是先秦时期重要的武器和避邪用具，其避邪、除凶的功能也成为当今桃民俗中的重要内容。

桃花是仲春之月的花卉，独特的时间与空间优势使桃花不折不扣地成为春天的象征。这种象征意义在中国古代独特的"天人合一"等传统文化背景下，又衍生出生命、青春、女性的意义。桃花的女性意义在宋、元时期呈现出从泛化到堕落的发展趋势，桃花越来越成为风月之场的景物代表和风尘女性的象征。桃花开放于清明前后，正是雨水增多的季节，两种物候现象的同步产生了"桃花"与"流水"的天然组合。随着文学和文化的发展，这一季节现象成为一种文学意象，并被赋予丰富的文学内涵。物候因素的天然联系，赋予了"桃花流水"春天的象征这一原始意义；由于桃与道教的密切关系，"桃花流水"又被赋予了仙境的象征、超脱境界的象征意义；桃花易落、流水易逝的自然特征又使"桃花流水"意象具有了青春不再、时光难留的感伤情韵。源自《诗经·桃夭》对桃花原始单纯的生命之欣喜，唐代崔护《题都城南庄》中的桃花衬托出心仪女子的资质之美，在《桃夭》篇章对生命的喜悦之外，又增加了一种欣赏、珍惜的思想感情，"人面桃花"成为一个"有意味"的意象组合，表达出对美好事物的留恋和追忆。宋、元、明时期"人面桃花"题材的文学作品更是演绎着一幕幕缠绵的爱情故事，显示了其经久不衰的艺术魅力。

在中国传统文化史上，桃花既是欲望的象征，又是超脱的象征。桃花盛开在仲春，是古时男女婚配的季节，因此，桃花是男女交合场所的典型景观，成为色欲的象征。而远古时期的神话传说又使桃花具有了仙境的意义，成为无欲的净土。传统文化所赋予桃花的这种相反相成的含义浓缩为"桃花源"意象，它融合了陶渊明幻想的理想社会模式和《幽明录》所描写的美好情爱天地两层含义，因此，它既是遗世独立、超然高举的圣地，又是粉墙画壁、香暖风徐的温柔之乡，是人们在实际生活中未曾得到满足的补偿世界，因而成为令人向往的精神国度。历代文人根据自身经历和现实处境，以桃源题材或意象表达出情深意笃的乐园追寻思想，为"桃花源"增添了一笔笔亮丽的色彩。

以上即是本书的大致脉络。总体看来，采取的是先面后点、点面结合的研究方法，上编属于"面"的内容，是对中国古代文学中桃题材和桃意象作品的纵向梳理，这样能够清晰地呈现出桃意象文学发生、发展和演变的历史过程。由于时间关系，本书主要是将宋代以及宋代之前的有关作品（主要是诗、词）进行了详细的论述和分析。下编属于"点"的内容，是对桃的形象特色、文学意义的阐发以及重要的文学、文化现象的论述，这是本书的核心。论述时采用了文学和文化结合的研究方法，力求深刻挖掘出桃意象所蕴涵的丰富悠远的文化内涵。

征 引 书 目

说明:

1. 本书征引之文学总集、别集、资料汇编、学术专著等均在此列,引用之现当代期刊所载之学术论文则分别在相应正文的脚注中标出。2. 所列书目按汉语拼音字母顺序排列。

B

(汉)班固撰:《白虎通德论》,上海古籍出版社 1990 年版。

(晋)葛洪撰:《抱朴子》,上海书店 1986 年版。

(明)李时珍撰,李经纬、李振吉主编:《本草纲目校注》,辽海出版社 2000 年版。

(唐)孟棨等撰,李学颖标点:《本事诗》,上海古籍出版社 1991 年版。

C

陈寅恪著:《陈寅恪集·金明馆丛稿初编》,生活·读书·新知三联书店 2001 年版。

(宋)洪兴祖撰:《楚辞补注》,中华书局 1983 年版。

整理委员会整理,李学勤主编:《春秋左传正义》,《十三经注疏》,北京大学出版社 1999 年版。

马兴荣著:《词学综论》,齐鲁书社 1989 年版。

(清)徐釚撰,唐圭璋校注:《词苑丛谈》,上海古籍出版社 1981 年版。

D

任继愈著:《道藏提要》,中国社会科学出版社 1991 年版。

《文史知识》编辑部编：《道教与中国传统文化》，中华书局1992年版。

葛兆光著：《道教与中国文化》，上海人民出版社1987年版。

（汉）刘珍撰，吴庆峰点校：《东观汉记》，齐鲁书社2000年版。

（元）马致远撰，瞿钧编注：《东篱乐府全集》，天津古籍出版社1990年版。

（宋）苏轼撰：《东坡词注》，吕观仁注，岳麓书社2005年版。

（宋）灌园耐得翁撰：《都城纪胜》，中国商业出版社1982年版。

（清）杨伦笺注：《杜诗镜铨》，上海古籍出版社1980年版。

（唐）杜甫撰，（清）仇兆鳌详注：《杜诗详注》，上海古籍出版社1992年版。

E

（晋）郭璞注，（宋）邢昺疏：《尔雅注疏》，上海古籍出版社1990年版。

F

（汉）应劭撰，王利器校注：《风俗通义校注》，中华书局1981年版。

（清）沈复撰，傅仁波注：《浮生六记》，黄山书社2003年版。

G

舒迎澜著：《古代花卉》，农业出版社1993年版。

聂石樵著：《古代文学中人物形象论稿》，北京师范大学出版社2000年版。

罗小东著：《古典文学与传统文化》，北京文化艺术出版社2001年版。

庄一拂著：《古典戏曲存目汇考》，上海古籍出版社1982年版。

（宋）祝穆撰，（元）富大用辑：《古今事文类聚》，书目文献出版社 1991 年版。

（清）陈梦雷编纂：《古今图书集成》，中华书局 1985 年版。

（明）李贤撰：《古穰集》，四库明人文集丛刊本，上海古籍出版社 1991 年版。

程千帆著：《古诗考索》，上海古籍出版社 1984 年版。

钱锺书著：《管锥编》，中华书局 1979 年版。

（唐）房玄龄注，刘绩增注：《管子》，上海古籍出版社 1989 年版。

（明）董斯张撰：《广博物志》，岳麓书社 1991 年版。

（清）汪灏等撰：《广群芳谱》，上海书店 1985 年影印本。

（清）俞正燮撰：《癸巳存稿》，上海古籍出版社 2003 年版。

钱穆著：《国史新论》，（台北）东大图书公司 1981 年版。

H

（战国·韩）韩非撰：《韩非子》，上海古籍出版社 1989 年版。

（汉）班固撰，（唐）颜师古注：《汉书》，中州古籍出版社 1991 年版。

王根林等校点：《汉魏六朝笔记小说大观》，上海古籍出版社 1999 年版。

（南朝·宋）范晔撰：《后汉书》，中州古籍出版社 1996 年版。

黄岳渊、黄德邻著：《花经》，上海书店 1985 年版。

（明）程敏政撰：《篁墩文集》，上海古籍出版社 1991 年版。

J

叶嘉莹著：《迦陵论诗丛稿》，河北教育出版社 1997 年版。

（明）吴宽撰：《家藏集》，上海古籍出版社 1991 年版。

（宋）陆游撰，钱仲联校注：《剑南诗稿校注》，上海古籍出版社 1985 年版。

（汉）焦延寿撰，尚秉和注：《焦氏易林注》，中国书店 1990 年版。

（明）抱瓮老人著：《今古奇观》，人民文学出版社 1957 年版。

陈寅恪著：《金明馆丛稿二编》，上海古籍出版社 1980 年版。

（南朝·梁）宗懔撰，宋金龙校注：《荆楚岁时记》，山西人民出版社 1987 年版。

K

［美］C. W. 莫里斯著：《开放的自我》，定扬译，徐怀启校，上海人民出版社 1987 年版。

（五代）王仁裕撰，丁如明辑校：《开元天宝遗事十种》，上海古籍出版社 1985 年版。

（魏）王肃注：《孔子家语》，上海古籍出版社 1990 年版。

L

（宋）陆游撰，刘文忠评注：《老学庵笔记》，学苑出版社 1998 年版。

（清）陆以湉撰：《冷庐杂识》，中华书局 1984 年版。

（汉）郑玄注，（唐）孔颖达正义，黄侃经文句读：《礼记正义》，上海古籍出版社 1990 年版。

（清）李渔撰，艾舒仁编次，冉云飞校点：《李渔随笔全集》，巴蜀书社 1997 年版。

张璋等编纂：《历代词话》，大象出版社 2002 年版。

（清）何文焕辑：《历代诗话》，中华书局 1981 年版。

（清）吴景旭撰：《历代诗话》，中华书局 1958 年版。

（清）丁福保辑：《历代诗话续编》，中华书局 1983 年版。

（清）陈邦彦选编：《历代题画诗》，人民美术出版社 1995 年影印本。

（清）蒲松龄撰：《聊斋志异》，上海古籍出版社 1998 年版。

（宋）柳永撰，孙光贵、徐静校注：《柳永集》，岳麓书社 2003 年版。

（秦）吕不韦撰，（汉）高诱注：《吕氏春秋》，上海古籍出版社 1989 年影印本。

吕思勉著：《吕思勉读史札记》，上海古籍出版社 1982 年版。

（宋）苏辙撰：《栾城集》，上海古籍出版社 1987 年版。

（汉）王充撰，黄晖校释：《论衡校释》，中华书局 1998 年版。

［俄］普列汉诺夫著：《论艺术·没有地址的信》，曹葆华译，生活·读书·新知三联书店 1973 年版。

（汉）郑玄注，（清）刘宝楠注：《论语正义》，上海书店 1986 年版。

程兆熊著：《论中国庭园花木》，（台湾）明文书局 1987 年版。

（北魏）杨衒之撰，周祖谟校释：《洛阳伽蓝记校释》，上海书店出版社 2004 年版。

M

傅丽英、马恒君校注：《马致远全集校注》，语文出版社 2002 年版。

（清）顾栋高撰：《毛诗类释》，《影印文渊阁四库全书》本。

（汉）毛公传，（汉）郑玄笺，（唐）孔颖达等疏，黄侃经文句读：《毛诗正义》，上海古籍出版社 1990 年版。

（明）杨基撰：《眉庵集》，巴蜀书社 2005 年版。

（宋）范成大撰：《梅谱》，上海古籍出版社 1993 年版。

［德］黑格尔著：《美学》，朱光潜译，商务印书馆 1996 年版。

（宋）吴自牧撰：《梦粱录》，浙江人民出版社 1981 年版。

李修行编次，傅德林、李晶点校：《梦中缘》，北京师范大学出版社 1993 年版。

（清）朱彝尊撰：《明诗综》，中华书局 2007 年版。

《墨子》，上海古籍出版社 1989 年影印本。

N

（唐）李延寿撰：《南史》，中华书局 1975 年版。

（宋）陈骙撰，张富祥点校：《南宋馆阁录》，中华书局 1998 年版。

（宋）吴曾撰：《能改斋漫录》，上海古籍出版社 1979 年版。

O

（宋）欧阳修撰，陈新等选注：《欧阳修选集》，上海古籍出版社 1986 年版。

P

（宋）陆佃撰：《埤雅》，北京图书馆古籍出版编辑组编《北京图书馆古籍珍本丛刊·经部》，书目文献出版社 1998 年版。

Q

（北魏）贾思勰撰，缪启愉、缪桂龙译注：《齐民要术译注》，上海古籍出版社 2006 年版。

（清）王夫之等撰：《清诗话》，上海古籍出版社 1999 年版。

郭绍虞编：《清诗话续编》，上海古籍出版社 1983 年版。

（清）王昶等撰：《清词综》，清刻本。

（宋）陈景沂撰：《全芳备祖》，农业出版社 1982 年版。

（清）严可均辑：《全上古三代秦汉三国六朝文》，中华书局 1999 年版。

唐圭璋编：《全宋词》，中华书局 1965 年版。

（清）彭定求等编：《全唐诗》，中华书局 1960 年版。

陈尚君辑校：《全唐诗补编·全唐诗续补遗》，中华书局 1992 年版。

（清）董诰编：《全唐文》，中华书局 1983 年版。

曾昭岷等编：《全唐五代词》，中华书局 1999 年版。

R

［瑞士］C. G. 荣格著：《人，艺术和文学中的精神》，卢晓晨译，晏玄校，工人出版社 1988 年版。

［德］卡西尔著：《人论》，甘阳译，上海译文出版社 1985 年版。

（清）顾炎武著，（清）黄汝成集释，栾保群、吕宗力校点：《日知录集释》，花山文艺出版社 1990 年版。

（宋）洪迈撰：《容斋随笔》，上海古籍出版社 1995 年版。

（清）吴敬梓著，李汉秋辑校：《儒林外史》（汇校汇评本），上海古籍出版社1984年版。

S

（明）罗懋登撰：《三宝太监西洋记通俗演义》，上海古籍出版社1985年版。

何清谷校注：《三辅黄图校注》，三秦出版社1995年版。

［美］R. 阿恩海姆著：《色彩论》，常又明译，云南人民出版社1980年版。

（宋）黄庭坚撰，马兴荣、祝振玉校注：《山谷词》，上海古籍出版社2001年版。

（晋）郭璞撰，袁珂校注：《山海经校注》，上海古籍出版社1980年版。

（宋）张炎撰，吴则虞校辑：《山中白云词》，中华书局1983年版。

顾颉刚主编：《尚书通检》，上海古籍出版社1990年版。

（汉）孔安国传，（唐）孔颖达等正义，黄侃经文句读：《尚书正义》，上海古籍出版社1990年版。

（清）黄奭辑：《神农本草经》，中医古籍出版社1982年版。

王家葵、张瑞贤著：《神农本草经研究》，北京科学技术出版社2001年版。

邱明正著：《审美心理学》，复旦大学出版社1993年版。

陈植锷著：《诗歌意象论》，中国社会科学出版社1990年版。

（宋）朱熹集注：《诗集传》，中国书店1980年版。

李山著：《诗经的文化精神》，东方出版社1997年版。

（宋）朱熹撰：《诗经集传》，巴蜀书社1989年版。

（清）姚际恒撰：《诗经通论》，中华书局1958年版。

（清）方玉润撰，李先耕点校：《诗经原始》，中华书局1986年版。

陈子展著：《诗经直解》，复旦大学出版社1983年版。

（南朝·梁）钟嵘撰，曹旭集注：《诗品集注》，上海古籍出版社1996年版。

［丹麦］勃兰兑斯著：《十九世纪文学主流》，张道真译，人民文学出版社1980年版。

（清）翁方纲撰：《石洲诗话》，人民文学出版社1981年版。

（汉）司马迁撰，郭逸校注：《史记》，上海古籍出版社1997年版。

（南朝·宋）刘义庆撰，梁·刘孝标注：《世说新语》，上海古籍出版社1982年版。

（南朝·宋）刘义庆撰，余嘉锡笺疏：《世说新语笺疏》，中华书局1983年版。

（宋）高承撰，（明）李果订，金圆、许沛藻点校：《事物纪原》，中华书局1989年版。

（清）王先谦撰集：《释名疏证补》，上海古籍出版社1986年版。

（南朝·梁）任昉撰：《述异记》，（清·光绪）湖北崇文书局影印本。

（明）陶宗仪纂：《说郛》（一百卷本），中国书店1986年版。

（汉）刘向撰，赵善诒疏证：《说苑疏证》，华东师范大学出版社1985年版。

（清）纪昀总纂：《四库全书总目提要》，河北人民出版社2000年版。

（元）赵孟頫撰：《松雪斋集》，中国书店1991年版。

张毅著：《宋代文学思想史》，中华书局2004年版。

程杰著：《宋代咏梅文学研究》，安徽文艺出版社2002年版。

（清）王夫之撰：《宋论》，中华书局1964年版。

钱锺书选注：《宋诗选注》，人民文学出版社1994年版。

朱自清著：《宋五家诗钞》，上海古籍出版社1981年版。

王国维著：《宋元戏曲史》，百花文艺出版社2001年版。

（宋）苏轼撰：《苏轼全集》，上海古籍出版社 2000 年版。

（唐）魏征撰：《隋书》，中华书局 2000 年版。

（清）褚人获撰：《隋唐演义》，山西人民出版社 1994 年版。

T

台静农著：《台静农论文集》，安徽教育出版社 2002 年版。

（宋）李昉等撰：《太平广记》，中华书局 1961 年版。

（宋）李昉等撰：《太平御览》，中华书局 1960 年版。

（元）辛文房撰：《唐才子传校笺》，傅璇琮主编，中华书局 1987 年版。

罗香林著：《唐代文化史研究》，上海书店出版 1992 年版。

（唐）李肇撰：《唐国史补》，上海古籍出版社 1979 年版。

（清）徐松撰，张穆校补，方严点校：《唐两京城坊考》，中华书局 1985 年版。

（清）蘅塘退士编，陈婉俊补注：《唐诗三百首》，中国书店 1991 年版。

杨海明著：《唐宋词风格论》，上海社会科学出版社 1986 年版。

杨海明著：《唐宋词纵横谈》，苏州大学出版社 1994 年版。

（清）陆心源辑：《唐文拾遗》，台北文海出版社 1979 年版。

（宋）王谠撰：《唐语林》，上海古籍出版社 1978 年版。

（五代）王定保撰：《唐摭言》，上海古籍出版社 1978 年版。

王焰安著：《桃文化研究》，中国档案出版社 2003 年版。

（晋）陶潜撰：《陶渊明集》，线装书局 2000 年版。

（晋）陶潜撰，龚斌校笺：《陶渊明集校笺》，上海古籍出版社 1996 年版。

北京大学中文系编：《陶渊明诗文汇评》，中华书局 1961 年版。

（宋）胡仔纂集，廖德明校点：《苕溪渔隐丛话》，人民文学出版社 1984 年版。

（宋）郑樵撰：《通志略》，上海古籍出版社 1990 年版。

W

王国维著：《王国维遗书》，上海书店 1983 年版。

（宋）王安石撰，（宋）李壁注：《王荆公诗注补笺》，巴蜀书社 2002 年版。

程章灿著：《魏晋南北朝赋史》，江苏古籍出版社 2001 年版。

（晋）陆机、（南朝·梁）钟嵘撰，杨明译注：《文赋诗品译注》，上海古籍出版社 1999 年版。

（南朝·梁）刘勰撰，詹锳义证：《文心雕龙义证》，上海古籍出版社 1994 年版。

童庆炳著：《文学艺术与社会心理》，高等教育出版社 1997 年版。

闻一多著：《闻一多全集》，生活·读书·新知三联书店 1985 年版。

（宋）周密撰：《武林旧事》，中国商业出版社 1982 年版。

X

（汉）刘歆撰，（晋）葛洪集，向新阳、刘克任校注：《西京杂记》，上海古籍出版社 1991 年版。

（宋）姚宽撰，孔凡礼点校：《西溪丛语》，中华书局 1993 年版。

逯钦立辑校：《先秦汉魏晋南北朝诗》，中华书局 1983 年版。

罗锦堂著：《现存元人杂剧本事考》，台北中国文化事业股份有限公司 1960 年版。

王立著：《心灵的图景——文学意象的主题史研究》，学林出版社 1999 年版。

（宋）欧阳修、宋祁撰：《新唐书》，中华书局 1975 年版。

（宋）李焘撰，（清）黄以周等辑补：《续资治通鉴长编》，上海古籍出版社 1986 年版。

（宋）王观国撰：《学林》，中华书局 1988 年版。

（战国·赵）荀况撰，杨倞注：《荀子》，上海古籍出版社1989年版。

Y

孙星衍，黄以周校：《晏子春秋》，上海古籍出版社1989年版。

（元）萨都拉撰：《雁门集》，上海古籍出版社1982年版。

［美］鲁道夫·阿恩海姆等著：《艺术的心理世界》，周宪译，中国人民大学出版社2003年版。

［美］苏珊·朗格著：《艺术问题》，滕守尧等译，中国社会科学版出版社1983年版。

［美］鲁道夫·阿恩海姆著：《艺术心理学新论》，郭小平、翟灿译，商务印书馆1996年版。

［法］丹纳著：《艺术哲学》，傅雷译，人民文学出版社1988年版。

（唐）欧阳询撰：《艺文类聚》，中华书局1962年版。

黄怀信等集注：《逸周书汇校集注》，上海古籍出版社1995年版。

（元）方回选评，李庆甲集评校点：《瀛奎律髓汇评》，上海古籍出版社1986年版。

（唐）段成式撰，方南生点校：《酉阳杂俎》，中华书局1981年版。

（清）张英等纂修：《渊鉴类函》，中国书店1985年影印本。

吴国钦等编：《元杂剧研究》，湖北教育出版社2003年版。

钟涛著：《元杂剧艺术生产论》，北京广播学院出版社2002年版。

王毅著：《园林与中国文化》，上海人民出版社1990年版。

（明）袁宏道撰，钱伯城笺校：《袁宏道集笺校》，上海古籍出版社1981年版。

（宋）郭茂倩辑：《乐府诗集》，上海古籍出版社1993年版。

（宋）张君房纂辑，蒋力生等校注：《云笈七签》，华夏出版社1996年版。

Z

诸祖耿集注汇考：《战国策集注汇考》，江苏古籍出版社1985年版。

（明）张岱撰，夏咸淳校点：《张岱诗文集》，上海古籍出版社1991年版。

（汉）张衡撰，张震泽注：《张衡诗文集校注》，上海古籍出版社1986年版。

杨海明著：《张炎词研究》，齐鲁书社出版1989年版。

卿希泰主编：《中国道教》，东方出版中心1994年版。

王立著：《中国古代文学十大主题——原型与流变》，辽宁教育出版社1990年版。

陈俊愉、程绪珂编著：《中国花经》，上海文艺出版社2000年版。

周武忠著：《中国花卉文化》，花城出版社1992年版。

梁启超著：《中国近三百年学术史》，东方出版社2004年版。

梁一儒、户晓辉著：《中国人审美心理研究》，山东人民出版社2002年版。

黄永武著：《中国诗学·思想篇》，台湾巨流图书公司2000年版。

林庚著：《中国文学简史》，北京大学出版社1988年版。

徐复观著：《中国文学论集》，台湾学生书局1980年版。

罗永麟著：《中国仙话研究》，上海文艺出版社1993年版。

鲁迅著，周锡山释评：《中国小说史略》，上海文化出版社2004年版。

徐复观著：《中国艺术精神》，春风文艺出版社1987年版。

蒋星煜著：《中国隐士与中国文化》，生活·读书·新知三联书店1988年版。

（汉）郑玄注，（唐）贾公彦疏，黄侃经文句读：《周礼注疏》，上海古籍出版社 1990 年影印本。

（唐）李鼎祚集解：《周易集解》，巴蜀书社 1991 年版。

（明）来知德集注：《周易集注》，上海古籍出版社 1990 年版。

朱光潜著：《朱光潜美学文集》，上海文艺出版社 1982 年版。

（战国·宋）庄周撰，（清）王先谦集解：《庄子集解》，上海书店 1980 年版。

后　　记

在为三年的忧虑与坚毅凝聚而成的论文画上最后一个句号的时候，我没有释然，眼睛里闪动着温暖的泪花。此刻，我无法拒绝内心至朴而又至诚的感谢。

我首先要把这份谢意与感激献给我的导师程杰先生。问学师门几近三载，程杰师沉着笃实的高古人格、严肃谨慎的治学精神深深感染了我。家在外地的我多为事务缠身，每每奔波于宁徐之间，论文写作常遇困惑。身处迷津时，程杰师的深切关怀与耐心指导着实让我感动。从论文的选题到论文的框架，从初稿的完成到论文的反复修订，无不是在程杰师的耐心指导下完成的。论文定题之初的那次面谈，程杰师充满期望的话语一直萦绕在我的耳边。我也有过为人师长的经历，然而，我对学生的关爱远不可及程杰师予我。如今，面对我三年收获的这枚也许还不太成熟的果实，在对程杰师表示诚挚感谢的同时更有深深的惭愧。

我还要将诚挚的感谢献给在博士论文开题报告中给我提出宝贵意见和建议的钟振振教授、陈书录教授、张采民教授、陆林教授、王青教授。本想以一篇像样的毕业论文回报几位老师的关心和教诲，然而，论文定稿时我发现，它却无法承载如此之多的师恩。

我同时要感谢我的硕士生导师、徐州师范大学文学院孙映逵教授以及浙江大学中文系胡可先教授，在我的论文撰写过程中，他们都曾经给了我非常好的建议。

我要把同样真诚的谢意送给师兄俞香顺、吴德岗、张荣东和师弟卢晓辉、王三毛，我的论文的最终完成离不开他们的无私帮助。俞香顺师兄慷慨赠予的《中国荷花审美文化研究》专著，使初涉这一课题的我不再那样的茫然和恐慌；吴德岗师兄和张荣东师兄常与我一起探讨，我们彼此鼓励，相互关心，化解了论文写作过程中的不安和困扰；卢晓辉和王三毛师弟热情为我提供的电子资料，方便了我的写作。我似乎生活在同门家庭里，处处享受着照顾和温暖。

感谢我的同学、南京大学文学院周继武老师，繁忙的工作之余帮我查找资料而无任何怨言，让我极为感动。

感谢我千里之外的家人，他们的默默支持和殷殷期待是我深夜苦读的精神支柱。爸爸妈妈一次次接受了我脆弱的泪水和无理的埋怨，在他们面前，我永远是那个一味任性的孩子，纵情地宣泄着自己的烦恼和痛苦，他们的理解和宽容却使我觉得如此的不安。而令我深深歉疚的是我的先生吴敏和儿子吴笑非，繁重的学习压力使我疏忽了作为妻子和妈妈的责任，而洋溢在他们脸上的笑容却给了我最平淡而又最丰盈的慰藉。

此刻，夜已阑珊。我忽然发现，朝夕与共的随园原来有着如许的美丽。然而，我却不敢将这种美丽一遍遍重复，反而希望其模糊些。遥想 2005 年桂子飘香的季节，我第一次亲近了这所精神的"桃花源"，而今，却是我栖身此地的最后一个春天。俯仰之间，步履校园的诸多情境浮现萦绕于眼前耳边：未及品味柔桑可采的欣然，又见桃花飞雨的浪漫，更有芰荷如裳的婀娜、蜡梅浮香的优雅，而最添诗兴的是美若天籁的一池蛙鸣，伴着溶溶的水汽和清响的竹露，弥漫在静谧的夏夜，沉醉的心田里似乎装满了月夜的景色。轻轻作别之际，细似轻丝的惆怅剪拂不去。我将无限的感恩和依依脉脉镶嵌进论文的最后一个句号里。

渠红岩

戊子仲春于南师大随园

又　记

2008年8月，因工作关系我举家从徐州迁至南京。这里的生活紧张而忙碌，在小城市慵懒成性的我极不适应，博士论文也一度被束之高阁。在导师程杰先生的一再督促下，我才有了把论文反复校订并付诸出版的计划。我所在的南京信息工程大学，有着浓厚的学术氛围和积极的科研激励政策，当我把出版计划告诉领导时，他们的热情鼓励和大力资助消除了我所有的顾虑，对本书的出版起到了潜在的推动作用。

这是我的第一本书，它汇集了我博士期间的辛勤积累和导师、领导、朋友、亲人的指导和帮助。我的博士论文审阅专家浙江大学胡可先教授，论文答辩主席南京大学程章灿教授，江苏教育出版社徐宗文社长，论文答辩委员南京师范大学钟振振教授、潘百齐教授、张采民教授、陆林教授、王青教授，都给予了许多中肯意见和建议。程杰师欣然为我作序，谆谆告诫我抛开俗冗琐事潜心研究，先生充满激励的话语成为我不断前进的动力。在南京信息工程大学工作期间，我的工作部门经历了图书馆、语言文化学院、期刊处的三次变迁，而领导对我的关心始终如一。拙著的出版承蒙图书馆领导庞新国馆长、吴德岗馆长，语言文化学院李忠明院长、陈学诚书记、吴效刚院长、何三宁院长、李素娟院长、范勇书记，期刊处严燕处长的深爱和支持，他们都在我的工作中给予了很多的关心和帮助，使我心无旁骛地修订书稿。中国社会科学出版社编辑曲弘梅老师等对书稿精心校订，为本书的出版付出了许多辛勤劳动。我的先生吴敏精心为我编排版式，避免了许多技术性的错误。衷心感谢他们为本书的出版所做的一切！

　　面对意蕴丰富却又庞杂纷繁的桃文化遗产，笔者虽有沙里淘金的美好愿望，然资质平庸，因而常生玄珠难觅之叹，程杰师的初衷也未得在这单薄的论述中全部体现。今日所呈之稿基本为我的博士论文原貌，定有许多的粗浅和疏漏之处，敬请各位方家、同行不吝赐教！

渠红岩

于己丑年初夏桃满枝时